U0010274

55歲開始的Hello Life

村上龍 著

張智淵 譯

【推薦①】

越過人生中線的睿智之眼

作家　鍾文音

當我十八歲時，就覺得自己老了。

莒哈絲的魂被寄生在體內，年輕時就活成一個老女孩。

那時何曾想過三、四十歲，遑論半百。加上張愛玲的名言「成名要趁早，不然快樂也不會那麼快樂了」毒素注入骨髓，於是時間的焦慮，如一輛坦克車，將自己的青春輾壓成很薄很薄的透明羽翼，渴望飛翔，卻又憂懼碎裂。

直到青春燃盡，轉瞬成灰。

於是才知中年哀樂的哀是多過於樂，但這種哀感又並非全然是頹喪的，而是通過一種歷練才明白眞正的幸福是要有悲傷的，是要去征戰的，連傷痕都必須是榮光的，這時我才穿出歲月的黑洞。

回想起來，原來走過青春眞好，終於不再胡思亂想，因爲現實把我拉住了行腳，不再虛無度日。那種青春的無知，那種深深不屬於這個世界之感的無明，終於如列車般轟轟開走了。

青春月台拆除，虛無列車不再靠站，自此整個天空都是自己想奔赴的世界。

現在回頭看，不管到了幾歲，不知爲何都覺得自己老了。直到自己活到了十八歲就以爲很老的時光，反而因爲現實而有力量。比如我因爲要照顧母親，反而萌生出許多過去所沒有的意志力，一種要好好活下去的心境。

我終於「降維」了，從飄忽（常不知柴米油鹽）的波希米亞旅者，轉變成擁有記憶根柢的人，且能將記憶吐出成故事的人，然後再將故事織成情節，轉成小說的人。

原來，我們不是老去，我們是活過。

活過這一切人世的悲歡離合，種種故事都是對倖存者的回望與餽贈。

就這樣，我一路帶著年輕就蒼老的心，行過人生風景，直闖老人國之境，在長照母親之餘，才發覺時間的沙漏雖如雨落下，但我也因此看見大海的來處，每一粒沙都不再活得不知緣由。

想起源頭，使我們平靜。

我們擁有一整片海洋，等著我們承載時光。

我們確實毫無能力阻擋時間的巨石滾落，回顧這一路折損很多的朋友，他們在還算年輕就覺得不屬於這個世界了，很多人沒跨過這條「人生中線」。

近些年，接連送走了從小生活一起的表姊（五十三歲）、表妹（三十七歲），接著照顧臥床母親第七年了。

生命化為煙塵，老殘刻在歲月。我警惕著自己：少年白了頭，時間要把握啊，別再帶著蒼老之心度日了，從十八歲老到現在，早該轉心轉念。

母親無預警倒下，我開始伴隨癱掉的母親流浪在醫院，生離死別，哀傷處處。不禁深思我自己寫作這麼多年了，究竟寫了什麼？生命和時間競速，一息不存，希望破滅。

村上龍的小說《寄物櫃的嬰孩》曾是我的青春書，他的《55歲開始的Hello Life》在多年前是我的未來之書，現在成了現實之書。

關於「人老去的希望」的故事，我也冥思著自己的希望還猶存嗎？希望是未來式，能否轉成進行式？

然而帶著希望也是危險的，因為希望並不保證實現。書中最恐怖的描述是從一個五歲的孩童，突然轉成「五十年後」，就像我們轉眼就越過人生中線。

我們習慣快轉的時間大約是十年之後，但村上龍的小說一推就是五十年之後，這是很多人在年輕時光絕對不曾想過的數字。

年輕時，我曾談一場困難的戀情，沒有結果的愛情。於是對方說希望我可以等他十年，十年讓他處理困難的局面。十年，我聽了轉身，因爲對當時的我來說，十年彷彿如一輩子般漫長。

現在想起，哪裡知道十年竟也是一下子就瞬眼而過了。

可見時間感隨年齡不同會逐漸加快腳步，因而希望的種子也必須換土植栽。不同年紀要用不同的培養土，才能四季開花。

五十五歲的人生其實比老年人還帶著更多的傷懷，因爲中年之後尚有許多夢想，尚有說老不老的各種未完成的希望在折磨著心志，尚有一絲絲餘力和人生搏鬥，因此更突顯了這個年齡走在中途（可能前後不得）的尷尬性與憂傷感。

那個五十年後，從五歲變成五十五歲的老孩子，在職業諮詢處等了六年都沒有找到辦公室的工作，那個還懷著夕陽婚戀卻已走進生離死別的半老之人。小說裡的人，走在人生中途，一縷希望如風中殘燭，必須穿越苦痛感傷的黑暗隧道，才有風和日麗的可能。

村上龍描述那個父親教著孩子，如果日後遇到痛苦或麻煩的事時，要慢慢喝上一口水，慢慢喝著，情緒這樣就可以冷靜下來了。

我們都希望在掙扎的人生中，能夠慢慢地喝上一口水，靜靜地看著遮住山的霧飄散。

書中頗勵志的就是那個將退休金換成移動房車的故事。先生帶著太太一起周遊列國的人生，實現自己爲旅行而生，也幫太太爲畫而生的生命晚景。爲了實現願望，必須拋棄安全領域的職位，必須「改變生活方式」。

改變帶來醫治，移動帶來療傷，所以即使有了點年紀也應無懼於歲月的更迭變化，應勇於嘗試改變，學習就是一種改變，一種突破。

書中描寫的最難處境是，中老年人們開始參加一場又一場的送終，告別成了日常，倖存者成了孤獨者。

這也讓我想到井上靖書寫的《我的母親手記》，這是我非常喜愛的一本書。

在這漫長的母病時光中，作家也經常陷入了時間流沙的日夜不分，多年後作者的母親往生，井上靖想著戰鬥終了已黃昏的人生蕭索靜穆，那時的井上靖也將初老，即將跨過人生中線了。面臨生離死別時或與摯愛分離時，如何不透支過度的憂傷，如何欣賞晚景而不淒涼，文學家比一般人都更早體驗這種傷懷。

而村上龍更是因此寫出了這樣的如實人生。

五十五歲才擺脫人生的義務職責，開始跟人生說哈囉。五十五歲其實是積極的，因爲只要開始，都不嫌晚，何況也確實只有走過中年者，驀然回首人生，才能咀嚼滋味。這時的人生才是眞正做自己，前半生爲家人或工作奔忙的日子終於安靜了下來。中年，很多人才懂得擁有自己。

不被時間框住是中老年最必要的感受，再次去尋找生命激情的能量來源。比如有的人依然昂首闊步在老境國度，有的依然對日常生活興味盎然，彷佛老年身孩子心，隱藏著一套神祕的生命傳承系統，實現這充滿奧義的人生。

我在《入菩薩行論》曾讀到：當心裡考慮過某事並且要開始去做時，最好不要再想其他的事；應要心志專一，完成那件事。

走過動盪，我更理解動中之靜。

五十五歲招手即來，對人生說哈囉，我們都必然在時間的前進中數字往上跳。但我們的智慧也能夠跟著時間往上走嗎？

於我是必然的，時間代換成智慧，一切的發生就有了意義。

就像村上龍筆下的人生，不論是經由自我意志而選擇的人生，或者被迫面對的人生下半場，凝神讀這些故事，在每一個故事裡，我總是特別細究故事中的人物之眼，他們注目著什麼，如何看待周遭的一切。

村上龍善於描繪人物的眼眸與心境，一個人的心境透露出希望與絕望，頹喪黯淡或光彩閃爍。在時間的洪流中，每一個村上龍的故事都啓發著我們：經過掙扎經過淬鍊，穿越驚濤駭浪的盡頭，閃爍的是希望靈光的曙光。

村上龍筆下的人物和我們互爲鏡像。

如此的百般滋味，像是一帖又一帖的曼妙藥方。

鍾文音

淡江大傳系畢，曾赴紐約習畫。專職寫作，熱愛繪畫與攝影。出版多部散文集與長篇小說。一個人曾旅行各國多年，近幾年多蝸居島內，因長期照護母親，壯闊世界版圖微縮成電動床的方寸之間。因陪病多年，在醫院聽聞各式人生，而提早踏進了苦痛與老年國度，爲此寫下繼青春之作《一天兩個人》《過去——關於時間流逝的故事》短篇小說集，並於二〇二〇推出的第三本短篇小說集《溝：故事未了，黃昏已來》，本書更入選二〇二一OPENBOOK好書獎、入圍二〇二一金典獎。（皆由大田出版）。最新長篇小說《別送》（麥田出版）榮獲二〇二一金典獎年度大獎。

【推薦②】

55歲之後重新說Hello

作家 米果

「人生中最可怕的是，抱著後悔而活，並非孤獨。我們一旦展開另一種人生，就會變成另一個人……那麼你有沒有勇氣變成另一個人？」

村上龍《55歲開始的Hello Life》

最早閱讀村上龍的小說，應該是《跑啊高橋》，雖然每個篇章都出現日職央聯廣島鯉魚隊快腿名將「高橋慶彥」的名字，但是高橋選手並非主角，卻又是主角身後非常重要的背景。我對廣島鯉魚隊的最初印象也是來自這本小說，前幾年則是因爲黑田博樹的男子漢回歸，重新又開始注目這個九州職業球團。不過，後來高橋慶彥到羅德隊擔任跑壘教練時，每次看到球賽轉播，還是會忍不住大叫幾聲，「跑啊，高橋」，但教練已經不怎麼跑了，只負責揮動手臂，替那些在壘包與壘包之間疾奔的選手下達催速或煞車的指令而已。

後來陸續讀了《69》《共生虫》《希望之國》，也就開始迷戀村上龍小說那充滿青春衝撞的力道與速度感，讀過小說，總要花點時間沉澱，才有辦法讓體內被燃起的熱血冷卻下來，否則很難回到日常作息。但村上龍的寫作技巧與投射在小說脊髓深處的觀點主張，會讓我打從心底佩服，「哇，眞是個厲害的角色！」

關於日本文壇兩位村上先生，如果村上春樹是坐在爵士酒館慢慢喝著威士忌，那麼，村上龍就像在居酒屋豪飲生啤酒，外加兩串鹽烤豬舌，連小菜毛豆都嚼得津津有味那樣的感覺。

可我錯過了村上龍的代表作《接近無限透明的藍》，也很想讀《寄物櫃的嬰孩》，回頭讀取作家經典之作，是爲了減少錯過的遺憾，沒想到懷抱類似這樣的閱讀遺憾時，卻先讀了《55歲開始的Hello Life》。哦，向來下筆不留情的村上龍先生，已經將青春旗手的視野投注到熟齡族群了嗎？他還寫了《老人恐怖分子》呢！

近來閱讀的小說之中，井上荒野的《獻給炒高麗菜》是很溫暖坦率的熟齡故事，早年讀過弘兼憲史的漫畫《黃昏流星群》則是因爲閱讀當時還只是二十代，許多熟齡心境沒辦法同理，就當作閱讀「長輩」的故事。不像近幾年，從這類熟齡角色裡，看到人生與歲月的殘酷，摻雜著生命境遇壓榨出來的酸甜汁液，也就提前預習了老後種種，已經不再年輕了，有些事情還是提前預習一下比較好。

村上龍曾經在二〇〇三年出版《13歲的Hello Work》，針對十三歲少年，介紹了五百一十四種職業，二〇一〇年進一步新增八十九種行業，發行了《新13歲的Hello Work》。Hello Work隸屬日本厚生勞動省轄下機構，負責就職支援與雇用促進的媒介事務，可是過了五十五歲，照理是傳統退休的最初門檻，似乎不是Hello Work服務對象的目標族群，而五十五歲開始的熟齡人口，而今已經不是安然等待年金人生那般愜意了，如果還要到地方區役所申請就業媒介服務，可以選擇的機會大概只剩下包裝、打掃、保全這類工作，人生的另一個轉彎在剎那間進逼而來，非得要跟人生下半場Say Hello不可。然而，展開不同的人生也就變成不同的人，我們已經有足夠勇氣變成另一個人嗎？

步入中老年，可能變得更固執，變得不願妥協，對一些習以爲常的事情可能麻痺，也有可能忍無可忍。小說的五個短篇提出五個熟齡面臨的難題：

妻子決定跟退休後的老公離婚，卻也開始加入婚姻媒介組織，找尋可以一起終老的再婚對象。

二度就業在建築工地當交通指揮派遣工的男子，十分畏懼成爲遊民，卻在打工的場所遇見成爲遊民的昔日同班同學。

計畫在退休之後買高檔露營車跟妻子四處旅行的男人，顧慮到現階段仍然要撫養高齡父母還要替孩子籌措結婚與購屋基金，也只好向現實妥協，到Hello Work就業輔導組織找尋正職工作時，卻遭遇一場震撼教育。

與丈夫逐漸疏離的太太，開始寄情於養狗，結識了公園遛狗的異性同好，也面臨寵物離世的孤寂。

曾經是長途大卡車司機的男人，到了中年卻面臨失婚獨居，又失去長程跑車的體力和優勢，卻在二手書店邂逅娟秀氣質中年女子……

相較於書寫青春那種潑灑豔麗色澤的狠勁，村上龍在這五個短篇故事中，即使對五十五歲之後的殘酷現狀沒有閃躲，卻出乎意外地藏著體貼與同理的溫度。但是對讀者來說，仍舊脫離不了閱讀幾個段落就要闔上書本、大口呼吸幾分鐘的喘息模式，那些中年過後的心境與際遇，眞是讓人倍感沉重。

比起青春時期的衝撞，中年過後，看似智慧，卻見膽小，如果還有力氣衝撞，不曉得該慶幸還是懊惱？

五十五歲，到底是人生下半場的起點？還是已經來到遲暮的人生收尾階段？誰也料不準。好像可以重新開始另一階段的奮鬥，但也有什麼力氣都使不上的挫折感。譬如這小說故事裡的前卡車司機，畢竟曾有過拉風的長途貨車經驗，「覺得自己在美好的時代工作，在對的時間點離開了職場，卻對未來毫無指望」，或許是擺脫不了過去活在經濟高度成長期的習性，自以爲凡事船到橋頭自然直，也就逃避去思考未來的事情，總覺得有辦法塡飽肚子，應該不會餓死才對。但是存款幾乎等於零，年金也沒多少，體力又變得很差，「若要找宅配承攬公司的計時打工，倒也不是沒有工作，問題倒不是三餐，而是這種無法排遣的孤獨感……」。

中年過後，所謂職場與人生的適用規則，似乎進入下一個操作版本，許多過去自以爲的優勢大概都要重新定義，包括工作，包括家庭關係，以及夫妻相處的忍耐度。對過去的懊悔，還有對未來的恐懼，都要適用新公式來估算。就算曾經走入婚姻，擁有家人關係，最後也有不小的機率又重新成爲獨居者。所謂愛情婚姻和人生定義的既有思維，又一次經歷崩解與重組。

維持現狀也好，突破現狀也行，這五個故事最終都有妥善的人生安排，不見得幸福，但總是勇敢開口說了哈囉，也算是提前預習的勇氣腳本吧！也許我閱讀村上龍的小說還不夠寬廣透澈，但覺得村上先生這次溫柔多了，讓人好感激呢！

米果
臺南人，曾獲府城文學獎，時報文學獎，林榮三文學獎。喜歡逛菜市場，喜歡一個人旅行，習慣一個人吃飯。喜歡台劇日劇，喜歡閱讀社會寫實派小說。曾出版著作《只想一個人不行嗎？》《初老，然後呢？》《13年不上班卻沒餓死的祕密》《濫情中年》等。（皆由大田出版）

婚姻介紹所

結婚相談所

自己選擇自己的人生，她從一開始就覺得那種事情不可能……

伯爵茶

今天是特別的日子。中米志津子比平常早起兩小時左右，悠閒地泡紅茶。她的一天總是始於紅茶。她是在四年前，愛上了紅茶。

前夫於六十歲退休，再找工作屢屢失敗，結果變得整天開著電視，對著電視發牢騷。

他確實從以前就有難搞之處，個性算是沉默寡言，除了看職棒之外，幾乎不太看電視。退休後，簡直像是變了個人似地，焦慮不安，沒完沒了地嫌東嫌西，惹得志津子不愉快，不久之後，她再也受不了跟他待在一起，開始出門到埼玉市大宮的飯店打工。她的工作是打掃客房，工作量繁重，結果兩個月就辭職了。飯店附近有一家紅茶專賣店。

傍晚，工作結束之後，她不想回家，就會在那家紅茶店打發時間。有一天，年邁的老闆娘推薦她喝伯爵紅茶，濃郁的香味和略帶苦味的溫潤口感，令她覺得狂亂的心情像是稜角尖銳的方糖溶解似地，逐漸平息了下來。

雖然只有僅僅一剎那，但她得以忘記前夫。從此即便在辭掉飯店打工之後，她還是會定期地上門買伯爵紅茶。

在那之後，她持續在附近的超市、大宮的百貨公司、板橋的速食店等打工。前夫什麼也沒說，依舊不肯從電視前面離開。

結果，志津子五十四歲時，離婚了。當她說「我想離婚」，前夫也沒有從電視螢幕移開視線，只是說了一句「隨便妳」。

婚姻說離就離，連她自己也很驚訝，沒想到竟能如此輕易地和一起生活將近三十年的人分開。嫁到新潟的女兒也沒有反對。

志津子化完妝，邊吃塗了自製果醬的吐司，邊看韓劇。那一齣韓劇叫做《紅字》，是一齣韓劇特有的男女復仇劇，劇情進入高潮，但她自我克制，看到一半關掉了。

今天是特別的日子，差不多該出門了。今天是跟婚姻介紹所介紹的對象見面的日子。

屋齡二十八年的木造灰泥公寓，是一間看起來隨時都會倒塌的破屋，建於住宅區邊上，能夠眺望附近公園的綠意；幾乎介於東武野田線的大宮公園站和大和田站中間，依時段而定，有時候從東北本線的土呂站搭車比較方便。無論如何，距離哪一站都相當遠。步行要花二十分鐘以上，而且公車的班數也少，所以房租也低於行情價不少，格局是兩間二・二五坪的房間和廚房，電費、瓦斯費加一加，也不到四萬圓。

離婚之後的獨居生活，令志津子感到寂寞和解脫。但是，解脫感漸漸勝過寂寞，連她自己也感到驚訝，寂寞竟然很快就逐漸淡去。她到派遣公司登記，展開人稱銷售員的工作，在超市等地方販售試吃、試喝的食品，如今也持續著。一個月當中，約有半個月左右，會從大宮前往板橋一帶，販售各式各樣的食材和食品。只要在五天前告知派遣公司的負責人希望工作的日期，不知道爲什麼，一定會有工作。希望工作的日期總是有工作，似乎很稀奇。

志津子不擅長在人前出聲吆喝，擔心自己是否眞能勝任銷售員。她從小學就很內向，即使課堂上知道答案，她也無法舉手回答。但實際嘗試工作後，不可思議的是，聲音便源源不絕地從喉嚨發出來。

「中米小姐，妳一直沒用汽油，所以積了一堆。」

同事──小山如此對她說。據小山所說，人的一生當中，說話的份量有限。生性害羞、內向的人，在人生中的某個時點，經常會像是水壩決堤似地，滔滔不絕地說起話來。

「中米小姐，妳或許天生就是要吃銷售員這行飯的。」

志津子莫名地有點懂。但是，當小山指出她在想工作的日子一定會有工作的理由時，她實在無法相信，覺得小山在說謊。

「因爲，妳是美女。」

美女？志津子自己也不曾這麼想過，至今也沒人對她說過。前夫從認識到離婚，也不曾誇獎過她的容貌。除此之外，像是個性、廚藝、嗜好等，也不曾被讚揚。她是在高中畢業之後，在當地——岩槻的藥品、化妝品批發公司擔任行政人員時，認識了前夫。前夫待在同一個商品管理部，朝夕見面，二十五歲時，在身邊的人建議之下，而且父母也贊成的情況下，她覺得當然要結婚，所以就結婚了。

前夫也是高中畢業，出人頭地無望。商品管理這個名稱表面上好聽，實際上做的不過是整理倉庫的商品、庫存，以及出貨罷了。但是，薪資在八〇年代中期之前都會調漲，所以在公司附近買了一間三十坪左右的小成屋，不久之後，女兒出生了。

說到這個，長得像前夫的女兒唯獨在高中時，說過一次「我要是長得像媽就好了」，但是志津子當時沒有思考那句話是什麼意思。

「美女？別鬧了。」

志津子照著車站驗票口旁的等身鏡，一面檢查服裝儀容，一面無聲地低喃道。她身穿米白色連身裙、衣領和袖口縫上毛皮的黑色羊毛大衣，腳穿一百零一雙珍藏的名牌靴。

接下來要跟婚姻介紹所介紹的男人見面。根據婚姻介紹所出示的資料，對方是坐六望七、退休前曾任公司經營者的男人。

男人的髮量有點稀疏，但志津子覺得他西裝的穿法和藏青色的領帶很帥氣。領帶的中央有淡淡的白色斑點圖案，個人簡介上寫著，那是象徵男人的星座——雙子座。資產欄中寫到，他擁有一百二十坪的房子、別墅，以及相當於幾千萬的股票。

我眞的想找再婚對象嗎？志津子還不確定。

她並不是因爲寂寞而想要伴侶。但是，她冀望結婚的理由起碼有二。

從大宮到新宿，若搭乘埼京線的快速列車，包含在大宮轉車的時間在內，預估大約一小時半不會錯。見面地點是婚姻介紹所準備的小隔間，時間是上午十一點半。志津子在電車上看手錶。

按照這個情況來看，會比約定時間早一小時抵達新宿。

不過，即使提早抵達，也可以在百貨公司享受看紅茶和茶杯的樂趣。手錶是前夫在二十年前買給她的精工（SEIKO）錶，皮革錶帶磨損得相當嚴重。男人擁有相當於幾千萬的股票和別墅，繫著有自己的星座圖案、恐怕價格不菲的名牌領帶，會怎麼看待戴著錶帶磨損手錶的五十八歲女人呢？志津子心中掠過一抹不安，心想：要是因此被對方討厭的話，就不該結婚。

志津子之所以考慮再婚，首先是基於經濟上的理由。離婚時，前夫二話不說地交給她存款和終身保險的一半，相當於四百萬圓左右的贍養費。

銷售員這份工作的平均收入是一個月十五萬圓左右，所以不夠生活。贍養費已經減少一半，又不能依靠女兒。女兒和在打工的地方認識、從事機械設計的男人結婚，但是有兩個孩子，經濟上並不寬裕。

志津子不知道銷售員這份工作能夠做到什麼時候，而且年金有等於無。萬一生了病，存款一轉眼就會花光。她覺得和有某種程度的經濟能力的男人再婚，是最正確的選擇。

一個人並不寂寞。有銷售員這份工作、紅茶和韓劇，再加上在中元節和過年跟孫子見面，人生算是圓滿了。

不過，志津子想和前夫之外的男人交往看看。包含性愛在內，她不曾接觸過前夫之外的男人。

她心想，自己八成是受到了韓劇的影響。認識小山之後，志津子開始看韓劇。小山會上網下載別人偷錄的各種DVD，借給志津子。韓劇裡的劇情不同於自己生活的世界，有一種令人情緒激昂的魅力。

包含性愛在內，我想和前夫之外的男人交往看看。

這正是志津子希望再婚的第二個理由，看著韓劇的過程中，不知不覺間開始這麼想。早上起床看一集三十分鐘的韓劇，邊吃晚餐邊看一集六十分鐘的韓劇，睡前將白蘭地加入紅茶，邊喝邊看另一齣六十分鐘的韓劇。

一天看三集，合計一百五十分鐘的韓劇，志津子察覺到劇情的進展方式有共通之處。

她最愛的是愛得死去活來的男女復仇劇，但無論是古裝劇或戀愛喜劇，劇中人物都會有話直說。有時候會因爲話說過頭，而陷入無可挽回的情況。而且，劇中人物會若無其事地闖進不受歡迎的地方，像是情敵的老家等，不會考慮對方的情況。

志津子看著從眼前流逝的風景，心想：總覺得我無論是結婚前或結婚後，都只思考身邊的人和對方的情況而活。

出生之後，宛如這輛電車玻璃窗的東西，一直隔開了自己和身邊的人。

那有時候可以保護自己，免於受到對方露骨的批判或惡意攻擊，但也令自己心生絕望，覺得自己的深層想法絕對無法傳達至對方心中。在韓劇的世界裡，沒有像是玻璃窗的東西會隔開自己和身邊的人。縱然有，劇中人物也會受到憤怒或愛情的驅使，奮不顧身地擊碎玻璃。

那種事情，她應該辦不到。志津子搖頭苦笑。但是，說不定她好歹能夠讓玻璃產生裂痕。

前夫在離婚之後，寄來了幾封眷戀不捨的信，令志津子嚇了一跳。如今也偶爾會傳來手機簡訊。

「過得好嗎？我經常想起妳。」

志津子不曾回覆。她對這種客氣的語氣感到不對勁。前夫從來沒有說話這麼客氣過。信或簡訊都像是出自別人之手，令人感到不寒而慄。志津子曾經想過，假如擊碎前夫和自己之間的玻璃，會怎麼樣呢？但是，一切都太遲了。

前夫只有五條領帶。婚喪喜慶用的兩條，其餘三條輪流用到退休。因爲是搭配工作服，而不是西裝，反正領帶幾乎看不見，所以不必講究顏色、花紋或設計。

關於婚姻介紹所的資訊，是從小山等同事口中獲得。

志津子隸屬的銷售員派遣公司，有兩百多名女性登記。她們會個別地被派遣至不同的地點或會場，幾乎不會在工作中碰面，但是一群女人會在事前研習或商品的學習會等場合中，聊得起勁。小山比志津子大四歲，但另一名認識的女性年近四十，成爲好幾家婚姻介紹所的會員，因爲努力找結婚對象，而成了話題。

「話說回來，用膝蓋想也知道，會聚集在婚姻介紹所的男人沒一個是好貨。」

小山如此說道。那名認識的女性苦笑道：我一共花了將近一百萬。於是，其實自己之前也加入過會員的女性一一報上名來，午休時，眾人氣氛熱絡地聊著這個話題。或許因爲彼此都是女性，放鬆了戒心，又或者是因爲所有人都憋不住祕密，想要告訴別人，勁爆的個人經驗一個接一個，研習室裡笑聲不斷。

一位名叫近野、四十多歲的女性，在介紹所的介紹之下，和一位同一輩的男性見過幾次面，差點達陣。但是有一天，自稱是那位男性母親的女人打電話來，希望近野不要勾引她兒子，從此之後，便斷絕了聯絡。近野說「我如今也不曉得她是否眞的是那個男人的母親」，另一名女性說「據說時下男人有戀母情節的比率超過百分之八十」，提供在網路上看到的資訊，不知誰說「據說也有母親陪著去婚姻介紹所的案例」，又引發了一陣笑聲。

當時，志津子正在認眞地考慮再婚，聽著眾人談論，忍不住做筆記。小山問「妳在做什麼」，志津子回答她在思考再婚的事，於是小山說：

「如果是妳，或許能夠找到好男人。」

志津子在新宿下車，來到西口，朝摩天大樓的方向走去。她進入百貨公司，想要逛一逛紅茶賣場，但是進出的人比平常多，而且動作匆忙，賣場好像人潮擁擠，於是作罷。她想從容不迫地看紅茶和茶杯。看到裝飾在展示櫥窗裡的聖誕節擺設，才想到早已邁入了十二月。去做銷售員這份工作、看韓劇、喝紅茶的過程中，一年不知不覺就要過了。雖然不會感到焦躁，但還是希望有些變化。

飯店和辦公大樓的門口附近，分別裝飾著別出心裁的聖誕樹。志津子緩步而行，比約定的時間早到了不少。或許即使有點擁擠，也該去百貨公司逛一逛。

志津子思考自己爲何猶豫，意識到自己第一次感到緊張。經過接下來要前往的大樓，走至東京都政府。第二政府大樓的角落，有個她喜愛的空間。幸好有微弱的陽光照射，室外空氣不怎麼冷。步下石造階梯，有一個小學教室大小的小空間，種植樹木，擺放形狀彎曲的花崗岩長椅。因爲是午休前，所以不見人影。

志津子在小山等人的建議之下，選了一家老字號的大型婚姻介紹所。她在一個月前，打電話去預約，第一次前往。那家婚姻介紹所位於摩天大樓的一間辦公室，室內裝潢和家具都走沉穩風格。幾乎跟志津子同一輩的女性諮詢人員接待她，聊了一陣子之後，志津子認爲對方值得信賴，當場辦理了入會手續。女性諮詢人員問她是否去過其他介紹所，志津子回答沒有，女性諮詢人員不發一語，只是微笑點頭。志津子喜歡這種自然的應對方式。

有一種中高齡者專用的方案，入會費將近十五萬圓，月會費有九千圓和五千四百圓兩種，每個月的介紹者人數不同。因爲還有工作要做，被介紹那麼多人也應付不來，於是志津子選擇了便宜的那一種。

「能夠拍攝介紹用的影片，不知您意下如何？」

被女性諮詢人員如此問道時，志津子感覺自己臉紅了。

第一次相親

女性諮詢人員說「拍攝影片在小隔間進行，只是做簡單的自我介紹，資訊量就多過照片，會表現出人格與素養，所以建議像您這樣的女士拍攝」，但是志津子謝絕了。她聽到拍攝影片時，內心湧現奇怪的幻想，產生了抗拒的反應。辦理入會手續之後，志津子只要求了拍攝照片。她出示戶口名簿、請市公所人員在介紹所寄來的表格上塡寫的單身證明書，以現金支付入會金和半年份的會費，在告知「與介紹者之間產生問題的情況下，要自行負責」的切結書上簽名。寫著會員資料的表格上，有塡寫住址、聯絡電話號碼、工作內容及年收入、學歷、身高、體重、是否抽菸等身體資訊，以及塡寫證照、執照、結婚經歷、家庭成員、嗜好、個性、八十個字以內的簡短自我介紹的欄位。

家庭成員分成父母兄弟姊妹和孩子，除了血親之外，還必須詳細塡寫同居、分居、死亡、已婚、扶養、有無監護權等。個性底下羅列的選項盡是較爲正面的項目，像是

「清楚地告訴對方，自己的意見」、「話題豐富」、「律己甚嚴」、「無法拒絕別人的要求」等，陸續勾選「是」或「否」的勾選欄。

聯絡方式中有E-mail的塡寫欄，志津子問：是不是只塡手機的簡訊信箱就可以了？去年，志津子接收了女兒的舊電腦，但是懶得學怎麼用，如今仍放在櫃子上。她擔心自己不擅長使用電腦，也沒在上網會被瞧不起，但是女性諮詢人員說「不要緊」，令她鬆了一口氣。

女性諮詢人員說「照片也能在簽約的攝影工作室拍攝」，但志津子在介紹所的小隔間解決了。一名男性諮詢人員以數位相機替她拍攝。志津子坐在古董風格的椅子上，男性諮詢人員提出各種要求，像是不要面向正面，稍微面向一旁、微微偏頭、感覺自然地微笑等。最後，男性諮詢人員說「如果可以的話，最好解開襯衫上面的兩個鈕子」時，志津子不知爲何，險些掉淚。男性諮詢人員的用意是爲了讓脖子看起來纖細，但是幾乎塡寫了所有隱私之後，聽到「最好敞開襯衫」，志津子覺得自己簡直像是在賣身。

她解開襯衫鈕子的手指在顫抖，問道「非解開鈕子不可嗎？」，男性諮詢人員感覺冷淡地說「解不解開，我是無所謂啦」。

「呃，中米女士是嗎？我是眞心希望您遇見好對象，才給予這種建議。並不是因爲我個人想看。恕我失禮，您得考慮一下自己的年紀。我們既然收了您絕不便宜的金額，無論如何都得讓您邁向彩色的終點。全力以赴的意志很重要。無論如何都要獲得彩色未來的意志，非常重要。」

看似四十五、六歲的男性諮詢人員，相較於剛才負責接待自己的女性諮詢人員，感覺冷淡，或者應該說是直言不諱。但志津子覺得，男性諮詢人員說得沒錯。她又不是要找朋友或玩伴，她在這裡是爲了跟某個人結婚，而且付了一大筆錢。或許說狠話才是一種親切的做法。志津子心想「我豁出去了」，解開了襯衫的兩顆釦子。

拍照之後，志津子在會員資料背面的「希望對象」這一頁中，陸續勾選年齡、年收入、身高、職業及行業、學歷、結婚經歷、是否希望入贅等。負責接待的女性諮詢人員目不轉睛地盯著答案，當志津子在年齡、年收入、行業、學歷的項目猶豫時，女性諮詢人員給予建議，說：如果稍微低於您的要求，能夠介紹給您的對象就會增加。

志津子經過思考之後，年齡勾選了「同一輩」。

年收入從「沒有特別在意」細分至「一千萬以上」。有「一百萬左右」這一個選項，未免太低，令志津子大吃一驚。她想選擇「一千萬以上」這一個選項，但不願被人認爲她「眼高於頂」，於是選擇了「三百至四百萬左右」。

身高勾選了「比自己高五公分左右」。這跟前夫差不多高。

總之，她想選擇跟前夫不同類型的人。

學歷更加鉅細靡遺，除了「沒有特別在意」之外，細分成了「國中」、「國中畢業後進入專科學校就讀」、「高中」、「高中畢業後進入專科學校就讀」、「短期大學」、「高等專科學校」、「大學（研究所）文科」、「大學（研究所）理工科」、「醫學院醫師」、「醫學院牙科醫師」、「醫學院藥劑師」、「醫學院其他（護理師、物理治療師等）」。

「短期大學也可以，但最好是四年制大學畢業」的情況下，不知道該勾選哪一個才好。

「這個嘛，勾選短期大學就行了。會自動涵蓋短期大學以上的人。」

填完所有會員資料之後，女性諮詢人員拿起它，仔細端詳，然後展開了諮詢。

「我籠統地問，中米女士想必難以回答，但請問您希望的對象是怎麼樣的人呢？」

被這麼一問，志津子不知道是否可以老實說。

她心想「假如是跟前夫不同的類型，就算條件多少有點不合，我也想見一見對方」，但這麼露骨地說好嗎？女性諮詢人員微微偏頭，微笑地看著她。

女性諮詢人員應該跟自己年紀相仿。自然地穿著襯衫，胸前的珍珠項鍊十分適合她。她一定是個擁有溫暖、幸福家庭的人吧。志津子對於坦白告訴這種人，自己的不安和寂寞有所抗拒。

「有各式各樣的對象唷。」

女性諮詢人員彷彿察覺到了志津子的心情，語氣柔和地如此對她說道。

「光靠年金生活，擔憂三餐不繼的人當然有；年收入兩億，擁有令人吃驚的財產，在國內外有好幾棟別墅的人也有。不過，您或許會認爲我不該說這種話，但是這裡沒有對人生滿意的人。畢竟是這種世道，所有人都有所不安，想要和某個人分享人生、一起度過美好時光、一同欣賞美麗的風景，然後想和某個人說話、聊天，所有人都這麼想。

「我十分清楚。公司規定……諮詢人員要少提個人隱私，但我也離過婚，所以，我認爲我多少理解各位會員的心情。」

志津子聽到高雅、體貼的女性諮詢人員離過婚，大吃一驚。

她忍不住問：妳離過婚嗎？女性諮詢人員注視著她，點了個頭。

「妳長得漂亮，又氣質高雅，我以爲妳一定有個幸福的家庭。」

志津子這麼一說，女性諮詢人員說「哎呀，多謝誇獎」，以手摀口，靦腆地笑了。

志津子的心情變得輕鬆，不禁詢問：妳爲什麼會從事這個工作呢？

女性諮詢人員說「是啊，爲什麼呢？」，將雙手放在膝上，露出了望向遠方的表情。

「爲了生活，也是原因之一。如今，我單身一個人，孩子還在念研究所，遲遲沒有出社會，所以還沒『完成責任』。啊，『完成責任』是我們的用語，意思是完成養育孩子的責任。

「至於爲什麼從事這個工作，我雖然不算箇中高手，但是會員支付絕不便宜的金額，因此，當會員達成目標，打從心裡露出笑容時，我會心有所感。那應該是一種對別人有所幫助的成就感吧。

「當然，我們只是介紹，但是有人會因此得到幸福。

「雖然不是每一次都會進行得那麼順利，但是覺得自己有助於別人獲得幸福時，會忘了辛勞。」

志津子覺得自己懂那種感覺。自己從事銷售員這份工作，當店長向自己道謝，或者慰勞自己時，也會切身感覺到對別人有所幫助。

或許可以對這個人老實說出內心話。志津子看著始終面帶微笑的女性諮詢人員，如此心想。

她告訴了女性諮詢人員，自己和前夫之間的事。前夫退休後，再找工作時一再失敗，窩在電視前面一動也不動，自己無法忍受跟他待在一起，於是離婚了。

離婚之後，志津子都搞不懂前夫是個怎樣的人、爲何跟他在一起生活幾十年了。

前夫如今也會傳簡訊來，但是志津子不會回覆。她不是憎恨或討厭前夫，只是過去一起度過何種時光、聊過什麼、因爲什麼事而一同歡喜悲傷，都像是蒙上了一層濃霧般模糊不清，莫名其妙。

「所以，我想和某個不同於前夫的男性，度過不同於和前夫在一起度過的另一種時光。」

志津子一口氣說完這些話，女性諮詢人員邊點頭邊聽她說，然後以告誡的語氣說：

「我知道了。我十分明白。不過，如果您不讓我清楚知道您具體希望的對象，可能會有非常危險的事。」

女性諮詢人員說「可能會有非常危險的事」，志津子隱隱明白。同時，她感覺到了放心和失望。

志津子低著頭低喃「我知道」，女性諮詢人員說「不要緊」，伸手輕輕地摸了摸志津子的膝蓋一帶。

「我想您知道，不是只有您想遇見和前夫擁有不同人格、個性、身材的人。許多人都有這種心情。我認爲，這是自然的事。再說，您也那麼說，所以沒關係。我說的不要緊，是指這個。」

女性諮詢人員如此說道，舉至今負責過的會員的例子，更加詳細地說明。

據說有個熟年離婚、擔任大企業主管的女性。

她五十五、六歲，擁有高學歷、精通外語，也曾被外派至國外，丈夫是會計師，兩人是公認的菁英夫婦。

那位離過婚的女性綿密地分析自己的婚姻生活和離婚，令女性諮詢人員大吃一驚，而且希望的對象也非常具體。

她希望對象的身高越高越好，學歷是舊帝國大學的國立大學，或者早稻田、慶應，擔任股票在東京證券交易所市場第一部上市的企業主管，嗜好眾多，而且最好是打網球、開遊艇、登山等動態嗜好，有幽默感，能言善道，最好沒有孩子，如果有的話，必須是「完成責任」。

女性諮詢人員雙手摀口笑道「怎麼可能有那種人」，志津子也跟著出聲笑了。

「哎呀，世上當然一定有許多那種男人。可是，那種人就各種層面而言很穩定，就算因爲什麼緣故而離婚，如果想要再婚，也會比較輕鬆地實現。」

婚姻介紹所沒有能夠介紹給那位女性主管的對象，即使偶爾有條件接近的人，她也毫不留情地拒絕。過一陣子之後，她像是變了個人似地，開始在介紹所外面跟各種男人交往，不久之後，遇見一個小她二十歲，像是騙子的壞蛋，落得幾乎失去所有財產的下場。

「雖說是結婚對象，終究是男人和女人。身心不會完全遵從大腦思考、決定的事。

跟前夫不同類型的男人這個條件還不錯。不過，更重要的是，自己今後想過怎樣的人生。」

這個地方很適合冷靜地思考事情。志津子在東京都政府的第二政府大樓旁的空間，坐在形狀彎曲的花崗岩長椅上，想起第一次造訪婚姻介紹所的事，一轉眼就過了半小時。中午時，吃午餐的人和抽菸的人會聚集在這個空間。東京都政府是巨大的水泥建築物，但是周圍綠意盎然。

兩棟政府大樓中間有一個廣場，後方有一條名為普羅姆納德的步道，比例協調地配置植栽和花壇。

志津子覺得在東京都政府的外圍空間當中，這裡最特別。有階梯狀的和緩斜坡，原本是水會從那裡往下流的構造。或許是因爲大地震之後爲了省電，如今停止流水。

結構是水蓄積在以瓷磚貼出馬賽克花紋的淺池內，池內並排著好幾個形狀像是三角柱平放的金屬紀念物。志津子是在第二次來介紹所時，發現了這個空間，當時，也是比約定的時間早到許多，即使在百貨公司看紅茶和茶杯，時間還是有剩，於是一面遊覽，一面在東京都政府四周信步而行，像是誤闖，又像是被吸引似地，來到了這個空間。

第二次造訪介紹所時，女性諮詢人員給志津子看了四位男性的照片和資料。有兩位男性大她兩歲。但是，她覺得自己終究無法接受他們。她原本決定不以貌取人，但是實際看到照片，差點失去現實感。他們不是長得令人討厭，或者長得猥瑣那種層次，而是看起來既不像人，又不像哺乳類，令人噁心。一個人像魚類，另一個人像昆蟲，志津子無法想像自己跟他們見面聊天。第三個人年逾七十，瘦骨嶙峋，臉色不佳，志津子懷疑他是否眞爲活人。而第四個人，是繫著有自己的星座圖案領帶的男人。他的頭髮稀疏，感覺中性，但是志津子決定見一見他。

當她正要從花崗岩長椅起身時，手機發出收到簡訊的聲音。是前夫傳來的。

「妳好嗎？我想在過年之後去新潟一趟，想邀妳一道前往。我會再傳簡訊給妳。」

新潟是獨生女嫁過去的地方，女兒不可能提議要父親去玩。女兒住在新潟市一間兩房兩廳的公寓，因爲靠近女婿上班的公司，但是沒有客房，所以每年過了大年初三，女兒都會帶著孫子來這邊玩。老舊公寓實在太窄，所以女兒會住在大宮的飯店，但她很期待離開老公一陣子，去按摩或把孩子交給母親帶，然後去東京都中心的百貨公司購物。

但爲什麼偏偏在這種時候，收到前夫傳來的簡訊呢？簡直像是在哪裡監視著我想做什麼一樣。

前夫大致上會以一個月一次左右的頻率傳來簡訊，而且平常的內容更短。

距離約定的時間還剩十分鐘時，志津子朝一棟閃爍著銀色光芒的摩天大樓邁開步伐。

上午的陽光被大樓的窗玻璃反射，令人目眩。志津子很喜歡這幕景象。包含東京都政府在內的大樓群確實具有壓迫感，或許是因爲只以水泥、玻璃和鋼筋所蓋成，令人覺得冰冷而清爽。前夫眞的想去新潟嗎？

不關我的事。

志津子試圖在林立的大樓縫隙間，勾勒前夫的長相，但卻想不起來。

「這位是栗本洋介先生。」

女性諮詢人員介紹男女雙方。三人進入一坪半左右的小隔間，空間狹窄，令人感到喘不過氣。

名叫栗本的男性本人比照片胖。

十二月天，室內的暖氣並不強，但他的額頭和鼻頭冒汗，令人懷疑他是跑步來的。

而且，他沒有繫繡著自己星座圖案的領帶，而是繫著平凡花紋的黃色領帶，但那一定是高級貨。

「栗本先生在新宿的餐廳訂了位子，中米女士方便一起用午餐嗎？」

女性諮詢人員以「妳不必勉強自己陪他用午餐」這種語氣，對志津子微笑道。

志津子說「栗本先生既然特地訂了位子，我就恭敬不如從命。請多指教」，接受了午餐的邀約。雖然栗本本人比照片胖、容易出汗，而且繫的不是繡著自己星座圖案的領帶，但志津子還是接受了他的邀約，部分原因或許是對前夫的反感使然。

但是，她失敗了。不該陪他用午餐的。

用餐地點不是高級餐廳，而是位於新宿車站東口一家有名水果咖啡店後方的日本料理店。它位於龍蛇混雜大樓的地下室，桌與桌之間的間隔狹窄，午餐時間擠滿了人，其中一面牆有幾間包廂，其中一間包廂掛著「預約席」的牌子。包廂的空間約一坪半左右，因為是地下室，所以沒有窗戶。緊張也是原因之一，喝不出女服務生奉上的茶的味道。志津子心想，要是現在能悠閒地喝伯爵茶該多好。

「這裡意外地沒什麼人知道，但是使用長野產的蕎麥粉，蕎麥麵是一絕。」

栗本一面盤腿坐下，一面對志津子笑道，女服務生一送上濕毛巾，他便不斷地擦拭臉上的汗水。栗本問「妳愛吃蕎麥麵吧？」，志津子「嗯」地應了一聲，點了個頭。在介紹所的小隔間沒察覺到，栗本身上散發出一股熟悉的臭味。跟前夫一樣，中高齡男性特有的臭味，令人心情無法平靜。現在的日本男人到底怎麼了？志津子的腦海中浮現小山的話。和小山一起在大宮的超市工作時，小山說：我不想和時下的一群臭男人一起搭乘狹窄的電梯。因爲年輕男人是汗臭味，大叔則是老人臭。

「好吃嗎？」

栗本點了兩千九百八十圓的中午套餐「梅」。生魚片、茶碗蒸和蕎麥麵一起擺放在食案上，感覺相當豪華。志津子將鮪魚生魚片放入口中，意外美味，應道：嗯，非常好吃。栗本問「要不要喝啤酒？」，志津子搖了搖頭。結果栗本說「我要喝」，點了生啤酒，一口氣乾掉半杯以上，嘴角沾著泡沫，說「眞好喝～」。前夫不太喝酒，所以白天就豪邁暢飲啤酒的男人，令志津子感到新鮮。她心想：自己只是因爲緊張而有戒心，說不定栗本是個不修邊幅、個性直率的人。他津津有味地將生魚片和茶碗蒸吃個精光，吃法也不粗俗。

「聽說妳有孩子，我可以問這方面的事嗎？」

志津子擠出笑容說「當然可以」。栗本說「請問……」，趨身向前，重新盤腿坐好，然後問：

「妳肚子上想必有妊娠紋吧？」

這個人究竟在說什麼呢？志津子起先沒聽懂「妊娠紋（ninshinsen）」這三個字的意思；以爲是什麼二（ni）、C（shi）、千（sen）之類的專業數字。不過，志津子清楚地聽見了「肚子」這兩個字，所以「妊娠紋」的意思慢慢地在腦海中浮現，她感覺自己臉紅了。
「妳叫志津子是嗎？然後，妳的乳頭該不會很黑吧？」
志津子這次清楚地聽懂了栗本這個男人說的話。他並沒有喝醉。他喝了中杯啤酒，但是說話方式和態度都很正常。他是清醒地在問自己妊娠紋和乳頭的顏色。
「關於再婚，我認爲性愛很重要。其實，我離婚的原因是因爲前妻討厭做愛。日本人會想隱瞞這種事。我經常因爲工作去歐洲，那裡的人會光明正大地聊性愛。我覺得這是好事。」
令人無法置信的是，栗本這個男人連女服務生端來水果甜點，收走中午套餐「梅」的食案時，也左一句性愛、右一句性愛，簡直像是要說給女服務生聽似地。
「再婚之後，妳能做愛吧？可以吧？不過，我會感到不安，或者應該說是擔心，不知道爲什麼，我受不了令我聯想到懷孕的性愛。我曾經找過妓女當床伴，但是對方明明還很年輕，乳頭卻黑得要命，我懷疑她是不是懷孕，結果那一晚就硬不起來了。我第一次那樣。我想，妊娠紋要是太明顯，我也會無法行房。」
栗本突然聊起性愛的話題，志津子整個人傻掉，然後內心湧起一股怒氣，身體開始顫抖。她想把裝了熱茶的茶杯砸到栗本身上，但是女服務生進進出出，所以她隱忍了下來。她不知該義正詞嚴地告訴他「請你說話放尊重一點」，還是默默地從位子上起身比較好。栗本這個男人喋喋不休地訴說性愛在人生中，占了多麼重要的部分。志津子再也受不了了。

「告辭。」

志津子只說了這麼一句，便從位子上起身，走出了店外。她朝車站走著，赫然回神，淚水奪眶而出。

一年後的聖誕節

志津子心想，我再也不要相親了。她在新宿車站的廁所等待淚乾，回到大宮，走進了熟悉的紅茶專賣店。她以喜愛的海倫德（Herend）茶杯，點了伯爵茶。妊娠紋和黑乳頭這幾個字，在耳邊縈繞不去。她覺得自己被輕薄了，心有不甘，一想起栗本那張滿是汗水的臉，又險些流下淚來。

從茶杯散發出獨特的香味。那是用於增添香味、叫做佛手柑的柑橘味道。類似柚子的苦澀中，透出微微的酸甜，香味忽隱忽現。志津子喜歡這種細緻感。因爲是增添香味，所以熱飲時，會避免茶泡得太濃。這家店的伯爵茶，無論是香味或口味，總是完美。志津子在聞香的過程中，心情稍微平靜了下來。

她昨晚剛看了韓劇《紅字》，腦海中浮現「我討厭妳。令人毛骨悚然。我不只討厭妳的聲音，連妳的呼吸都討厭」這幾句台詞。這是一個爲了保護心愛的女人，無可奈何地和壞到骨子裡的女人在一起的男人的台詞。壞女人問「你那麼討厭我嗎？」，原本沉默寡言的男人從白天就在喝酒，喝茫了，一臉空洞的表情，清楚地回答：我討厭妳。

「跟妳在一起就像身陷地獄。因爲無法忍受地獄，所以才會像這樣，從白天就在喝酒。」

志津子想像自己像韓劇中的人物一樣，把杯子裡的水潑在那個叫做栗本的男人身上，吼出決定性的台詞。但是她半句話也說不出口，哭著逃回來了。她也想告訴女性諮詢人員，栗本是個差勁的人，但是作罷。女性諮詢人員說過，離開婚姻介紹所之後，一對一相處要自行負責。而且如果把介紹的男人嫌得一文不值，說不定會被誤以爲理想太高，今後就不再介紹好對象了。志津子想了一下入會費和月會費，那絕不便宜。

明明剛才心想「再也不要相親了」，但卻擔心女性諮詢人員不再介紹對象。志津子覺得自己眞是個沒有節操的女人，兀自苦笑。一定是伯爵茶讓心情放鬆了。

「哎呀，發生了什麼好事嗎？」

紅茶專賣店的老闆娘問道，志津子回答：沒有，好事接下來才要發生。

志津子過了好一陣子，才進行第二次相親。因爲不想浪費月會費，所以希望介紹所快點介紹下一位男性，但是再也不想受傷了，兩種心情交錯，讓志津子遲遲無法下定決心，前往婚姻介紹所。

第一次相親之後，過了一個月時，小山問「中米小姐，找結婚對象找得怎麼樣了？」，志津子告訴她栗本這個男人的事。志津子原本覺得丟臉，想要當作祕密，但是她看韓劇的時候，總是心想「一個人悶在心裡也沒好事」，於是忍不住向小山大吐苦水。

韓劇中的人物或許是因爲面子薄如蟬翼，或者是不好意思造成別人的困擾，老是一個人獨攬心事和祕密，自取滅亡。志津子總是心想：找人討論就好了，這些人眞蠢啊。

「那傢伙到底過著怎樣的人生呢？妳要是把熱水澆在他頭上就好了。」

小山如此安慰她。志津子跟她討論，說「入會費不是一筆小數目，我今後還想繼續相親，妳覺得如何？」，小山說：不久就會有好事發生啦。

「我在想，滿心期待地等著遇到好對象的時候，反而遇不到對的人。是不是有時候，忽然就遇到了對的人呢？」

初春時分，志津子連續兩週和新的對象相親，但是第一個同一輩的男人，照片和本人之間的落差大到令人無法置信。另一個人是坐六望七，但只是單方面地訴說死別的亡妻約兩小時。同一輩的男人在照片中身穿西裝，但相親時，卻穿著像是工廠制服的灰色夾克現身，雙眼距離太開，令人聯想到鰈魚或比目魚，問志津子：我想從通信開始，可以嗎？

坐六望七的男人拄著綠色的枴杖，肥胖但皮膚薄，好像如果以針一戳，就會像氣球一樣破裂。據女性諮詢人員所說，他是相當有錢的資產家，但是離開介紹所，搭計程車到伊勢丹百貨公司前面的七百一十圓車資，他竟然說要平分，令志津子大感錯愕。

但是，志津子想起有人說過，越有錢的人越節省，雖然試圖轉換心情，但驚訝還嫌太早。她說「那這是我的份」，掏出一枚五百圓硬幣，氣球男也從鴕鳥皮錢包的零錢袋，一樣拿出一枚五百圓硬幣，付給司機。然後從計程車下車時，他理所當然地一臉若無其事的表情，將收據連同兩百九十圓找零收進了鴕鳥皮錢包的零錢袋。

志津子心想「這個人才不是節省」，驚訝得啞口無言。既然是平分，就應該給我一半的找零。兩百九十圓平分確實很麻煩，但是她覺得，一副理所當然的樣子，將兩枚百圓硬幣、一枚五十圓硬幣和四枚十圓硬幣順手放進自己的零錢袋並非常人所爲。志津子太過驚訝，想要相親或再婚的心情完全消失，但是反倒對於這種男人在哪種地方用餐、會聊哪種話題產生興趣，決定陪他用午餐。

男人一面用綠色枴杖支撐身體，一面走路，引領志津子前往一家位於歌舞伎町入口附近的牛排館。因爲是平常日，店內沒什麼客人，能夠坐在可以環顧靖國通的靠窗座位，室內裝潢宛如出現在美國西部片中的場景，代替前菜上桌的牛尾湯、牛排的味道都不差。臉像氣球一樣鼓脹的老人進一步鼓起紅潤的臉頰，說「牛肉就是要吃菲力，油脂少，菲力之外的肉根本不能吃，我絕對不吃菲力之外的牛肉」，志津子看到他反覆訴說菲力牛的事，只覺有趣。她一心想著「我想快點告訴小山這個男人的事」，吃完了午餐，一千九百六十圓的菲力牛排也是平分。

午餐之後，男人邀志津子去唱KTV，但她拒絕了。臨別之際，男人問：我們今後要怎麼交往呢？志津子笑著回答「我會向諮詢人員回覆」，卻一直在腦海中勾勒用針戳破氣球的畫面。

梅雨季時，志津子又跟兩個男人相親。第一個人——前後第四個相親的男人小她九歲，而且是IT相關企業的正式員工，沒有結過婚，頭髮略嫌稀疏，但是儀容端正。志津子心想「這種人爲什麼要相親呢？」，感到不可思議，向女性諮詢人員提起此事，女性諮詢人員應道：他是個非常好的人，但比較不擅長與人溝通。於是，在介紹所的小隔間面對面時，她立刻明白了女性諮詢人員的言下之意。

「公園裡有一隻大狗。好大一隻。我騎著腳踏車，但是一顆心七上八下，擔心會被那隻大狗咬。好可怕。牠有時候會汪汪叫，我怕得要命。」

男人劈頭就說起了這種事。

女性諮詢人員說「吉田先生」，呼喚那個男人的名字，接著說「不要緊，中米女士是個溫柔的人」，讓他放心。

但是，吉田這個男人夾雜著汪汪的狗叫聲，沒完沒了地繼續說公園裡的狗的事。他的聲音不大，感覺像是嘀嘀咕咕地喃喃自語，現場瀰漫著異常的氣氛，志津子心想「該怎麼做才好呢？」，不禁感到焦躁。

她露出詫異的表情，女性諮詢人員說「呃，方便借一步說話嗎？」，促請她到外面，告訴她：吉田這個男人在幾年前得了精神疾病，之後重新站起來，回歸社會，但是如今無法順暢地和第一次見面的人對話。

「他是因爲第一次見面緊張，才會像那樣自言自語。可是見了幾次面，卸下心防之後，好像就會放心，妳不用擔心。實際上，他會跟我像一般人一樣地對話。」

吉田這個男人爲什麼會跟素不相識的自己見面呢？

「他看到您的照片，說『這個人看起來很溫柔』，決定鼓起勇氣跟您見面。」

志津子回到小隔間，感覺微妙地出聲應和、點頭，聽了公園和狗的話題將近一小時。但不可思議的是，她不覺得厭惡。吉田皺緊眉頭，露出像是在忍耐什麼的表情說話。而且，他絕對不會和人對上目光。無論是條紋襯衫、藏青色西裝外套，看起來都不怎麼昂貴，但是仔細地熨過，皮鞋也擦得晶亮。

志津子可以從服裝，大致看出一個人的人品。是否穿著名牌不重要，她無法信任穿著邋遢的男人。她覺得，這個人既老實又誠懇。

她心想：或許正因爲既老實又誠懇，內心才會失衡。吉田說「經常在公園裡遇到的狗又大又可怕」，沒完沒了地反覆說著一樣的話。但是，志津子從皺緊眉頭的深邃皺紋，感受到他經歷過一段痛苦的時光。他彷彿在說：希望妳瞭解我。

志津子想起了前夫。

因爲前夫也曾露出過類似的表情。再找工作屢屢失敗，開始整天坐在電視前面，對著螢幕抱怨。當時，他跟吉田這個男人一樣，總是眉頭深鎖。前夫看起來像是在生氣，他一定也痛苦不已。

前夫依舊會定期地傳來簡訊。

「我很好。雖然覺得不該這麼做，但我還是忍不住傳了簡訊。」

「這種簡訊會造成妳的困擾吧？如果會的話，請妳換一個簡訊信箱。」

「妳沒有換新的簡訊信箱嗎？道謝也很怪，但是謝謝妳。」

「我只去工作了一天。工作內容是打掃大樓。我漸漸開始工作了。」

「我意識到，我過去太依賴妳了。事到如今才醒悟也太晚了，對吧？」

簡訊中有「謝謝」等，前夫在一起生活時不會使用的用語，令志津子感到噁心，完全沒有回覆半封簡訊。但是，她也沒有換新的簡訊信箱。

前夫寫到「我過去太依賴妳了」。那些像是在生氣的眉間皺紋，是他毫無自覺地依賴她的印記。

既然如此，吉田這個男人將來也會依賴我。然而，依賴毫無經濟能力、青春、美貌，一無是處、年近六十、第一次見面的女人，究竟是怎麼一回事呢？

不過，志津子聽到女性諮詢人員說「他看到您的照片，說『這個人看起來很溫柔』」時很開心，完全沒有對沒完沒了地自言自語的男人產生輕蔑或厭惡的情緒。依賴這種關係是一個願打、一個願挨，會給予依賴者和被依賴者雙方某種心安。志津子心想：我之所以沒有換新的簡訊信箱，八成也是因爲這個緣故。但是，這種心安扭曲了。志津子看著吉田這個男人的眉間皺紋，心想：我還是無法跟這個人交往。

第一次造訪介紹所，接受面談時，女性諮詢人員說：重要的是今後想過怎樣的人生。像是希望經濟上穩定就好、想找一個能夠推心置腹的說話對象、想要一起去旅行、找到伴侶，讓家人和親戚放心。

以什麼條件爲優先，確實會改變想找的對象類型。實際上，在和幾位男性見面的過程中，志津子開始隱約知道自己想要什麼了。

她之前沒有思考過，自己想過怎樣的人生。這個問題的意思是，自己選擇自己的人生，她從一開始就覺得那種事情不可能。因此，忘了第幾次造訪介紹所時，她若無其事地問女性諮詢人員：

「能夠自己選擇自己人生的人不多吧？」

除非是相當有錢，或者擁有相當天分的人，否則一定辦不到。包含自己在內，大多數的人都只能默默地接受上天給予的事物。她心想：以演員比喻，會比較容易明白。超級大牌的演員能夠選擇要演出的電影或電視劇。但是，不怎麼紅的演員就無法拒絕工作。

「不，實際上，沒有人能夠自己選擇人生中的一切。」

女性諮詢人員如此答道。

「我想，即使是您作爲比喻的演員，其實一生當中，眞正想演的角色也沒幾個。無論再有天分或金錢，人生也不是事事順心如意。因爲不管是工作或生活，都有別人，也就是相處的對象。別人不是機器人，所以我想，要隨心所欲地行動是不可能的。不過，會思考自己想過怎樣人生的人，跟完全沒有思考的人之間，應該會相差甚多。」

志津子開始隱約知道自己想要什麼了。那就是改變。活到這把歲數，不可能變成有錢人、獲得天分，或者想動整形手術，改變長相或身體。不過，她想要某種改變。那說不定是性愛或親密感。自從有了孩子之後，她就不再和前夫行房。連身體接觸擁抱、親吻也沒有。前夫也不曾誇獎她的容貌或舉止。

志津子開始想瞧一瞧和之前的她截然不同的自己。這正是她放棄沒完沒了地訴說公園和狗的男性的眞正理由。那位男性很誠懇，志津子對他有好感。但是，他一定會跟前夫一樣，每天對自己有所顧慮，依賴自己。縱然跟他在一起，改變也不會翩然降臨。

然而，第五個男人不一樣。

第五個男人經營一家機械零件公司，嗜好是全程馬拉松和騎自行車，坐六望七，感覺精力充沛。他名叫木村，長相和身高都很平凡，但是沒有老人臭，整體而言，人很客氣，話題豐富。雖說是經營者，但是員工包含家人在內，也只有七個人，所以他爽朗地笑道「欸，我是小工廠裡的典型大叔」，第一次午餐的計程車費、餐費，都是由他付錢。結縭三十年的妻子在幾年前死於癌症，有一對兒女，他們已經各自成家，兩人都在公司裡幫忙。

木村是志津子第一個約第二次會的男人。而且，第二次不是吃午餐，而是晚上見面。第一次的午餐是在澀谷的百貨公司內的日本料理店，第二次的晚餐是位於新宿車站西口摩天大樓美食街的義大利餐廳。

雖然兩家店都不是高級餐廳，但是店內清潔，員工的態度良好，餐點也相當美味。

木村在義大利餐廳，說起了從前常去國外旅行的話題。亡妻愛吃中餐，去過好幾次香港和新加坡，所以如今不太想吃中餐。如此說完之後，道歉道：這種時候提起亡妻的話題，不好意思。

木村說他訂了附近KTV的大包廂，志津子決定陪他去唱歌。眞的是大包廂，沙發等感覺也很高級。於是，木村調暗燈光，在一片漆黑當中，在聚光燈的照射下，高唱〈陸奧獨自旅行〉這首從前的演歌。

他反覆好幾遍「妳是我最後的女人」這句歌詞，志津子心想，這搞不好是求婚。韓劇中，男人會下各種工夫，討女人歡心，向女人求婚。像是沿著步道點燃蠟燭、包下寬敞的餐廳或遊覽船，或者在飯店套房裡擺滿玫瑰花。然後單膝下跪，說「嫁給我」。租下劇場唱情歌也是常見的模式，志津子猜想，木村的〈陸奧獨自旅行〉或許就接近那種情節。

唱完之後，木村說：

「能否請妳考慮結婚呢？」

果然是求婚。或許是有那種服務，服務生送來花束，木村握緊志津子的手，向她求婚。她發自內心地感到開心，眼眶泛淚。但是，木村仍舊握著她的手，說「這件事得先告訴妳」，低下了頭，說起了工廠的現狀。總之，幹活的人手不足，女兒、女婿、兒子、媳婦跟他同住。

「雖說是工作，但也不是要妳做切割或焊接。假如妳數字能力強，肯當會計的話，那就太好了，不行的話，只打掃工廠也可以。或者繼續做現在銷售員的工作也非常棒。不過，我家的經濟狀況並不太富裕，所以希望妳明白這一點。其實，像我這樣的人或許不該考慮再婚，但是孩子們勸我這麼做，而且人手不足也是事實。」

志津子緩緩地抽回了被握住的手。心情像是突然背負了沉重的行李。她覺得木村為人老實，外表和個性也令人滿意，所以答應了晚上的約會，也陪他續攤，意外的求婚令她泫然欲泣。她很開心。

但是，她無法忍受自己被視為幹活的人手。再說，不管怎麼想，她也沒辦法跟他兩個成家的孩子同居。儘管如此，她還是無法馬上拒絕。她深切地知道，木村是很難遇見的好人，如果忍耐的話，說不定能夠設法和他攜手走下去，一時內心天人交戰。但是，她隨即意識到了，「如果忍耐的話」這種假設本身就是個錯誤。忍耐和改變無法並存。

「中米小姐，這種話不該說，但是有錢、個性又正經的男人，應該早就跟誰在一起了吧。」

志津子聽到小山這麼說，心有不甘，但是又覺得她或許沒說錯。拒絕木村的求婚之後，志津子也繼續相親，但是個個經濟不富裕，有人露骨地詢問她的年金和存款金額，有人一見面就馬上宣告雙方都工作是結婚的條件。也有有錢的男人，但是他們無一例外地個性上有問題。不是自顧自地說話，就是正好相反，完全聊不起來，或者把自己的想法強加在她身上，還有男人始終自吹自擂。

「話說回來，日本的公司就像是培養只會對上逢迎拍馬、對下趾高氣揚的男人的地方，所以也沒辦法。」

小山啐道，志津子知道這是她安慰人的方式，所以心情變得輕鬆。

於是，那個令人難忘的聖誕夜來了。

前往介紹所之後，過了將近一年。總共相親了十四次，但終究無法和任何人修成正果。志津子對著手機發牢騷「趁早死心比較好吧？」，女性諮詢人員斬釘截鐵地說：絕對沒那回事。那既非安慰的口吻，也不是鼓勵。淡淡的語氣，簡直像是氣象預報說「明天全國應該是晴天」一樣，所以反而具有說服力。

「確實，有人入會之後馬上，像是一個月，快則兩週就遇見對象，相對地，也有人參加介紹所多年。但並不是因爲理想太高，所以曠日費時，或者擅長妥協的人很快就覓得良人。我們營運介紹所確實是在做生意，但並不是在賣商品。各位會員擁有各自不同的人生，說相遇是緣分，或許誇大其詞，應該說是受到命運引導，我希望您知道，人與人相遇沒有方程式，也沒有正確答案。」

「中米女士，我今天要向您介紹派對。」

女性諮詢人員來電聯絡。似乎是「推薦會員限定」的聖誕節派對。據說只有六名諮詢人員推薦的人才能參加，所以參加者都彬彬有禮，能夠令人放心。派對日期是聖誕夜的前一天。雖然銷售員的工作休息，但時段是晚上，而且志津子聽到地點是西新宿的超高層飯店，有點心生畏怯。在高級飯店舉辦的夜間私人派對，對於志津子而言，是只有在電視和雜誌中看過的世界。再說，她不曉得該穿哪種服裝去才好。

「不要緊。各位會員都會穿一般的西裝和連身裙。雖說是飯店，也只是在小宴會廳採取站著用餐的形式，所以希望您別想成相親，輕鬆地認爲是品嚐美食、美酒就好。我身爲推薦者，希望您務必參加。」

會費是一萬五千圓，絕不便宜。但是，志津子爽快地決定參加，連自己也傻眼。打電話告訴女性諮詢人員自己要參加之後，自言自語地說「萬一無聊的話，馬上離席就好了」，莫名覺得可笑，一個人出聲笑了。她心想：或許是因爲一年來，和各種男人見面，發生了各種事，所以膽子不知不覺間變大了。

派對當天，志津子一如往常地邊喝伯爵茶邊化妝，極爲自然地穿上了網購的性感內衣。她一面將腳穿過內褲，一面心想「我到底在做什麼呢？」，霎時感到困惑。但是，她沒有脫下那件小不啦嘰的紅色內褲。穿上顏色明亮的套裝，圍上名牌領巾，腳上穿著好久沒穿的高跟鞋，而不是工作用的包鞋。

會場所在的飯店，位於東京都政府旁邊。那是前往東京都政府旁的小空間時，總會從它前面經過的飯店，所以外觀熟悉，但是當然沒有走進去過。門僮說「歡迎光臨」，向志津子打招呼。她走在懸吊華麗水晶吊燈的大廳，心想「自己來錯地方了」，突然感到害怕，心跳加速。她覺得像是被身邊的人看見了裙子底下的花稍內褲，感到羞恥。因爲和各種男人見面、發生了各種事，就以爲自己膽子變大了，簡直是天大的誤會。她坐在擺放於大廳的椅子上，覺得穿著性感內衣前來的自己好蠢。從眼前經過的人們，個個看起來氣質高雅。志津子覺得唯獨自己和現場格格不入。心跳平靜不下來，想去參加派對的勇氣完全消失了。

她問警衛洗手間在哪裡，搭乘電梯上到三樓。三樓有一間氣氛沉穩的酒吧。她當然不曾進入過高級飯店的酒吧。但是，喝杯啤酒或許能讓心情稍微平靜下來。

「一位嗎？站在入口的服務生問道。志津子回答「對」，服務生又問「要坐吧檯還是一般座位？」，她選擇了角落的一般座位。點了啤酒，喝完一半左右時，那個聲音傳來了。起先，她以爲是痛苦的呼吸聲，但並不是。原來是獨自一人坐在對面座位的男人，正在壓低聲音哭泣。

或許是因爲時間尙早，客人不多。一般座位的整個區域以霧面玻璃的隔板隔成好幾個區間，志津子的周圍除了那個在哭泣的男人之外，沒有其他客人。而且因爲是在正對面，所以男人的身影無法避免地進入視野。間接照明的微弱燈光，使得男人的臉部輪廓朦朧地浮現。大概三十五、六歲吧，男人以手背拭淚，不時環顧四周，然後一定會回頭望向入口。志津子和他一度四目相交，緩緩地別開視線。

一旁的椅子上放著一束玫瑰花，旁邊有個冰桶。他八成在等人，頻頻看手錶，然後嘆氣。眼前有裝了水的玻璃杯，但是他沒有喝。而壓低音量的哭泣聲斷斷續續地傳來。感覺他拚命地忍住不哭，但是每當想起什麼，心情就會動搖。他身穿深灰色西裝外套、水藍色襯衫，繫著暖色系的素色領帶，志津子覺得他非常有品味。他不斷地用雙手撥動頭髮，所以紊亂的劉海蓋住了額頭。

志津子竟然做了連自己也不敢相信的事。她招來服務生，詢問是否有伯爵紅茶，吩咐服務生將紅茶和蜂蜜一起送去給男人。或許是因爲喝啤酒醉了。志津子雖然無法向男人攀談，但是距離太近，無法忽視他。之前自己因爲痛苦或悲傷，心情動搖時，若將蜂蜜加入伯爵茶喝下，心情總是會稍微平靜一些。

服務生端了茶壺和茶杯過去，以手指示志津子，說「是那位客人送的」，男人露出驚訝的表情，朝她輕輕點頭致意。男人將蜂蜜倒入茶杯，聞了聞香味，慢慢喝了一口。

志津子心想「今晚這樣就夠了」，正要從座位起身時，男人目不轉睛地凝視著她，隨即也站了起來，拿起原本放在一旁的花束，走了過來。

「謝謝妳。不好意思，可以請妳收下這束花嗎？」

男人遞出鮮紅的玫瑰花束。志津子頓時心頭小鹿亂撞，但是不能收下。她送男人紅茶，沒有搭訕的意思；對男人微微一笑，搖了搖頭，說「我不能收」。畢竟，那一定是原本要送給其他人的花吧？

「是啊。抱歉，眞的很對不起。」

男人如此說道，將遞出的花束收回手邊，露出了不知道該怎麼做才好的悲痛表情。志津子心想「他會不會又就此哭起來呢？」，覺得自己好像做了什麼殘酷的事似地感到罪惡。男人坐著時，她沒發現，沒想到他的個頭意外矮小，眉清目秀，並且看到他握住花束的手指細長；心想：假如自己有兒子的話，說不定也差不多是這個年紀。

「呃，我可以問妳一件事嗎？」

男人問道。志津子說「可以啊」，點了個頭。男人低著頭杵在原地，問：爲什麼送我紅茶？志津子回答：那是伯爵茶，如果加入蜂蜜喝下，心情動搖時，會讓心情平靜下來。她沒說謊。這種飲用方式是大宮的紅茶專賣店老闆娘教她的。開始考慮離婚時，她自己沒有察覺，但是當時一定總是露出陰沉的表情。

任誰都有難過的時候。精神不穩定時，若能細細品味飲料，應該任何人都能讓心情平靜下來。那就像是一種儀式，而且不必依賴任何人。志津子每次看到電視上播報自殺的新聞時，都會心想：雖然不知道這個人發生了多麼痛不欲生的事，但如果慢慢喝某種喜歡的飲料，心情一定會平靜下來。

志津子說「可是啊，不可以喝酒」，男人說「我知道」，點了個頭。

「因爲有時候不管怎麼喝都喝不醉。」

男人先回到自己的桌子，然後抱著紅酒冰桶，又走了回來。

「那麼，能不能讓我送妳這瓶香檳，當作伯爵茶的回禮呢？其實花束也是如此，我已經不需要了。能不能請妳收下呢？這瓶是我喜歡的香檳，叫做Grande Dame，但是我不能帶它回去，能不能請妳和等一下見面的人喝呢？」

男人彷彿抱著嬰兒似地，雙手捧著裝了香檳酒瓶的冰桶，難爲情地低下頭，結結巴巴地說：我想送妳香檳。他誤以爲志津子和誰約了碰面。她原本打算喝完杯底所剩不多的啤酒之後，走在聖誕節的霓虹燈閃爍、大樓林立的街區，回到新宿車站，一個人搭乘電車，回到公寓。

「沒有人會來。」

她如此低喃之後，男人「咦？」了一聲，抬起頭來。

「是唷。妳愛喝紅茶啊？」

志津子說她還沒吃晚餐，男人替她點了蝸牛、生火腿和雞尾酒蝦沙拉。她丟下一萬五千圓的派對不管，和年紀差不多可以當自己兒子的男人一起喝香檳。她不太清楚自己為什麼這麼做，也不太想知道理由。不過，她不想一個人前往車站，搭乘電車，回到公寓。然而，她覺得自己簡直像是變了個人一樣。男人微笑道「如果妳不嫌棄的話，一起喝怎麼樣？」，請她在一旁的椅子坐下。假如告訴小山，她一定會嚇一跳吧。

「我也喜歡瓷器。海倫德茶杯太貴，我買不起，但是我有幾個Wedgwood的馬克杯。」

兩人針對紅茶和茶杯，已經聊了將近一小時，但是完全沒有訴說，也沒有過問隱私的事。連彼此的名字也還不知道。但是，在一起非常愉快。既沒有介紹者，也不必弄清年金、年收入、家庭成員。而最決定性的關鍵是，彼此都覺得享受現在這一瞬間即可，希望對方待在身邊。

「我剛才也說過了，我覺得大吉嶺對我而言，味道有點太強。阿薩姆非得加牛奶，否則味道太嗆。」

從剛才起，一直在聊一樣的話題。Grande Dame這支香檳的香味、口感俱佳，喝越多，身心的某個部分越醉，而另外的某個部分越清醒，覺得很不可思議。不久之後，香檳喝光時，男人以非常自然的感覺說：

「有一部我想跟妳一起看的電影。要不要在房間再喝一點呢？」

男人說想跟志津子一起看的電影，是有名的《向日葵》（I Girasoli）。這部義大利片的內容是透過一對被拆散的情侶，訴說戰爭的悲慘。女主角是蘇菲亞・羅蘭（Sophia Loren），男主角的名字不記得了，男人告訴她是馬切洛・馬斯楚安尼（Marcello Mastroianni）。男人在同一間飯店訂了房間，用客房服務點了紅酒和綜合起司。

從窗戶能夠看到東京都政府和其周邊的景色。在超高層飯店的一間客房眺望夜景，品嚐酒標上畫著女神的紅酒。彷彿悄悄地從現實被抽離了，志津子並沒有失去現實感。感覺宛如水果的皮被剝掉一般，覆蓋現實與日常生活的薄膜裂開，出現甘甜熾熱的東西，委身於它似地。心情非常亢奮，但總覺得甘甜熾熱的東西中心潛藏著危險。

電影播到蘇菲亞・羅蘭爲了尋找出征時下落不明的丈夫，正要出發前往蘇聯。在這間飯店能夠租到這片ＤＶＤ嗎？

「我上網買，帶來的。」

男人如此答道，臉色一沉。客房角落放著一個大型行李箱。男人看起來不像是從外地來出差。說不定他是因爲聖誕節休假，從國外回國。志津子看著蘇菲亞・羅蘭走在蘇聯外地的市中心，小聲地問「你住在國外嗎？」，並說「說來丟臉，我還沒有去過國外」。
「我住在美國的鄉下地方。北卡羅萊納州。」
志津子曾聽過這個地名，但是不清楚它在哪裡。
「叫做威爾明頓的城市。雖然比不上好萊塢，不過是美國東岸最大的電影製作小鎮。我在那裡從事販售、出租攝影器材的工作。我原本做的是電腦動畫，但後來比起操作器材，我更愛器材本身。」
男人說，他已經住在北卡羅萊納州的那個小鎮將近七年了。
「這叫做遠距離戀愛吧？我在日本有個女友，要是生活上更寬裕一點的話，我就請她搬過去了。結果，分隔兩地長達七年，我們的戀情終於走不下去了。今晚，就在今晚，我們的戀情徹底結束了。」
男人說「今晚，我們的戀情徹底結束了」，又露出了泫然欲泣的表情。志津子不知道該做何反應才好。男人果然是三十五、六歲吧。長年在國外工作應該也是原因之一，看起來比同一輩的日本男人老成，或者應該說是成熟。男人透露了自己的隱私。志津子心想「自己也該開誠布公些什麼吧」。但是，我的私生活實在不值一提」。男人說他在美國從事電影相關的工作七年，今晚徹底失去了長年持續遠距離戀愛的女友，這件事很浪漫。志津子羨慕他的心情，更甚於同情他；心想「我離婚之後，一面打工做銷售員，一面持續在婚姻介紹所相親，多麼無趣的人生啊」，嘆了一口氣。

電影終於播到蘇菲亞．羅蘭和下落不明的丈夫重逢。志津子從前在電視的電影劇場看過《向日葵》這部作品，但是記憶已經模糊了。她知道那個丈夫和可愛的俄羅斯女孩結婚，還生了孩子，以爲最後一幕是女主角沒有和丈夫交談，搭上了列車，但卻不然。在那之後，換成丈夫——馬切洛．馬斯楚安尼爲了見蘇菲亞．羅蘭，而跑去義大利。

然而，男人爲什麼會想看這部電影呢？

「我女友說，我看了《向日葵》之後，應該會明白她的心情。她說她想結束這段感情了，我問她『那麼，妳是討厭我了嗎？』，她說『並非如此』。我問她『那麼，到底是怎麼了？』，於是她提起了《向日葵》這部電影。可是，她跑來了北卡羅萊納州。她特地跑來北卡羅萊納州，只爲了說她想結束這段感情了。假如她眞的討厭我的話，大可以寫E-mail或打電話，不是嗎？所以，我一心認定我們的戀情還沒結束，寫E-mail告訴她『假如有一絲可能性的話，希望妳今晚來那間酒吧』。她沒有回信，但是我相信，她一定會來。」

聽著男人說這段話的過程中，《向日葵》演完了。志津子熱淚盈眶，覺得沒有比這更悲傷的電影了。而她覺得自己終於明白，男人的女友想透過《向日葵》，告訴他什麼了。

志津子拚命思考，該怎麼說，他才會懂呢？身心因爲香檳和紅酒而鬆軟，心情獲得了解放。她告訴自己，現在不必掩飾自己。面對這個年紀可以當自己兒子的男人，不必展現自己美好的一面，或者避免被他討厭，那種顧慮是多餘的。只要坦率地直接說出心中的想法即可。

「關於剛才的電影，之前看的時候，我一直以爲它想傳達的是不可以戰爭。但是如今，我意識到不僅如此，覺得劇情或許和你女友說的話有關。《向日葵》中，男女雙方互相去見彼此，對吧？我想，這就是關鍵所在。假如蘇菲亞・羅蘭沒有去蘇聯尋找丈夫，就什麼也不會知道，說不定會一直不知道丈夫的下落，就某種層面而言，是安穩地度過歲月，對吧？我不曾像你的女友或蘇菲亞・羅蘭一樣，前往遠方旅行，尋找、傳達什麼，所以無法親身體會，但是我想，她們是在竭盡心意。

「遠渡重洋，大老遠跑去對方所在的地方，傳達重要的什麼，我覺得光是如此，就非常有意義。這必須要有誠意才行，如果不愛對方也做不到，可是，藉由這麼做，能夠竭盡心意。竭盡具有全部用完的意思，以及爲了對方做某種努力的意思。我想，或許你的女友、蘇菲亞・羅蘭，以及她在蘇聯成家的前夫都需要這兩者，當然，你也需要這兩者。」

志津子說完「竭盡心意」這件事之後，男人說「我想，我懂」，深深地嘆了一口氣，然後又開始流淚。他用雙手摀住臉，嗚咽地一再道歉。志津子看到男人這樣，感覺胸口一緊；像是在哄小孩子似地，伸手觸摸男人的肩膀一帶。男人在第一次見面的陌生人面前，像個幼童般抽抽噎噎地哭泣。志津子想對他說：無論是你本身、結束的戀情、你的淚水，都有意義。那不可憐，也不可恥。該感到可恥的是，無視對方的人格和心情，只想到自己、只訴說自己的事的人。志津子認爲：如今，你或許感到傷心、痛苦，但遠比什麼事也沒發生的無聊人生，過著更豐富的時光。但是，志津子什麼也說不出口。因爲那種話不能實際說出口。化爲言語的瞬間，會被修飾，參雜謊言。足以撼動身在一旁的別人內心的深沉悲傷，拒絕言語。

不久之後，男人停止哭泣，緊握住志津子放在他肩上的手。她心想：唯獨今晚，無論發生什麼事，我也別甩開這個男人的手。

黎明醒來，志津子避免吵醒在一旁呼呼大睡的男人，悄悄地下了床。身體微微出汗，想要沖澡，但是忍住了。男人說不定會醒來。她撿拾地上的內衣和衣服，靜靜地穿上。手提包在浴室。昨晚卸妝時，就那麼擺在那裡了。

錢包、手機、家裡的鑰匙，志津子檢查手提包內，確認有沒有忘了什麼。男人交給她的名片在手提包裡，猶豫了半天，她決定帶回家。她在飯店的便條紙上，寫下一封簡短的信。

「我先走了。你睡得很熟，我沒叫醒你就走，對不起。」

志津子離開客房之前，凝視男人的睡臉良久。

應該再也不會見面了吧。但是，志津子毫無罪惡感，也不感到後悔；心想：我確實體驗了改變。

和男人的這一晚，她不能告訴小山或任何人。HAYASAKA YOICHI（早坂洋一），這是男人的名字。名片上只有英文標記，住址除了最後的「USA」之外，也看不太懂。拿到名片時，男人說「方便的話，請跟我聯絡」。志津子打了幾次簡訊，但是都無法按下傳送鍵。男人說，他在故鄉——長野和父母見面之後，會在過年前回美國。如果傳送簡訊，他應該會回覆吧。但是，兩人之間什麼也不會展開。問題不是年齡。聖誕節前的那一晚是特別的時光，縱然互相聯絡、見面，也無法再次重現。

男人說「請來美國，威爾明頓的BLT非常好吃」，志津子問「BLT是什麼？」，男人告訴她「是夾著培根、萵苣和番茄的三明治」。她藉著醉意，說「是喔，那一起邊喝伯爵茶邊吃吧」，但去美國是不可能的事。她沒有那種錢，而且完全不懂英文。然而這些都不是眞正的理由。《向日葵》的男女主角明明重逢了，也沒有結合。因爲丈夫和俄羅斯女孩結婚，有了孩子，但是理由不只如此。

志津子心想：我們一旦展開另一種人生，就會變成另一個人。她覺得自己和前夫離婚之後，變成了另一個人。並非改變了長相、姓名或個性，而是像昆蟲蛻皮一樣擺脫什麼，內心銘刻上其他的事物。《向日葵》之所以那麼悲傷，是因爲它毫不掩飾且正確地描述人會因歲月和狀況而改變。

公園

我在那一晚，唯獨一瞬間變成了另一個人。然而，後來去做了幾次銷售員的工作，跟平常一樣和小山她們開玩笑，嘻嘻哈哈，馬上又變回了原本的自己。只體驗了改變極短的時間，但是得以窺見過另一種人生的可能性。這樣就夠了。確實留下了什麼。

「新年快樂。今年要不要見一面？」

過年之後，前夫傳來了這種簡訊。志津子連自己也不太知道爲什麼，同意了和他見面。

明明之前一次也不曾回覆，卻答應了前夫「要不要見一面？」這項邀約。

「好。見個面吧。什麼時候方便？」

志津子傳送簡短的回覆，三十秒後傳來了確認的簡訊，內容是「眞的嗎？我眞不敢相信。妳是說眞的吧？」。離婚將近四年，前夫連一次回覆也沒收到，以一至兩個月一次的頻率，不斷地持續傳送簡訊。志津子彷彿看見了他笑容滿面、喜不自禁的樣子。

約見面那一天，天氣較爲暖和，陽光和煦，兩人決定在毗鄰公寓的公園內見面。公園中央有個廣場，再過去有銀杏的林蔭大道，擺放著長椅。志津子以簡訊告訴前夫，在那裡的長椅等他。她不想在咖啡店或餐廳等室內見面，總覺得會窒息。再說，她不想看到前夫吃喝什麼。更遑論讓他進入家裡了，志津子甚至不想讓他知道自己住在什麼地方。

她比約定的時間還早前往公園，緩緩地在樹林中的步道和廣場周邊漫步。我爲什麼會決定跟前夫見面呢？前夫傳來的簡訊常讓她覺得他仍眷戀不捨。說不定他想破鏡重圓。志津子去了婚姻介紹所一年多，當然沒有找到對象，甚至覺得沒有半個條件好的人。

結果丟下聖誕派對不管，心裡過意不去，於是向女性諮詢人員撒了個謊，說她得了重感冒。她覺得打電話不禮貌，所以前往介紹所，當面告訴了女性諮詢人員。女性諮詢人員一臉歉然地說「派對的會費不能退唷」，志津子說「那當然，那種事無所謂」，但是內心感到輕微的罪惡感，擔心同一時間待在飯店的酒吧會不會被發現。聊著派對的話題時，腦海中浮現在飯店的酒吧，遇見那個哭泣男人時的事，志津子感覺自己自然地放鬆了嘴角。伯爵茶、玫瑰花束，以及叫做Grande Dame的香檳。酒瓶的形狀宛如洋梨般不可思議。連浮現在酒瓶表面的一顆顆水滴，她都鮮明地記得。

「中米女士，最近發生了什麼好事嗎？」

志津子聽到女性諮詢人員如此問道，大吃一驚，反問：為什麼這麼問呢？於是，女性諮詢人員微笑道：我不知道妳發生了什麼事，但妳看起來神采奕奕。志津子不好意思，感覺自己臉頰發燙。絕對不能說那個男人的事。她說「女兒每年過年都會帶孫子來玩，好久沒度過熱鬧的時光，一定是因爲滿心期待的緣故」，含糊帶過。

女兒一如往年，於過年前來，在大宮的飯店住三晚，享用美食、去洗三溫暖，接受按摩，然後又回去了新潟。女婿在當地的中小企業從事機械設計，似乎除了大年初一之外，沒有休息要工作，今年也沒有露臉。志津子沒有告訴女兒，自己要跟前夫見面。女兒在大宮住三晚的期間，通常只會跟父親吃一次飯。這次似乎也在回去的前一天，一起吃了一頓午餐，女兒只說「爸很好」，除此之外，沒有多說什麼，志津子也沒過問。女兒好像認爲夫妻之間的事，連孩子也不該插嘴。女兒帶著孫子來家裡時，志津子將那一晚穿的紅色內衣，塞進了衣櫃抽屜的最內側。雖然不可能被女兒發現，但她總覺得，那像是絕對不能攤在大太陽底下的祕密的象徵物。

約定的時間——下午一點整，前夫出現在公園。附近的蔬果市場的報時聲響尚未停息之前，他就現身在林蔭大道的另一頭，快步走了過來。他準時一點現身，令人懷疑他其實早就到了，約定的時間之前一直躲在樹後。他臉上擠出笑容，朝她揮手；頭髮剪得乾淨俐落，身穿年輕人在穿的合身羽絨夾克、丹寧褲，腳穿咖啡色皮靴。前夫邊說「嘿咻」，邊在長椅上落坐。志津子微微起身，重新坐好，若無其事地遠離前夫。她和前夫保持一小段距離。

志津子說「你打扮變年輕了耶」，前夫說「UNIQLO的啊」，露出靦腆的笑容，又說「好久不見」，將身體轉向她。這時，志津子知道自己爲什麼想跟前夫見面了。

她想比較那個男人和前夫，確認一件事。她想確認他們的年齡、身高、長相、個性、生活方式截然不同；心想：自己是個多麼殘酷的女人啊。

「我漸漸開始工作了。」

前夫低著頭，有一句、沒一句地說起話來。他說：要身爲正式員工重新就職非常困難，只有打掃大樓、管理停車場，以及道路施工或包裝等輕度勞動的打工工作，但是只要體力許可，我就會盡可能地繼續下去。

「我在幾家派遣公司登記，如果不挑三揀四的話，工作倒也是有。不過，終究是上了年紀，好想任職於某家公司。我昨天也剛去一家警衛公司面試。」

前夫反覆訴說自己在持續打工，也在找工作。實際上在見面之前，志津子就討厭他的說話方式，甚至連他的呼吸都感到厭惡，而他坐在旁邊時，忍不住讓身體遠離他。但是，內心極為自然地湧現一股懷念之情。過去的婚姻生活無趣，幾乎想不起任何愉快的事，但到底是一起拉拔女兒長大，在一起生活了將近三十年。他手背的皺紋、說話時的嘴角、隱隱覆蓋下顎一帶的鬍碴、坐在椅子上時蹺腳的方式，這一些都好熟悉，志津子無法防止內心湧現親密感。

「沒有工作的日子啊，我會在附近小學的斑馬線當愛心爸爸，或者陪小學生上下學。有一次散步的時候，我也順便在里辦公室登記了。喏，郵局旁邊的空地不是蓋了新的里民活動中心嗎？我偶爾會去下象棋、學唱歌。」

如果再次一起生活，會發生哪種事呢？有一件事是確定的。如果有一起生活的人，起碼能夠逃離寂寞。

驀地，志津子環顧四周，發現一個女人步履蹣跚地走在林蔭大道上，朝這邊而來。樣子有點奇怪。她抱著什麼。好像是嬰兒。她的頭髮散亂，身穿薄毛衣和裙子、光腳踩著涼鞋，一身不適合寒冬的異常打扮。儘管有陽光，天氣溫暖，但仍是需要大衣和圍巾的氣溫。女人一再地回顧身後，環顧四周之後，坐在對面的長椅上。

「別人常說我怪，我自己不太清楚，我還是不擅長說話，所以該怎麼說呢，我深深地覺得自己不擅長表達感情，受夠了這樣的自己。」

前夫一下子仰望天空，一下子不時地望向她，嘀嘀咕咕地持續說話；似乎沒有察覺到對面長椅上的女人。

「妳也沒變。我有點害怕，萬一妳染了頭髮、指甲塗紅的話怎麼辦。啊，對了。很久以前，我們去過金澤的溫泉，對吧？妳記得嗎？」

志津子記得，公司的幾對同事夫婦一起去旅行過。但是，她不記得是不是金澤的溫泉，而且覺得那種事並不重要。她在意著對面長椅上的女人。她曾跟小山等人聊過家暴。家庭暴力。她聽了許多家暴的事，像是某個認識的年輕女銷售員被丈夫持續施暴，下顎的骨頭骨折。也聊過有男人會對孩子動手，某個女性總是空手跑出家門，逃到公園之類的話題。

女人抱著嬰兒，在寒冬身穿薄毛衣、腳踩涼鞋，坐在對面的長椅上。她是在逃離丈夫的家暴嗎？她彎曲身體，想要替嬰兒擋去寒風。

「那個溫泉怎麼樣？要不要再一起去一次？」

志津子心想，自己錯了。她並非想要比較共度一晚的那個年輕男人和前夫，而是想要竭盡心意。她自己原本沒有察覺到，但是經過那一晚之後，她開始對於一個人感到寂寞。然而，再怎麼寂寞，也不能再和這個男人生活了。她為了確認這一點，而決定和他見面。對於她而言，吐出心中殘存的一絲眷戀，意味著竭盡心意。

前夫絲毫沒有注意到對面長椅上的女人。他似乎在小學附近的斑馬線當愛心爸爸，也會陪小學生上下學。但是，他好像完全沒有察覺到抱著嬰兒、冷得發抖的女人。

「我意識到了，我想，人生可以重來。人生可以一再地重來，妳不覺得嗎？」

確實，人生或許能夠重來。尤其是在絕望和失意之後，若不認為人生可以重來，應該會活不下去。但是，是透過發現其他生活方式，而不是單純地恢復原本的模樣就好。而且志津子總覺得，認為人生不能重來的人，更能重視每一個當下而活。

志津子決定要一個人活下去。她要再去婚姻介紹所一陣子。雖然遇見好對象的可能性不高，但那位女性諮詢人員是她的救星。光是認識她，入會就有了意義。

她對金錢和健康等，依然感到不安。也可以說是內心充滿了不安。但是，人生中最可怕的是，抱著後悔而活。並非孤獨。和前夫道別之前，向對面長椅上的女人攀談吧。然後，如果她不嫌棄的話，試著邀她一起喝杯紅茶。志津子一心想著，我想快點吸入滿腔的伯爵茶香。

再作一次翱翔天際的夢

空を飛ぶ夢をもう一度

只要活著，或許未來總有一天，還能作翱翔天際的夢。

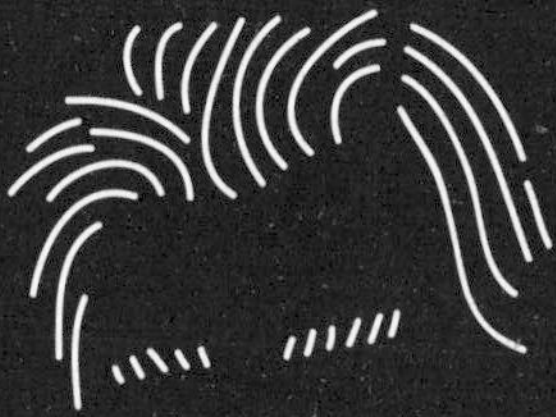

純淨好水

因藤茂雄心想，人意外地容易淪爲遊民。六年前，他被任職的小出版社裁員。當時，他五十四歲。後來過了四年左右時，他開始對遊民產生了異常的反應。在街上看到遊民，他就會心緒不寧，無法保持平靜。擔心自己搞不好也會加入在公園或路上起居的人群，因而感到畏怯。而如今，他的擔憂與日俱增。

因藤生長於佐賀縣的鳥栖市，畢業於東京的私立大學文學院，當初的目標是成爲作家。他從小就愛看書、寫文章，國二時，作文得了市長獎。他也曾被邀請至牆上掛著歷代市長肖像照、充滿威嚴的市長辦公室，坐在豪華的皮革沙發上，接受蛋糕和果汁的接待。除了他之外，還有圖畫、美勞，以及書法組的得獎者，但市長特別指名因藤，讚揚他。

「因藤同學，我從你的作文中，感到了獨創性。」

當時他心想，寫文章是他的天職。全市最偉大的人稱讚他有獨創性。但是學生時代，他參加了幾次大出版社的新人文學獎，卻悉數落選，也不曾留到最終評選。畢業後，他任職於一家員工只有十人左右的小出版社，工作內容主要是編纂企業的公司歷史和行政的公關雜誌等。薪資低到不能和大型出版社相提並論，員工福利也很差，但是閱讀各種資料和文件，撰寫文章，編輯書籍的工作，他並不以爲苦，最吸引他的是，沒什麼時間上的限制，能夠繼續寫小說。

他一直持續參加文學獎，只有一次留到最終評選，但是年紀到了三十五、六歲，他已經失去了寫小說的動力。不過，他如今仍在繼續寫一樣東西。那就是作夢日記。就在放棄當作家時，他開始將作的夢寫在筆記本上。一開始只是做筆記，後來甚至開始推敲。一旦擔憂說不定會變成遊民，他就會反覆閱讀作夢日記。如此一來，心情就會平靜下來。他替日記取的名稱是「再作一次翱翔天際的夢」。

小時候，他經常作在天空飛翔的夢。他曾像鳥一樣，飛舞在從小生長的家的高空、滑翔於只有在照片或電影中看過的外國大海、湖泊或山頂上，或者像超人一樣腳蹬地面，飛到宇宙中。但是，飛行不會持續太久。一定會在途中失速，原因不明地，墜落地面，然後不管怎麼用力腳蹬地面、雙手拚命地像鳥一樣振翅，卻再也無法飄浮於空中。儘管如此，他眞的很喜歡作翱翔天際的夢。醒來之後，覺得精神愉快，心情輕鬆。

不知道從什麼時候開始，他不再作翱翔天際的夢了。諷刺的是，從開始寫作夢日記之後，他完全沒有再作那種夢。他曾試著問公司同事，但是同事說，只有小時候才會作翱翔天際的夢。

任職的出版社的銷售額銳減，遭到裁員，但因藤心想，無論是公司或自己，都跟不上時代的潮流了。DTP，也就是桌上排版系統（Desktop Publishing）這種編輯、印刷技術成爲主流，仰賴從前手工作業的公司在競爭中被淘汰，業績在一夕之間惡化，最資深的員工——因藤成了第一個被裁員的對象。因爲是小出版社，所以退休金也少得可憐，而且晚婚，年近四十才結婚，所以獨子才念高中。他在埼玉縣新座市租了一間又舊又小的房子，主張完全不進行旅行等奢侈的消費，但是因爲薪資少，所以幾乎沒有存款。

妻子曾是公司同事，小他四歲，個性和容貌都很樸素，甚至自稱全世界最平凡的女人，但是對於丈夫遭到裁員這種緊急情況，展現剛毅的一面，開始到自家附近的超市打工。因藤失去工作，除了寫文章之外，毫無長處，而且他馬上就知道了中高齡者要再找工作，工作極爲有限。只能局限在包裝等輕度勞動、停車場的管理員、打掃大樓之類，總之，他除了工作之外，別無選擇。

後來過了一陣子之後，他心中對遊民產生了不安。

他自己也不曉得，爲什麼會對遊民產生不安。他來到東京，正在找工作的時候，一開始是新宿車站大樓地下樓層的美食街。他記得很清楚。事發太過突然，而且強烈的不安令他自己也感到驚訝。或許是因爲如此，他才會鮮明地記得。

前往設有中高齡就業窗口的求職公司「Hello Work」的回程中，正好是午餐時間，想吃碗站著吃的蕎麥麵，於是進入了車站大樓地下樓層的美食街。來東京時，他決定只吃便利商店的飯糰、站著吃的蕎麥麵或牛丼。在地下走道看見在翻餐飲店垃圾場的遊民，他忽然開始心跳加速。

當然，他並不是有生以來，第一次近距離看到遊民。因爲工作三十多年的出版社在早稻田，所以一天到晚可以在車站或公園看到。此外，他不曾歧視遊民，覺得他們很髒或可怕。他受到身爲郵局員工及勞動組織幹部的父親影響，從大學時代就站在偏左翼的立場，思考政治和文化。因此，他雖然對富裕階層反感，但是對遊民等貧困階層，反倒寄予同情。

走在東京街頭，一定會遇到遊民。他每次都會心跳加速、冒冷汗，嚴重時甚至會差點當場跌坐在地。因此，他也無法去便利商店買飯糰到公園吃。

如果可以的話，因藤想在住家當地獲得工作。因爲當地幾乎沒有遊民。總之，他必須工作。光靠妻子打工的收入，日子實在過不下去。僅有的一點存款也已經幾乎花光，縮衣節食地勉強生活，向老家借錢讓獨子念公立大學，但是他還有一年才畢業。兒子也在打工，但還是花錢。

但在當地，即將邁入花甲之年的人，頂多只有替公園除草這種工作。即使打工做道路施工的交通引導員、搬家或宅配、打掃大樓等工作，在這種不景氣的時候，只有東京才有工作。他害怕遊民，卻只能持續在東京工作。

因藤除了作夢日記之外，還有另一個令他心情平靜的東西。那就是水。小學遠足時，他發現了它的美好。三年級時，去爬附近的山，但是新鞋嚴重磨腳。水泡破了，他痛得邊哭邊走，班導發現了，替他治療。當他向班導道謝，正要邁開步伐時，班導說「因藤，等一下」，叫住他，要他喝水。因藤的水壺裡裝著他愛喝的可爾必思，所以班導讓他喝自己水壺裡的水。水非常沁涼，味道略微甘甜，令他心情平靜了下來。班導說，爬上山的時候，有一間神社，對吧？「那裡有湧泉。很好喝吧？因藤，你聽好了，發生什麼痛苦或不順心的事時，要先慢慢地喝水。那麼一來，心情就會平靜下來。不能喝混濁的水或腐臭的水。要喝跟這種水一樣乾淨、澄澈的水。」

從此之後，他就開始對水有所堅持了。在還沒有寶特瓶裝礦泉水等的時代，他會用一公升的酒瓶裝班導告訴他的那間神社的湧泉飲用。父親經常會騎摩托車載他去神社，但因爲是珍貴的水，所以不能常喝，他會在疲累時，或者在考試前想讓心情平靜時喝。

他也曾向住在脊振山山麓的朋友討他家裡的井水，或在高中時，自行步行於群山之間，尋找湧泉。大學來到東京之後，他費了好一番工夫，尋找清甜的水。他也曾詢問對山熟悉的朋友，前往富士山山麓取水，而在八王子和奧多摩則有許多取水的地點。但工作之後，就撥不出空遠行了。因此，「六甲的純淨好水」上市時，他心情雀躍得想要手舞足蹈。上市當時，用的容器不是如今的寶特瓶，而是以內部塗一層鋁箔的紙容器販售。九〇年代之後，才開始販售各種寶特瓶裝的礦泉水。

任職於出版社時，購買各種礦泉水是他唯一的樂趣。他喜歡歐洲的氣泡水，最愛的是產自法國的科西嘉島、叫做OREZZA的水。

然而，自從被裁員之後，包含OREZZA在內，他不得不放棄進口的純淨好水。因爲被迫一口氣縮減生活開支。OREZZA這種氣泡水是五百毫升的瓶裝，一打要價五千圓。他買不起這種水。他也想要一個巴卡拉（Baccarat）的水晶玻璃杯，但是只能死心。

因藤在被裁員之後，才發現自己的生活基盤如此脆弱。不，他或許其實隱約知道，但是害怕清楚地自覺到。他不曉得具體的年金金額，也不想去查。他只知道薪資低，所以應該領不到多少年金。

退休金少到和大型出版社無法相提並論。明明工作了三十多年，但即使加上優退津貼，頂多也不過區區七百萬不到。他險些發飆，怒吼「就這麼一丁點嗎?!」，但是進公司之後，數度關注他的社長說「抱歉，這是上限了」，他也只能接受。存款只有兩百萬，而且沒有房產，所以包含電費、瓦斯費等，一個月的開銷將近十五萬。今後，兒子就業和結婚等，應該需要花某種程度的一大筆錢，而且自己和妻子也上了年紀，不見得永遠身體健康。妻子的打工收入是一個月十四萬左右，想到生活費、兒子的學費，以及各種保險費等，除非因藤繼續工作，否則積蓄一轉眼就會歸零。計算完畢時，眼前一片漆黑。

非工作不可這個壓力，令他感到痛苦。而且，無論是道路施工的交通引導員、宅配的包裝或配送、打掃大樓等，都是體力上吃不消的工作，所以他的身體狀況數度亮紅燈。每次因爲感冒或腰痛、背痛而無法去工作，就必須尋找新的派遣公司。年近花甲之後，實際上一個月只能工作半個月，委實難堪。或許是因爲慢性睡眠不足的緣故，也幾乎不再作夢。有時甚至半年多沒寫作夢日記。

就在這個時候，他心中產生了對遊民的不安，他自己也覺得，身心俱疲也造成了重大影響。

但是，非得設法消除內心的不安才行。

有一次，因藤想要針對不安的對象——遊民，進行調查。他天生愛讀書，但是一開始連閱讀遊民相關的書也感到害怕。他在二手書店買了四本書，不用工作的日子，以及在前往東京的電車上，他會一面平息不安，一面閱讀。兩本是學者和支援公益團體針對遊民的實際狀況所寫的報告，而另外兩本則是現場採訪記者實際採訪遊民所寫成的書，每一本都寫得很好，閱讀的過程中，他發現了令人意外的事實。

首先，他知道了許多變成遊民的人並非好吃懶做，而是因為一連串的不幸，迫於無奈才不得不選擇露宿街頭。再者，如果可以的話，許多人很想工作。高齡者幾乎是國中畢業或高中畢業，但是大學畢業的人占整體的三成以上。行政機關的自立支援中心沒有充分發揮功能。許多人生病，尤其是肺結核等感染病顯著；還有許多人酒精成癮；因為需要地址、親人或親戚等資訊，所以申請社會救助的人不多；各個公園有以出身地聚集的趨勢；也有許多人為了逃避討債者，所以容易聚集在距離福祉中心較遠的地方。

採訪遊民的書中，強調了令人害怕的事。那就是人意外地容易淪為遊民。其中，也有人曾是大型商社的主管或建設公司的能幹業務員。他們淪為遊民的背後因素都是，泡沫經濟瓦解和之後的長期經濟不景氣。也有許多人背了一屁股債。因藤下定決心，絕對不要舉債。

看完之後，他決定將淪為遊民時的共通點彙整於筆記本。他心想：為了避免成為遊民，只要留意避開這些共通點就行了。

基本上，他們都失去工作。也大多因爲生病或意外等，而失去健康。一旦生活窮困，夫妻關係幾乎都會變得惡劣，不久之後失去家人，然後失去住處。最後，因藤在筆記本上以紅筆寫下：

「必須徹底守住工作、家人、健康。死守住處。絕對不借錢。」

黑色推銷員

作夢日期：二〇一二年二月二日（週四）＊繼續做上週的川崎自來水工程。

步下夜間的山路。道路非常狹窄。走路必須注意腳底下，從周圍的黑暗中，發出不知是鳥或昆蟲，令人毛骨悚然的叫聲。兩側都是樹林。樹木稠密。我漫無目的地行走。不久之後，道路向右彎，前方出現光亮。似乎是河灘。好像有群衆。我詫異地心想：這麼晚了，他們在做什麼呢？我好像目擊到了什麼。群衆察覺到我，個個手持棍棒或柴刀，朝我追了過來。我嚇得動彈不得。（＊至今作過幾次一樣的夢。不祥的夢。但願不會發生不好的事。）

因藤在川崎市內的住宅區，手持人稱閃爍燈的引導燈，站在單方通行的出入口，引導車輛。那裡正在進行自來水管的更換工程。去年大地震之後，各地的行政機關一起作業。地震時，老舊的自來水管破裂，陸續出現斷水的地區，抱怨蜂擁而至。行政機關好像疲於因應。早上八點半，因爲是住宅區，所以交通量小。因藤全身凍僵一樣，腰和左胸一帶疼痛。他擔心是心臟不好，但是妻子說，應該是肋間神經痛。

今天早上作了惡夢，伴隨可能會發生什麼不好的事的預感醒來。他搭乘東武東上線的第一班電車，先後在池袋、武藏小杉轉乘電車，前往被派遣到的建設公司，和工人們一起搭乘廂型車，前往工地現場。在冷清的住宅區引導交通很簡單，但是站著的時間長，所以寒氣滲透全身。

陽光若是照在身上，身體就會漸漸暖和起來，腰痛也會減輕。因藤喜歡這個時光。雖然工作本身辛苦，但是切身感覺到自己在工作。工地主任拿著熱咖啡來給他。主任名叫久保山，才三十六、七歲，待他非常和善。

「因藤先生，你認識那個男人嗎？」

久保山如此說道。確實有一個男人站在馬路上，看著這邊。

「哎呀，距離太遠，我看不太清楚，但我在這一帶沒有認識的人。」

因藤眺望那個男人許久之後，如此答道。男人戴著黑色帽子，身穿長及膝下的黑色長大衣，身高一般，但是看起來有點肥胖。他大概是發現了久保山和因藤看著自己，隨即別開視線，緩緩地遠離工地。

「原來如此。我以為他在看你。哎呀，我一開始以為是這一帶的居民要來抱怨噪音呢。但是他什麼話也沒說，只是看著我們工作，又沒有干擾我們，我就假裝沒看見了。我之所以問你認不認識他，是因為年輕小伙子說他好像在看你。」

久保山笑著如此說道，又回去了工地。因藤總是覺得，他是個好人。畢業於知名大學的工學院，但是想在工地現場累積經驗，於是任職於員工人數十人的小建設公司。這是一家主要承攬行政機關工程的小公司，很少四年制大學畢業的人來應徵，何況又是知名大學，所以他馬上被委派至工地現場。而且他認真念書，考取了一級管線工程施工管理技士的證照。

大部分的工人都比久保山年長。然而，他身為主任受到眾人信賴，人人都喜愛他。他雖然對工作嚴格，但是個性穩重，不會作威作福，而且彬彬有禮。對於因藤而言，最受不了的倒不是寒冷或酷熱，而是被比自己年輕的人斥責怒罵。久保山完全不會做出那種事。交通引導員這份工作雖然常令因藤感到體力吃緊，但是人與人之間的關係並不差。

因為是承攬工作的小公司，所以經常以勉強剛好的人數工作。若不互助合作，工作就進展不了。而且中午一定會一起吃便當、聊天。麻煩的反倒是發包的行政機關，以及轉包商。他們時不時會身穿沒有半點髒汙的工作服、繫著領帶，來巡視工地。他們好像認爲自己身爲管理者，必須指導些什麼，所以會提醒無關緊要的事，或者嚴厲斥責。

因藤揮舞著引導燈，讓老婦人開的紅色輕型汽車停止，等待前方三十公尺的同事的信號，再讓她驅車前進。他看見輕型汽車駛去的地方，又站著剛才那個一身黑衣的男人。

一身黑衣的男人好像某人。但是距離遙遠，而且他深深地戴著針織帽，所以看不見長相。因此，他並非像誰，而是令因藤聯想到西方的惡魔、手持大鐮刀的死神，或者幽靈之類不祥的東西。說話回來，黑色大衣、黑色帽子這種打扮，和幽靜的宅住區顯得格格不入。因藤在擔任交通引導員之後才知道，都市的住宅區基於條例，禁止興建高層公寓、商業大樓、店鋪和工廠進駐，所以外人自然顯眼。

居民基本上開車，所以走路的人不多。除此之外，頂多是宅配業者、外送披薩、壽司和蕎麥麵等的店員，以及登門拜訪的銷售員、傳教者，居民大致上都帶著幼童或牽著狗。

一身黑衣的男人或許是覺得站在同一個地方很顯眼，而且會遭人起疑，在工地現場的周圍徘徊，走來走去，一會兒身體靠在行道樹上，一會兒靠在附近人家的門柱上。

因藤停止將注意力放在男人身上。因爲到了中午，交通量稍微增加了。在單方通行的馬路上引導車輛，站在兩邊停止線的引導員互相合作很重要。最近，也有許多年輕小伙子不認眞地接受研習，派遣的警衛公司幾乎不會錄用那種人。此外，會配置老手至高速公路和交通號誌複雜的工地，而新人則是先從宅住區這種引導上相對簡單的地方開始。

必須算準時間點，對站在另一邊停止線的同事和車輛，動作俐落地使用內藏LED的閃爍燈才行。瞬間的猶豫經常會引發混亂。因藤的工作是確認車輛減速、停止，然後向同事發送「可以通過」的信號。工作內容單調，但是一個閃神，注意力不集中，經常也會造成車禍。研習中反覆教導的是，要以堅決的態度，要求車輛減速和停止，獲得協助的情況下，要行禮表示敬意這種單純的事。

「喂，你是因藤吧？你是因藤茂雄，對吧？」

午餐時，忽然有人對他說話，因藤回頭一看，那個一身黑衣的男人正看著他。男人將手插在大衣的口袋裡，弓身站著，眼睛直盯著他。男人身上發出詭異的臭味，像是女用香水般香甜而刺鼻的臭味。

「那是便利商店的便當嗎？看起來很好吃。」

男人看到因藤手中的便當，笑著如此說道。對了，因藤想起了《黑色推銷員》。看到一身黑衣的男人時，因藤有不祥的感覺，覺得他好像某人。原來他有點像漫畫的主角。雖然主角頭戴禮帽，一身黑衣的男人頭戴針織帽，但是像的不是外形，而是感覺。男人身上有一股像是會帶來霉運或不幸的討厭氣氛。

他爲何知道我的名字呢？因藤看了一眼胸前的名牌。上頭以手寫字寫著全名。但是，兩人之間的距離沒有近到能夠看到名牌上的字。因藤坐在人行道邊緣吃便當，男人站在他身後；深深地戴著灰黑色的針織帽，脖子上圍著一樣黑色的脖圍，所以看不清楚他的長相。

公司會到便利商店，一起買午餐給工人。因藤是警衛公司派遣的人，所以一毛不少地自己支付餐費。今天是四百九十圓的牛絞肉便當，除了自己帶便當的人之外，基本上所有人都吃一樣的食物。飲料是放在廂型車上的熱茶。依工地而定，引導員有時候也會一面繼續工作，一面以飯糰解決午餐。因爲無法移動工程車輛，或者無法解除單方通行的情況下，不能停止引導交通。

因藤一面心想「不過，眼前的情況眞詭異啊」，一面吃便當。他和一身黑衣的男人之間，隔著人行道的護欄。或許是因爲身穿下襬長的大衣，男人無法跨越護欄，依舊站在因藤背後。因藤雖然好奇他是誰，但是沒空理他。總之，引導員必須快點用餐完畢。

「因藤，是我啊，你不記得了吧？」

一身黑衣的男人將上半身靠近因藤，拉下脖圍，如此說道。

男人拉下脖圍之後，出現了一張同一輩的疲憊臉龐。完全沒看過。因藤滿口絞肉便當的飯，問：不好意思，請問你是哪位？

「你不記得了吧？我是福田啊。國中時，我們同班。我是轉學生，而且只在鳥栖待了半年，所以也難怪你不記得我了。」

福田？還是不記得。然而，爲什麼他會知道我的事呢？因藤頭戴安全帽，而且兩人之間有一小段距離。

「那個啊。」

自稱福田的男人，指著因藤背在肩上的膳魔師運動保溫瓶。那是眞空隔熱型的不鏽鋼製水壺，容量爲一公升，裡面裝了PARADISO這種義大利產的氣泡礦泉水。PARADISO比OREZZA等較爲便宜，碳酸也不怎麼強。想讓心情平靜時，因藤會小口小口地喝。包覆運動保溫瓶的袋子是鮮豔的紅色，確實很顯眼，但儘管如此，爲什麼男人會知道那是水壺呢？

「你在鳥栖東國中，也老是背著水壺，不是嗎？」

因藤聽到鳥栖東國中，一股懷念之情忽然湧上心頭。這個男人肯定是國中同學沒錯。否則的話，他不可能知道那種學校名字。福田？他是自衛隊幹部的兒子，擅長數學的福田貞夫嗎？

「是啊。你都叫我阿貞。」

福田曾說：他因爲父親工作的關係，一再轉學。可是，因藤覺得自己跟他並不怎麼親近。

「我剛轉學，沒有朋友的時候，你對我很好。」

因藤記得暱稱爲「阿貞」的轉學生。不久之後，下午的工作開始了。因藤說「眞高興見到你」，正要離去時，福田問：你明天也會在這裡嗎？因藤回答「明天要移動兩百公尺左右，但是在同一個小鎭內」，福田說「我明天再來。我家在那後面」，比著馬路的另一邊，兩人交換手機號碼後，道別了。

作夢日期：二〇一二年二月三日（週五）*繼續做上週的川崎自來水工程。在工地遇見了同學。

狗的前腳似乎扎著一根大刺。不是旁邊，而是像支柱似地，沿著骨頭刺進肉的內部，而且刺在下方凸出來。人們嘰嘰喳喳地說：好可憐。我一看，那不是刺，而是前端銳利，像細木棒一樣的東西。我一面支撐狗的身體，一面輕輕地觸摸牠的腳，慢慢地替牠拔出木棒。意外順利地拔出了。狗沒有看我，朝看似飼主的女性跑了過去。（*好久沒夢到狗。或許是在工地受寒，腰痛強烈。我得設法努力才行。）

因藤忍著腰痛，搭乘第一班電車。喉嚨也覺得不舒服，他確認一旁沒人，在車站的月台吐痰，包在面紙裡。早上喉嚨的情況總是不好。年輕時，他不會這麼在意痰。小時候，看到喉嚨發出「嘩啊～」一聲吐痰的大人，他會感到不悅，總覺得那是一種旁若無人的象徵。因此，因藤在吐痰時，會顧及周圍的人。

昨晚，因藤難得在睡前想喝酒。他平常幾乎都不喝。偶爾吃晚餐時，小酌一瓶罐裝啤酒而已。但是昨天不知道爲什麼，想喝烈酒。他拿出蒙上灰塵的三得利角瓶，摻PARADISO喝，從壁櫥內的ＤＩＹ書櫃拿出《黑色推銷員》，看了幾篇。

酒醉之際，因藤想起了許多關於福田的事。他們曾一起去看學校禁止的電影，替彼此向對方喜歡的女生告白，因藤還經常讓福田從自己隨身攜帶的水壺喝脊振山的湧泉。自己爲什麼無法立刻想起他呢？說不定是因爲不想讓曾是同學的男人，看見在當交通引導員的自己。

因藤抵達工地後，一面揮舞引導燈，疏導車輛，一面尋找福田的身影。然而，福田遲遲沒有出現。

福田到了十一點也沒現身。因藤心想：他大概是昨天來到工地，知道自己無法在午餐前交談吧。所以，他說不定打算配合午休時間，來見自己。今天距離昨天的工地將近兩百公尺，但並非找不到的地方。而且福田說，他住在這附近。

午餐時，因藤在稍微遠離其他工人的地方，打開便當；落坐在岔路的一棵櫻花樹樹根上。正好位於T字路的交會點，能夠清楚地環顧四周。今天是便利商店的鮭魚便當，因爲工作的關係，用餐時間不到十五分鐘。然而，不能因爲只有十五分鐘，而狼吞虎嚥地猛扒飯。

從前尚未習慣時，因藤吃過好幾次苦頭。在數百人從事作業的高速公路工程等，會準備簡單的流動廁所，但是在鋪設自來水管或通訊電纜等小規模的工地，必須在移動時先解決內急。離開公司時自不待言，順道前往加油站、便利商店等，一定要先去上廁所。在交通量大的地方感到尿意或便意，簡直身陷地獄，痛苦不堪。因藤甚至有一陣子包尿布，但是事後處理很麻煩，所以如今沒有那麼做了。如果附近有沒人看到的地方，小便就能設法解決，但是大號可就不行了。

因藤先從運動保溫瓶喝一點PARADISO，做了一個深呼吸，讓心情平靜下來，然後慢慢地吃便當。他細嚼慢嚥，極力避免喝飲料。汗如雨下的夏天不喝飲料反而危險，他會喝動元素（Aquarius）等能夠補充鹽分的運動飲料，而不喝水。他一面吃鮭魚便當，一面在腰部貼上新的暖暖包。今天腰不知道撐不撐得住。吃了鎮痛消炎藥，疼痛稍減了。

即使午餐時間結束，福田還是沒有現身。隨著時間經過，因藤發現自己滿心期待著福田出現。他想告訴福田：我清楚記得你唷。他的目光注意著四周，持續揮舞引導燈。

下午四點時，福田終於出現在T字路的轉角。

福田一面揮手，一面朝因藤走過來。但是，他的走路方式很奇怪。他拖著一條腿。難道是受傷了嗎？還是腰不舒服呢？因藤腰痛得厲害時，也會變成類似的走路方式。因為體重直接落在腰部，就會竄過一陣劇痛，所以勢難避免拖著一條腿。

福田身穿黑色大衣，頭戴針織帽，一身跟昨天一樣的打扮。他說他家就在附近，但是因藤並不覺得不自然。自己也只有穿一件外套。

「嗨。」

福田來到附近，出聲向因藤打招呼。傾斜的陽光照在福田臉上。他的臉色依舊不佳；肌膚沒有光澤，顏色黑得不健康。他開始不住咳嗽了好一陣子，包含久保山在內，工人往這邊看過來。因藤一問「你沒事吧？」，福田一副沒什麼大不了的樣子，搖了搖頭，說「你別理我，繼續工作」，將右手手掌對著他。

「因藤，有水嗎？」

福田拖著腳靠近因藤身旁，一臉痛苦的表情如此問道。一陣強烈的臭味飄了過來。跟昨天一樣類似女用香水的臭味，恐怕會破壞嗅覺。

「喏，喝吧。」

因藤打開裝了PARADISO的運動保溫瓶的瓶蓋，遞給福田。但是，福田拿在手中，遲遲沒有就口，問：我眞的可以喝嗎？他好像在遲疑，方不方便將保溫瓶直接就口喝。因藤說「喝就是了」，福田說「不好意思」，露出了僵硬的笑容。他笑的時候，因藤霎時看見了他口內，上下各缺了一顆門牙，大吃一驚。

「我沒喝過這麼好喝的水。跟當時一樣。」

福田開心地笑了。

工作結束之後，福田說想讓因藤看一看他家，所以因藤拜託久保山，給他五分鐘的時間。從工地稍微爬上坡道處，有一間圍著紅磚圍牆的豪宅，福田在那裡停下腳步，說「就是這裡，你沒空進去一下吧？」，又劇烈地咳個不停。因藤說「我得搭廂型車，跟大家一起回去」，福田露出落寞的表情，說「那就沒辦法了」，點了個頭。

福田蹲在大門旁的車庫前面。那是一個大車庫，停放兩輛大型轎車綽綽有餘，若是輕型汽車，應該停得下三輛。淡藍色的電動鐵捲門關著，毫無髒汙或汙漬。大門是具有暗淡光澤的鍛鐵製，高度超過兩公尺。紅磚圍牆內，聳立著有大陽台的三層樓建築物。因藤抬頭仰望，驚呼「好氣派的房子」，福田說「沒什麼大不了的」，又不住咳嗽。因藤打算等福田進入家裡之後再回工地，但是全身散發強烈臭味的同學卻遲遲不肯開門。

「我要回工地了，你進去吧。」

其他工人正在工地收拾善後，必須快點回去。但是，福田說「不，我目送你走」，又邁開腳步。這時，低調地安裝在門柱旁的小金屬門牌映入眼簾。門牌上以羅馬拼音寫著「SAWA（佐和）」，並非福田（HUKUDA）。福田發現因藤在看門牌，苦笑道「就是那麼一回事」。他說：其實，這裡是內人的親戚家，那個親戚的老公外派國外，所以暫時借住。

因藤點頭道「原來是這樣啊」，想要回工地時，一名牽著狗的婦人走在路上，朝這邊而來。福田察覺到她，牽起因藤的手，趕緊離開大門，移動到馬路的另一邊。牽著狗的婦人看了身在馬路另一邊的兩人一眼，皺起眉頭，直接在安裝於門柱上的電動鎖開關盒輸入密碼，打開掛著「SAWA」這個門牌的家門，進入其中。

「她是幫傭，我們不對盤。眞是傷腦筋。」

福田如此說道，面露苦笑。因藤心想，這裡不是福田家。但是，因藤沒有把這件事說出口，說「那我走囉」，朝工地邁開腳步。

「你明天也會來這一帶吧？」

福田如此問道。因藤回答「明天要去另一個工地。不會來這裡」，福田說「是喔」，低下了頭，又不住咳嗽，以幾乎聽不見的音量說：有事的話，我會打電話給你。

前往山谷

作夢日期：二〇一二年二月六日（週一）*今天也因為腰痛而站不起來。

夜間的山路。四周的黑暗令人毛骨悚然。兩側是樹林。樹木稠密。不久之後，道路向右彎，前方是河灘。群衆是一群敵人或犯罪者。他們拿著武器追我。（*平常作的不祥之夢。難道會發生更糟的事嗎？）

或許連日天寒也有關係，腰痛日益嚴重。前天幾乎是從被窩裡爬出來，光是想起身，從臀部到腰部，乃至於背脊一陣劇痛，站不起來。那一天的工地是在練馬區大泉學園的住宅區，比前一天之前的川崎更近，但身體狀況實在無法去工作。

有工作的日子，因藤會在清晨四點離開被窩。爲了避免吵醒妻子，他會悄悄起身，但是那一天疼痛劇烈，忍不住出聲哀嚎。他以弓著背、傾斜身體的奇怪姿勢，忍痛好一陣子，然後無聲地低喃「拜託」。拜託，別那麼痛，讓我去工作，如果請假，說不定又得找新的派遣公司了。

「你怎麼了？腰痛嗎？」

妻子醒來，語氣擔憂地問道。因藤想回答「不要緊」，但是發不出聲音。清晨的寒氣籠罩身體，疼痛非但沒有好轉，反而越來越刺痛。妻子邊說「喂，天冷，被子蓋著」，邊輕撫他的背部。因藤想說「不要緊」，但還是發不出聲音。赫然回神，發現自己在嗚咽。

眞丟臉，這樣不行，不出門工作的話，收入會中斷。

妻子說：你得休息才行。她前幾天也不安地嘟囔道：當地的超市似乎要在春天重新開幕，說不定打工工作會沒有。對了，這一切都是發生在見到福田之後。那傢伙果然像是笑容滿面的推銷員一樣，是會帶來霉運和不幸的掃把星嗎？爲了避免成爲遊民而該死守的項目當中，已經即將失去工作和健康。因藤心生不安。

他打電話到派遣公司，說腰痛嚴重，想要請假；告訴負責人「週末休息，下週一起應該就能去工地」，負責人語氣溫和地說「請你好好休養，把病治好」，說完就掛了電話。因藤擔心派遣公司說不定會刪除他的登記。

大地震之後，自來水管和通訊纜線的鋪設工程，以及建築物、道路和橋樑等的補強工程增加，引導員不足，現在登記的派遣公司比較有良心，會介紹交通量小的近距離工地給高齡者。也有公司會強迫派遣員住在東北或北關東的工地。再說，如果要去新的派遣公司登記，就又得前往有遊民的東京了。

除此之外，妻子怕會失去工作的擔憂在下週一成真了。原本工作的超市在重新開幕的同時，大幅改變賣場的配置，妻子原本工作的熟食區關閉，似乎變成了沙拉專賣店。妻子垂頭喪氣地說：之前是以手工的媽媽味這種廣告標語，販售牛蒡絲和馬鈴薯燉肉等庶民熟食，但是消費者吃膩了，銷售額每況愈下。

隨著年紀增加，睡眠時間也越來越短，不太作夢。尤其是自從開始當引導員之後，幾乎沒寫作夢日記。頂多一個月寫一次就算不錯了。即使作夢，早上也要早起，匆匆忙忙地準備出門，所以來不及寫下內容就忘了。

但是，這一陣子作夢連連。而且相隔好幾年，作了兩次在深夜的山路被人追這種不祥之夢。因藤並不相信占夢這種東西。可是，相隔許久作了不祥之夢那一天，遇見了福田這個同學。因藤確實感到懷念，但那傢伙說不定會像黑色推銷員一樣，帶來霉運和不幸的擔憂一直沒有消失。

在妻子的建議之下，內藤去附近的民俗療館推拿，腰痛稍微改善了。不過，只是改善到勉強能走的程度，還是痛得相當厲害，已經不能勉強自己了。他沒有自信能夠勝任引導員。腰痛惡化也是在作山路的不祥之夢，遇見福田之後才發生的。

第一次看到福田時，爲什麼會覺得他像黑色推銷員呢？重看的漫畫中，出現了許多人改變，無法恢復原狀這種恐怖的主題。舉例來說，有一個認眞的上班族憧憬喝酒、賭博、玩女人這種刺激的生活，黑色推銷員交給他假髮和太陽眼鏡，說「戴上它們，你就能變成別人」。他連日在酒店街像別人一樣粗暴地行動，原本壓抑的情緒獲得了釋放。他每天過著刺激的生活，覺得很愉快，黑色推銷員建議他要不要眞的變成別人看看。他拿著黑色推銷員給他的字條，前往一間破公寓一看，有一戶孩子眾多的貧窮家庭，孩子們叫他「爸爸」。而故事的最後一幕是，妻子在他原本的家前面感嘆道：「老公到底去哪裡了呢？」

從前，公司的社長和同事們曾在酒席間聊到：人生中最可怕的事情是什麼呢？如今回想起來，那是不適合宴席的話題，但是泡沫時期的出版界朝氣蓬勃，流行喝醉了酒，進行嚴肅的討論。有人說「有比自己死掉更可怕的事嗎？」，因藤反駁「比起自己死掉，最愛的人死掉更可怕」。最後社長拋出疑問，說：自己或最愛的人死掉，跟完全變成別人，哪一個比較可怕呢？

當時，因爲喝得酩酊大醉，所以笑著聊那種話題，但是在那之後，完全變成別人這件事在腦海中久久揮之不去。因爲完全變成別人，可不是因爲厭惡而改變態度，或者變心這種層次。而是喪失所有記憶，精神發生異常、無法認知對方或自己，以及身體被外星人或鬼魂侵占。因藤心想，在這些情況下，是否比死亡更可怕。人死是物理性的消滅，但即使變成別人，那個人也必須活下去。

黑色推銷員的黑色幽默是基於這種恐懼。話說回來，福田爲何會在那個川崎的住宅區呢？

那間豪宅不是福田的家。那位牽著狗的女性也不是幫傭。她身上穿的是典型的有錢人服裝，採取的是典型的有錢人態度。因藤在高級住宅區當交通引導員後才知道，眞正的有錢人不會表現出自己是有錢人，絕對不會自以爲了不起。但是，會身穿看在任何人眼中都不丟臉的服裝，逢人必打招呼。雖然有的人陰沉或冷淡，但是態度低調，那是因爲仗著自信。福田爲什麼會想帶因藤去那間豪宅呢？他應該知道因藤必須馬上回去工地。因藤無法理解，他爲什麼要帶自己去門牌上的姓氏跟他的名字不一樣的房子。再說，那一身黑色大衣和針織帽也跟住宅區格格不入。最異常的是臭味。像是女用香水的強烈臭味。因藤越想越糊塗，盡是令人百思不得其解的事。假如那間豪宅不是福田的，他爲什麼待在那個住宅區呢？他在做什麼呢？

不過，因藤很高興他記得水的事。當福田咳個不停，看起來身體不佳時，因藤之所以讓他喝運動保溫瓶裡的PARADISO，也是因爲國中時，福田說裝在水壺裡的脊振山的湧泉好喝。因藤很少會給別人喝重要的水。他不是因爲捨不得給別人喝，而是因爲自己挑選、自行裝進容器的水，是某種絕不讓步的象徵。

然而，隨著日子經過，福田這個同學的事變得無關緊要，因爲因藤自顧不暇。妻子失去工作，遲遲找不到下一個打工工作，一丁點積蓄見底只是時間的問題。再說，儘管身體狀況稍微恢復，腰部狀況還是不能整天持續站在路上，派遣的警衛公司也不再來電聯絡，而因藤也沒有力氣前往東京的Hello Work。

因藤話變少，和妻子的對話也減少了。他雖然擔心存款的餘額，但是彼此都害怕說出口。做什麼都要花錢，因爲腰痛的緣故，連散步都去不了。

「您是因藤先生嗎？您認識福田這個人吧？」

邁入三月後不久，一個陌生人打電話來。

即使聽到福田這個名字，因藤一時之間也想不起來他是誰。在川崎的住宅區遇見福田之後，已經過了一個多月，而且經濟窘迫，日子一天比一天更具有柴米油鹽味，因藤滿腦子想的都是該怎麼籌出兒子四月要繳的學費，治療費也不是一筆小錢，是否該停止去民俗療館比較好。

「呃，因藤先生？您是因藤茂雄先生吧？」

電話應該是一名中高齡的女性打來的，她的說話方式制式而冷淡，令人聯想到政府機關、醫院或警察，因藤產生戒心，小聲地應道：我是，有什麼事嗎？

「我是台東區一家叫做富士旅館的人，喂，您有在聽嗎？」

女性的聲音並不尖銳，說話方式也很緩慢，但是因藤覺得她的說話方式有點帶刺，所以感到焦躁。他當然不曉得台東區叫那個名字的旅館，而且即使去東京，也不會去過老街。於是語氣不悅地應道「有什麼事嗎？」，女性又問：福田先生，福田、貞夫先生，您認識他吧？因藤心想「我想起來了，那是像黑色推銷員的福田啊」，應道「是，我認識」，一副「我認識他，那又怎麼樣」的說話方式。

「福田先生，是我們的房客，因為某種緣故，要請他搬出客房，呃，那個，他生病了，身體動不了。一般的話，我們會請房客到政府機關申請社會救助，收取房錢，然後請房客去醫院。但是福田先生怎麼也不願意申請社會救助，我們無計可施，他已經欠了兩個月房錢。一般來說，會將房客送到醫院，但是福田先生說了您的名字和電話號碼，要我們跟您聯絡，所以我才會像這樣打電話給您。」

因藤搞不太清楚情況。他跟福田交換了手機的號碼。如果有事，他應該會自己打電話來。

「福田先生沒有手機。哎呀，我不曉得他和您見面時怎麼樣，總之，他現在沒有手機，身體也動不了，我們很傷腦筋。」

女性說是台東區，但那是哪一帶呢？因藤心想「先問地點再說」。問了之後，女性要他從南千住站過了明治通之後，前往城北勞動／福祉中心。

「以舊地名來說，是山谷。」

女人說了「山谷」。那是有名的簡易旅館街。因藤曾在雜誌上看過，那裡如今是遊民的聚集場所。福田為什麼在那種地方，希望我做什麼呢？因藤在便條紙上寫下「南千住，過了明治通，城北勞動／福祉中心」，最後詢問電話號碼，也寫了下來。

「呃，請等一下。」

女性正要掛電話時，因藤連忙制止她。

「所以，呃，妳到底要我做什麼呢？」

女性沉默半晌之後，不耐煩地清了清嗓子，以責怪的語氣說：我說你啊，你不是福田先生的朋友嗎？

「我們也很困擾，拖欠住宿費、拒絕社會救助、無法步行、沒有親人，還要我跟你聯絡。所以，我像這樣跟你聯絡。你懂了嗎？如果你不能過來一趟的話，請你現在就說。我會告訴福田先生，你不會來。」

如果自己不去的話，福田會怎麼樣呢？話說回來，因藤也不曉得福田為何會在山谷的旅館。難道他說那間豪宅是他家，是騙我的，其實他住在簡易旅館街嗎？說到這個，在工地見面時，他也始終在咳嗽，臉色奇差無比，他生病了嗎？因藤對於詳情一無所知，但是事情演變成了麻煩的局面。因藤如此心想著，便問「福田的狀況如何？」，女性嗆了一句：我又不是醫生，我哪知道！

「他咳個不停。還有，不能行走。你知道嗎？他大小便失禁。顧慮到其他房客，基本上我們有打掃，但是枕邊有沾了血的面紙，我們已經無法忍受了。你不能來是嗎？這樣的話，就由我們處理，眞的可以嗎？」

處理是指怎樣處理呢？因藤詢問的聲音在顫抖。女性的語氣漸漸變得刻薄，因藤感到異常的氣氛，害怕了起來。

「送他去醫院。我們會在車上鋪塑膠布，送他去醫院，請你不用擔心。」

女性忽然粗魯地掛斷電話。因藤握著手機，愣了許久；然後想起了之前看過關於遊民的報告。有一段記載是，住在山谷的廉價旅館，金錢告罄，而且因病不能動的流浪漢，深夜被棄置於醫院的大門前。據說是丟包者懶得叫救護車，所以開車將流浪漢丟包於醫院。

過一會兒，發生了不可思議的事。因藤的腦海中浮現福田一面咳嗽，一面躺在山谷的廉價旅館，然後忽然鮮明地想起了國中時代的相遇。因藤在入學典禮那一天，遇見了福田。教室裡充滿了春天的陽光，男女學生各依畢業的小學分成兩群，內心感到興奮與不安，高聲聊著制服、社團活動和班導。一個學生待在窗邊。他不屬於任何一群，神情恍惚地眺望窗外，沒有人注意到他。

因藤不太記得，自己爲何靠近那個學生。無論是念書或運動，因藤都屬中等，不是會成爲班級幹部的那種學生，個性不算體貼，也不會多管閒事。因藤對他「嗨」了一聲，說了自己的名字。那個學生自稱福田。他似乎是在春假，從關東搬過來的，說得一口標準語。

「眞難得啊。」

福田面帶微笑地說道。

「眞的很難得。」

因藤問：難得什麼？福田似乎因爲父親工作的關係，從小學時就反覆轉學。父親是菁英自衛官，駐紮地經常改變。福田說：轉學有妥善適應的訣竅，那就是在新環境找出一個好的部分。大多是可愛的女生，不然就是美麗的景色、善待自己的班導。往往會有某個好的部分，如果不積極地尋找，經常不會覺察到。

轉學幾乎免不了討厭的事，像是被霸凌，或被當作空氣，對於陌生的景色和第一次聽到的方言，會心生不安。所以，福田會試圖尋找好的部分，但是像今天這樣，第一天就找到很難得。他露出靦腆的笑容，如此說道。

福田在窗邊遠離其他學生，神情恍惚地眺望窗外景色的身影，從腦海中揮之不去。從窗戶能夠看見有池塘的中庭，柔和的陽光籠罩福田。但是，因藤總覺得那道陽光突顯出了轉學生的孤獨。

「不好意思，敝姓因藤，你們剛才有打電話給我。」

因藤打電話到富士這間旅館，決定明天去山谷一趟。他沒有義務去見福田。自己也生活窘迫，不曉得能否替福田做什麼，而且對於自己的腰部能否忍受搭電車移動和步行，感到不安。

「怎麼了嗎？」

妻子購物回來，如此問道。因藤依舊抓著手機，杵在客廳。妻子說：你臉色很差。因藤沒有告訴妻子，福田的事。我在川崎的住宅區工地偶然遇見國中同學，他帶我到一間豪宅，但其實那不是他家，他現在似乎吐血倒在山谷的廉價旅館，我決定明天去見他；即使告訴妻子這種事，她也不可能理解。妻子八成會問「你要去做什麼？」，因藤答不上來。連他自己也不曉得，自己要去做什麼。

隔天早上，因藤爲了確認，打電話給富士這間旅館的女性，告訴她「我現在過去」。女性問：你要從哪裡來？因藤回答「埼玉的新座」。女性不耐煩地嘆了一口氣，說「旅館的大門旁有櫃檯，到了喊一聲」。因藤一問福田的情況，女性冷淡地嘟囔道「你來了就知道，待會兒見」，便掛斷了電話。

因藤將PARADISO裝進運動保溫瓶，把兩瓶備用的寶特瓶塞進後背包，嚼碎止痛的服他寧（Voltaren）吞下，搭乘電車。雖是上午，但是空氣尚且冷冽，腰部貼了三個暖暖包。寒冷和濕氣使得腰痛再度發作。

因藤告訴妻子，要去新的派遣公司面試。兩人的收入都中斷，眼看著積蓄越來越少，所以妻子雖然擔心他的腰痛，還是答應了。而且爲了以防萬一，在他的錢包裡塞了三萬圓。因藤說「我不需要這麼多錢」，想要還給妻子。但是妻子說「你要是走不動的話，就用這些錢搭計程車回來」，因藤不得已，只好收下了。

因藤搭乘武藏野線至南浦和，轉乘京濱東北線到上野，再轉乘常磐線幾分鐘，抵達了南千住。腰部勉強撐過了電車的震動。

因藤走在山谷一帶，覺得和其他街道有些不同。從明治通能夠看見晴空塔，往來的車輛、行人的服裝和表情都極爲一般。眼前的景象並非宛如國外貧民窟般臨時搭建的小屋林立，垃圾散亂一地，或是打赤腳的孩子們在塵土飛揚中跑來跑去。偶爾會看見幾個看似遊民的男人，但是並非幾百人聚集在路邊或屋簷下。

走進狹窄的小巷，旅館和飯店櫛比鱗次。幾乎所有住宿設施都是住一晚兩千兩百圓。商店街的拱頂，懸掛著幾面垂幕，上頭寫著「小拳王的故鄉」。午餐前，想買飯糰或三明治時，因藤知道這裡和其他街道哪裡不同了。沒有便利商店。

除了限制開店的住宅區之外，大多走一百公尺就有便利商店。但是，過了明治通，走進狹窄的小巷之後，映入眼簾的盡是旅館和飯店，便利商店連一家也沒有。因藤在有拱頂的商店街步行一陣。入口附近有肉店、藥局，餐廳、酒店、五金行等一家接一家地開。拉下鐵捲門的店家前面，有醒目的瓦楞紙箱和毛毯等，但是不見遊民的身影。氣氛像是故鄉——烏栖也有的古早商店街，感覺並不是非常蕭條。

然而，因藤來到「松」、「本」、「洋」、「行」這幾個字一一分別寫在正方形看板上的舶來品店時，感覺心跳加速。遮雨棚到處破裂，以封箱膠帶修補，或者重疊顏色微妙不同的布。遮雨棚中央有「男性服飾」幾個大字，其左右小小地寫著舶來品、西裝褲、夾克、工作服。因藤是在看見並排著裸露日光燈管的店頭，滿滿地懸掛著夾克和運動服時，感覺到心跳加速。那些採用獨特顏色和素材，看起來簡直像是在展示遊民的軀殼。

因藤告訴自己「不要緊」，從運動保溫瓶喝了一口PARADISO，眺望垂幕上的「小拳王」良久。《小拳王》是高中時代沉迷閱讀的漫畫。劇情是在描述矢吹丈這個孤兒，一天到晚跟人打架，度過淚橋，流浪到山谷的簡易旅館街，遇見酒精中毒的前拳擊手——丹下段平，拜他爲師，對拳擊開了竅。於是，兩人交換「倒著走出淚橋」（譯註：丹下段平在漫畫中對矢吹丈講了一段話。他說：人生失敗的人，個個度過這座淚橋，流落到這個小鎮。我和你總有一天會獲得光榮，倒著走出這座淚橋。因此「倒著走出淚橋」暗指「不要在逆境中一蹶不振，而是要努力獲得光榮」。）這個暗語，以成爲冠軍爲目標。「爲了明天・其一」（譯註：丹下段平一開始教導矢吹丈拳擊時，將各個課題依序命名爲其一、其二……）這句話成爲流行語，當時發生劫機事件，幾名犯人留下了「我們是小拳王」這項聲明。垂幕上畫著矢吹丈和丹下段平，寫著「我回到了這個小鎮」這句台詞，令因藤心生懷念，心跳漸漸和緩了下來。

離開有拱頂的商店街，走在旅館街，有幾個坐在路上喝酒、看似遊民的男人。

那些看似遊民的男人，攤開雙腿坐在水泥地面，互相大聲嚷嚷著什麼。他們醉得口齒不清，因藤聽不太清楚他們在說什麼；避免和他們對上目光地經過。不可思議的是，心跳得不怎麼劇烈，內心也沒有不安。因藤害怕萬一他們找碴，襲擊自己的話怎麼辦，但是並沒有像在其他街頭看見遊民時，陷入忐忑不安的情緒。或許是因爲他們融入了街景的緣故。若在其他街頭，遊民會被人們視爲異物，在街頭中顯得醒目。因藤心想「八成是和街景之間的落差會令人心生不安」，然後瞬間覺得自己明白了爲什麼這裡沒有便利商店。

去年冬天，他在新宿的東京都政府附近，爲了買飯糰而進入便利商店，店內聚集著一群人。他隔著一群人的肩膀看過去，有一個遊民一屁股坐在走道上發抖，兩名年輕店員一臉不安地站在一旁，其他客人保持一點距離，眺望著遊民的樣子。不久之後，三名警官出現，對遊民說了什麼之後，將他拖出了店。那一天十分寒冷，因藤聽見兩名店員在談論：他來撿客人丟棄的便當，身體不舒服，搖搖晃晃地走進有暖氣的店內，直接坐了下來。因此，說不定便利商店不會在盡是遊民的地方開店。

因藤向一名走在路上的五十多歲男人，詢問城北勞動／福祉中心在哪裡。男人從頭到腳仔細打量因藤之後，默默地指著一棟近在眼前的老舊建築物。因藤身穿牛仔褲和羽絨夾克，腳穿運動鞋，背著後背包。男人說不定在確認因藤是不是自己的同類，因藤心想「他以爲我是遊民吧？」，鬱卒地捲起羽絨夾克的袖子，聞一聞自己的手臂臭不臭。幾個坐在路上喝酒、看似遊民的男人，以及剛才的五十多歲男人，身上都發出了獨特的臭味，像是在熬煮什麼時的發酵臭味。因藤頻頻將鼻子湊近手腕一帶，聞一聞臭不臭，但他聞不出來自己是否發出一樣的臭味。

中心的斜前方，有一面寫著「富士旅館」的招牌，大門前放著各種大大小小的花盆。

縱深數十公分的架子上，擺滿了花盆，大門是組合木框和霧面玻璃的拉門，與其說是旅館，看起來更像古早的老街民宅。大門上以封箱膠帶貼著「暖氣開放中」的紙條，一旁貼著一張A3左右的厚紙，上頭寫著「住宿費」、「一晚二千二日圓／一人（先付制）」、「設備完善，備有冷暖氣、電視、冰箱、免費熱水器、茶具、微波爐、洗烘衣機、清潔浴缸」。

福田肯定就在城北勞動／福祉中心附近的這間「富士旅館」裡面。因藤一碰拉門，門輕易地打開，他連忙又將門關上。

我到底來做什麼呢？因藤鼓不起勇氣入內；又從運動保溫瓶喝一口PARADISO，做了個深呼吸。

他心想「一直杵在大門前也不是辦法」，手指放進拉門凹陷的把手時，門忽然猛地打開，有人走了出來。因藤嚇了一跳，不禁向後退，走出來的中年男子看也不看他一眼，眼睛看著地面低喃道：櫃檯四點開始受理，現在還不能入住唷。因藤心想：果然跟臭不臭無關，我因爲年齡和服裝，也被人當作是這種廉價旅館的房客。

「有人在嗎？」

因藤入內，旅館內也瀰漫著一樣的臭味。有一個不鏽鋼製的鞋櫃，從縫隙間露出破破爛爛的運動鞋和磨損的皮鞋。大門旁有個看似櫃檯的小房間，玻璃拉門對面簡直像是展示櫥窗似地，櫃子上擺著招財貓、不倒翁、狸貓，以及七福神的擺飾。微暗的走廊朝內側延伸，寫著「請嚴守11點的門禁時間」、「爲了節能省電，外出時請務必關掉客房的電燈和空調的開關」、「非房客切勿進入客房」的告示，以非常狹窄的間隔，貼在客房的門上。

「有人在嗎？」

因藤又問了一次，從對講機傳來那個女性的冷淡聲音：櫃檯四點開始受理，請回去。

「呃，敝姓因藤，剛才有打電話來。」

因藤將臉湊近對講機，報上姓名，女性只是散漫地發出「蛤？」的聲音。

「我是來見福田貞夫的人。」

因藤這麼一說，女性說「哦~那個人啊，請等一下」，對講機發出關掉的聲音。不久之後，從走廊另一側出現人影，對方一面做出撥起頭髮的動作，一面靠了過來。對方是一名看似五十五、六歲，個頭高大的女性；身穿紅色的刷毛運動服，腳穿有花紋的拖鞋，頭上還夾著粉紅色的髮捲。

「請進。這邊。」

鞋櫃沒有多餘的空間，因藤只好把運動鞋放在玄關。他擔心會不會被偷。但是女性帶頭，快步走在走廊上。不得已之下，因藤只好跟著她走。

明明是白天，但是光線昏暗，看不太清楚腳底下。走廊長達十公尺以上，到處都沒有窗戶。說到燈，只有兩根裸露的日光燈管以鐵絲懸吊在天花板上。走到底有一道樓梯，但是沒有扶手，所以因藤手撐著腰，緩緩地一階階拾級而上。二樓有一條T字形的走廊，門上有寫著二〇一、二〇二……等號碼門牌的門一字排開，但其間隔非常狹窄。

「這裡就是了。」

女性在二〇八這間客房前面，說「福田先生，我要開門囉」，輕輕地敲了敲門。沒人回應。女性從口袋掏出備用鑰匙，毫不顧慮房客隱私，動作自然地打開了門。像是打開了塞滿發酵食品的木桶蓋子似地，客房裡的異臭漏了出來。除了遊民特有的酸臭味之外，還參雜了之前聞過的女用香水味、酒的氣味，以及排泄物的臭味。

「福田先生，你朋友來了。」

因藤在女性的促請之下，站在客房門口。那是一間一坪半的房間，除了棉被之外，幾乎空無一物。福田靠在靠窗的牆上，一身灰色的運動服，坐在棉被上面。但是，他只是雙眼空洞地看著這邊，毫無反應。

女性說「那麼，就麻煩你了」，想要關上門。因藤還沒問「我該怎麼辦才好？」，女性就說「帶他去政府機關或醫院，我會幫你把他抬到門口，萬事拜託」，接著輕輕地點頭致意，門便在因藤背後猛地關上了。

面紙散落在棉被上的枕邊，部分面紙染成了褐色。逆光也是原因之一，福田的臉色比一個月前更糟，臉頰瘦削凹陷。身上依舊散發出香水的強烈臭味。他或許是終於意識到來者是因藤，坐著輕輕舉起右手，打了招呼，但是呼吸粗重，好像很痛苦。

房間角落有一個三十公分見方、非常小的摺疊式茶几，上頭放著兩瓶蒙上灰塵、空空如也的三得利角瓶，以及菸蒂堆積如山的玻璃菸灰缸。一旁擺著電視和室內天線。電視面向側面，電視插座和天線的電線都被拔掉了。凸窗的平台上放著塑膠包，牆壁上以鐵絲衣架掛著那件黑色大衣。除此之外，沒有任何家具和行李。

福田舉起右手，揮向自己，像是在叫因藤過去。因藤不想踩棉被，但是沒辦法。暖氣應該是開到最大，房內充滿了令人氣悶的熱氣，而且瀰漫著異臭，因藤快要喘不過氣。

因藤小心地在棉被上坐下，避免觸碰到福田的腳尖。盤腿坐對腰不好，所以因藤跪坐，福田見狀，搖頭想笑，劇烈地不住咳嗽。因藤想要輕撫他的背部，但是福田像是在說「不要緊」似地，搖手拒絕之後，目不轉睛地注視因藤。

「因藤。」

福田的聲音很小，莫名嘶啞，被空調的震動聲掩蓋，非常難聽見。

「你從哪裡來的？」

因藤回答「埼玉的新座」，福田低喃「好遠啊」，把放在凸窗平台上的塑膠包拉過來，翻找其中，拿出一個信封。

「不好意思，我有兩個請求。」

最後之旅

因藤聽到「有請求」，擔心如果福田要錢怎麼辦。女性說，房錢欠了兩個月。一晚兩千兩百圓，所以兩個月遠遠超過十萬，因藤沒有那種錢。存款餘額已經減少至幾十萬，繳了兒子的學費之後，又會再減一半。該把話說在前頭，告訴福田「如果是錢，我無能為力」嗎？

「我希望你替我轉交這個。」

福田如此說道，遞出信封。因藤問「轉交？要轉交給誰呢？」，福田指著正面說

「信封上有住址和姓名」，交給因藤。福田的手和手指浮腫，指甲是紫色的。仔細一看，嘴唇也泛紫。

驚人的是，寫著「川崎市宮前區」的那個住址，位於遇見福田的住宅區。收件人不是福田，也不是那個豪宅大門名牌上的「SAWA」。而是寫著「吉澤明子（Yoshizawa Akiko）女士」這個非常難念的名字。字簡直像是用非慣用手的手指握著原子筆寫的，而且到處滲透著墨水。

「雖然不是我帶你去的那戶人家，但是很近。那個人，其實是我母親，她離婚了，所以恢復舊姓。」

信封是放得下明信片的大小，或許是因爲長期一直放在塑膠包裡，整體泛黃，有汙漬，而且有摺痕。裡面好像裝了信紙，角落鼓起，一摸之下，有一個正好一圓硬幣大小、某種又小又硬的東西的觸感。因藤詫異地心想「裡面裝了什麼呢？」，福田說「是戒指」。他的鼻息粗重，呼吸好像很痛苦，嘶啞的聲音聽不清楚。

「我要把戒指還給我母親。我不能見她，所以你替我轉交。」

福田的母親住在那個住宅區嗎？既然如此，爲什麼他當時要帶我去另一戶人家呢？

「眞的很不好意思，另一個請求是，希望你把我帶離這裡。」

福田沒有拜託因藤替他支付這間旅館的房錢。因藤鬆了一口氣。然而，離開這裡，福田究竟要去哪裡呢？

「去哪裡？這你別問。幸好，今天的身體狀況還不錯。我的身體狀況起起伏伏。今天大概走得動。」

福田說「總之，必須離開這裡」，抓住凸窗的邊緣，試圖站起來。他的雙手指甲果然是紫色的，手指也浮腫。他扭動身體，先面向後方，雙手撐在凸窗的平台上，膝蓋著地，試圖挺起腰部，但或許是無法支撐體重，一屁股跌坐在地，又劇烈地不住咳嗽。

因藤靠近他，想要抱他起來，福田說「病會傳染唷」，別過臉去。因藤低喃「你咳得好厲害」，將手臂從背後穿入福田的腋下，小心地別彎腰，試圖跟他一起站起來。抬起重物時，必須腰桿一沉，垂直地伸直雙腿站起來。若是彎腰起身，腰部就會受傷。

「你眞的走得動嗎？」

福田應道「不要緊」，但是步履蹣跚，所以因藤讓他搭著自己的肩。因藤將他交給自己的信封收進後背包；以空著的那隻手拿福田的塑膠包和黑色大衣，緩緩地步出房間。

「謝謝。」

福田發出幾乎聽不見的嘶啞聲音，向在玄關目送他們離去的女性深深一鞠躬。他在玄關的水泥地，戴上帽子，想要穿上黑色大衣，但是咳個不停，每次咳嗽就重心不穩，險些摔倒，遲遲無法穿上。

「你們要去醫院吧？」

女性對於拖欠的住宿費隻字不提，對兩人如此問道。福田沒有回答她的問題，又道謝了一次。

「把身體治好，歡迎再次光臨唷。」

女性面帶微笑，丟下這麼一句，便消失在走廊內側。因藤心想，原來她也有意想不到的一面。

「不付住宿費沒關係嗎？」

因藤邊走出玄關邊問，福田邊劇烈咳嗽邊說：我答應過她，拖欠兩個月房錢就搬出去。因藤低喃「那位女性在電話裡的說話方式很冷淡，我一直以爲她是個冷酷的人，但是意外地體貼」。福田顫抖紫色的嘴唇，「哼」地冷笑一聲。

福田將手臂穿進黑色大衣的袖子，一面痛苦地呼吸，一面斷斷續續地說：體貼？怎麼可能。福田說：「這一帶的旅館和飯店的住宿費之所以一律是兩千兩百圓，是因爲社會救助的居住費規定爲一個月六萬六千圓不到。大部分的住宿者都是接受社會救助者，旅館方面因爲住宿費穩定進帳，所以也很歡迎他們入住。外國背包客尋求廉價旅館，聚集在山谷是胡說八道，因爲語言不通，而且不曉得外國背包客是哪種危險人物，所以大多會說客滿了，予以拒絕。聚集在山谷的人們，大多處於憂鬱狀態，眞正的憂鬱症患者也不少，甚至喪失了反抗的能力，所以若是體貼地對他們說『歡迎再次光臨唷』，他們就會無法趁夜落跑。從前，那個女人對拖欠房錢的住宿者破口大罵，把他跟行李一起扔出去，結果知道那麼做只會得到反效果。」

「接下來要去哪裡？」

讓福田搭著自己的肩走路，對腰部的負擔很大。福田身上散發出強烈的臭味，但如果是近距離，最好還是搭計程車。因藤問「要搭計程車嗎？」，福田搖頭道「很近，馬上就到了」。

福田前往的地點是，位於富士旅館斜前方的勞動／福祉中心。福田說：地下室有娛樂室，有暖氣，還能看電視，而且擺了雜誌等。但是，沒有住宿設施，晚上八點半關閉。

「你晚上要住在哪裡？」

福田沒有回答。

進入中心內，因藤看見「娛樂室使用者請遵守下列事項」這個大大的告示。內容是：在室內要遵守負責人員的指示；各自小心保管攜帶物品，遺失概不負責；嚴守使用時間；因故意或重大過失而導致器物破損的情況下，可能要求賠償損害；禁止喝酒和賭博行爲、帶進刀刃凶器類、打架或大聲喧譁等造成他人困擾的行爲、酩酊大醉、在吸菸區之外的地方抽菸等，若不遵守，立刻逐出。但是，在步下地下室的樓梯間，有喝得爛醉的遊民，咆哮道：老子我不怕流氓啦，聽到沒有?!

一屁股坐在樓梯間，喝醉酒大吼大叫的遊民很異常，但奇怪的是，因藤內心沒有恐懼或不安。跟剛才進入富士旅館之前，在路上看到幾個喝醉酒的遊民時一樣。大概是因爲他們融入了勞動／福祉中心的樓梯間這個地方了吧。在一般街頭遇到的遊民，會在街景中顯得突兀，宛如街景中有了裂痕似地，令人感覺不舒服。

而且，因藤在極近的距離實際遇見他們，知道遊民沒什麼攻擊性。遊民奇形怪狀，偶爾會互相大聲咆哮，給人一種提心弔膽的感覺。因藤心想：因爲他們沒有住處，受到社會拒絕、排斥，所以害怕的人說不定反倒是他們。

因藤讓福田搭著自己的肩，一階階地步下水泥階梯，以免福田一腳踩空。兩人緩慢地前往娛樂室。因藤也注意著自己的腰，受到腰痛所苦之後，他發現各種動作都跟腰部有關。光是站著或坐著，腰部也會支撐整個上半身，控制姿勢。洗臉時，彎曲上半身的動作對腰部造成的負擔很大，相當危險。因此，不要彎曲上半身，而是曲膝降低身體高度，掬水洗臉。從被窩起身時，要彎曲雙腿，身體側向一旁，一面以手支撐上半身，一面起身。上下樓梯時，重心的移動較困難，尤其是下樓梯時，更加危險。而且，現在支撐著福田的身體移動，急劇地向前後左右動作，必須更謹慎小心。前往地下一樓的娛樂室，花了將近十分鐘。

然而，福田眞的是遊民嗎？他身上散發出夾雜在強烈的女用香水味中，遊民特有的酸臭味，被山谷住一晚兩千兩百圓的廉價旅館趕了出來。不管怎麼想，他就是遊民。但是，他爲何成了遊民呢？爲何拒絕社會救助呢？如果他母親住在那個高級住宅區，爲什麼他不自己登門拜訪呢？然而，因藤沒有過問，也不想過問。因爲他心想：假如自己是福田，應該也不想被人過問。

因藤和福田一起進入娛樂室，環顧室內時，忍不住倒抽了一口氣，身體簡直像是僵硬了似地動彈不得。

娛樂室相當寬敞，但是因爲天花板低、沒有窗戶，所以有壓迫感，而且充滿了酸臭味。因藤心想：我快被熏死了。正前方的櫃子上放著電視。三十吋左右的大小，但是並非液晶或薄型電視，而是相當老舊的機種，正在播放的似乎是重播的第四台古裝劇。人們坐在擺放整齊的摺疊椅或長椅上，神情恍惚地眺望著電視螢幕。椅子幾乎坐滿了人，將大型包包夾在腋下、看似遊民的人也很顯眼。娛樂室右邊有一個小區域貼著寫了「圖書／遊戲室」的紙張，靠牆的書櫃上放著週刊雜誌和書籍，有幾組人在下象棋。

異常的是，明明聚集了一百多人，但是沒什麼人的動靜。無論是坐在摺疊椅和長椅上、眺望著電視的人，或者在下象棋的人，全都一語不發。也沒有對話或嘈雜聲。耳邊只有傳來電視的聲音。即使因藤和福田一起進入娛樂室，也沒有人注意他們。左手邊有一間職員的休息室，他們瞥了這邊一眼，但是除此之外，別無變化，彷彿時間靜止，空間凝結了一樣。

因藤也不知道坐在摺疊椅和長椅上的人們，是否眞的在看電視上的古裝劇。他們面無表情，眼神空洞，說不定只是視線對著電視而已。因藤重振精神，試圖讓福田坐在入口附近的長椅上，心想：在哪裡見過類似的景象。福田要坐著好像很辛苦，腰部無法支撐身體，差點從長椅上滑落。好像禁止躺在長椅上，負責人員看著這邊。

從某處傳來鼾聲，馬上又停了。這時，因藤想起了外公住的病房。外公因爲肺癌，長期住院。去探病時，病房裡有十個左右的末期患者躺在病床上，全身上下插著各式各樣的管子，只有隱隱聽見像微風般的呼吸聲。這間娛樂室就跟那間病房一模一樣。毫無生命的跡象。

「送我到這裡就行了。你可以走了。」

福田手撐在椅子上，支撐身體，一面不住咳嗽，一面如此說道。他咳嗽的感覺不對勁，令人覺得他顯然病了，但是除了他之外，咳嗽聲從四面八方傳來，所以並不特別突出。福田要因藤把他留在這裡，替他轉交那封信。因藤想儘早離開這裡。但是，他覺得自己不能把福田一個人留在這種地方。這裡唯獨有暖氣比外頭好，但是不能躺在長椅上。而且，晚上八點半就必須離開。在那之後，福田打算去哪裡呢？

「我會去有拱頂的商店街，所以不要緊。那裡晚上會有人準備瓦楞紙箱和毛毯。」

福田如此應道。他指的是有「小拳王」垂幕的拱頂商店街。入夜後，遊民似乎會聚集而來，原色的毛毯會一條條鋪展在店家的屋簷下。因藤問：為什麼你得把戒指送給母親呢？若是完全不知情由地遞出信封，對方應該也會感到困惑。

「已經將近四十年前了。」

福田的喉嚨呼嚕作響，好像很痛苦地小聲娓娓道來。因藤聽不清楚，每當他調整呼吸，話就會中斷。

父親要我加入自衛隊，我們父子倆大吵一架，我在二十多歲離家出走；進入一家不動產相關、相當糟糕的公司，泡沫經濟時，我威風八面，但是後來欠債上億，躲了起來。當時，我和母親聯絡了一陣子。母親給我珠寶貼補生活，我一一賣掉了，但唯獨據說是外婆遺物的那只戒指，我無法賣掉它。我也沒參加父親的喪禮。母親很擔心我，但她不知道我變成了遊民。因為政府機關會跟母親聯絡，所以我無法申請社會救助。心臟和腸胃都因爲肺結核而受損，我知道自己已經不久人世了。我想要還回戒指，數度前往家的附近，但是沒有勇氣和母親見面。天底下應該沒有母親會想見爲了消除遊民的臭味，而噴廉價女用香水的兒子吧。因藤，我母親應該記得你。替我把信和戒指交給她。這是我最後的請求。

「我不要。」

因藤將嘴巴湊近福田耳畔，清楚地如此說道。

「我不要，我不去。」

福田把臉移開，眼神悲傷、目不轉睛地看著因藤，以幾乎聽不見的音量低喃「是喔」，搖了搖頭。電視上的古裝劇結束，播了幾個廣告，接著開始播放談話節目。身在娛樂室的人們，姿勢、表情都沒有改變。其中也有人張開口睡覺。因藤心想：如果所有人睡著，這種異常的氣氛八成會淡一些。許多人睜開眼睛，幾乎一動也不動，默不作聲，表情也沒有改變，只是眺望著電視螢幕，委實異常。

「福田，我不要，我不要一個人去。我要帶你去。」

因藤心想「我爲什麼會說這種話呢？」，又在福田的耳畔呢喃道：

「你要去見令堂。我會帶你去，你自己把戒指還給她。聽到了沒？」

因藤把手穿入癱坐在長椅上的福田腋下，試圖讓他站起來。福田不知所措地說「等等，因藤，等一下」，試圖拒絕站起來，但是無力抗拒。因藤抬起福田的右手，將左肩插入他的腋下，站起身子，讓他站起來。

「我們離開這裡！」

因藤緩緩地邁開腳步。福田發出像是在喘氣的嘶啞聲音，說「喂，因藤，別鬧了，住手」，但是因藤不理會他，朝階梯而去。若不讓身體保持垂直，福田的體重就會施加在自己的腰上。連因藤也不太曉得自己究竟想做什麼，一階階爬上階梯；感覺微溫的暖氣透入羽絨夾克內側，汗飆了出來。

「喂，閃邊！」

因藤對兩個盤腿坐在樓梯間喝酒的遊民吼道。兩人嚇了一跳，向後退，騰出了空間。

經過一番苦鬥，來到了大馬路上，福田說「因藤，等一下」，拖著腳，試圖停下腳步。他咳個不停，鼻水流到了下顎一帶。

「你要怎麼去宮前平？搭電車嗎？」

因藤吐著粗重的氣息，如此問道。他完全搞不懂自己。我到底想做什麼呢？因藤心跳加速，一反常態地心情亢奮。支撐福田的身體前進煞費體力，冷靜消失了。剛才對樓梯間的兩個遊民咆哮時，連他自己也嚇了一跳。他一面用手撐著腰，一面爬階梯，看到兩個遊民擋在前面，內心湧起一股怒氣，忘了恐懼和厭惡，扯開了嗓門大吼。

「拜託，因藤，聽我說，住手，我不能見我母親。」

福田一面劇烈咳嗽，一面繼續如此低喃道。因藤氣喘吁吁，先停下了腳步。天氣晴朗，遠方看得見晴空塔。

不知從哪兒傳來鳥叫聲。對面的廉價旅館大門旁有一棵小樹，叫聲從那裡傳來。定睛一看，在枝葉的縫隙間看到了咖啡色的小鳥。大小和麻雀差不多，但是羽毛的花紋不一樣。

「福田，喂，福田！」

因藤叫喚他，福田一面喘氣，一面抬起頭來。

「你看得見那隻小鳥嗎？」

因藤舉起拿著福田的塑膠包的手，指著樹木。福田問「小鳥？什麼小鳥？」，一臉詫異地望向樹木，淚眼婆娑，視野模糊。

「那是黃尾鴝吧？」

福田聽到小鳥的名字，有了反應。他又看了樹木一眼，果然眼睛也不好，好像什麼也看不見。

「你記得嗎？國中的中庭啊。我看到小鳥，說『綠繡眼』，你說『不是』，告訴我那是黃尾鴝，對吧？你記得嗎？」
福田霎時露出注視遠方的表情，無力地點了個頭。
「你說『那是候鳥，冬天從中國或韓國渡海而來』，嘲笑我居然連這種事都不知道，對吧？」
因藤這麼一說，福田說「嗯，我記得」，無力地點了個頭。
因藤問「要喝水嗎？」，從後背包取出裝了PARADISO的寶特瓶，遞給福田。但是，福田遲疑了，不知道是否可以就口喝。他八成是心想：我有病在身，要是傳染給因藤就糟了。因藤說「沒關係，你喝，我還有別瓶」，比了比背在肩上的運動保溫瓶。福田小心地別咳嗽，慢慢地喝水；喝完後，想把寶特瓶還給因藤，因藤說「那給你了」，替他放進大衣的口袋。福田開口說「因藤，你能不能聽我說，你覺得我在這種狀態下，能夠見我母親嗎？」，因藤說「別說了」，搖手制止了他。
咖啡色的小鳥還在樹木的茂密枝葉中啄果實。
「你說過，黃尾鴝個頭小，卻是了不起的傢伙，對吧？」
福田瞇起眼睛，目不轉睛地注視樹木，或許是在確認有小鳥，問「那個啊？」，苦笑著點了點頭，說：你記得真清楚。
「你說：牠會以那種小身體，飛越朝鮮半島和海洋，途中留在漂流木或漁船的船桅上休息，旅行一千公里以上，眞是了不起。」

因藤這麼一說，福田低下了頭。他好像瞭解了因藤想說什麼。

「你之前是搭電車去宮前平的嗎？」

因藤這麼一問，福田搖了搖頭。如果搭電車，起碼必須轉乘兩次，雖然有好幾條路線，但是非經過上野或秋葉原、新橋或表參道不可。走地下走道，似乎會被站務人員或乘客視爲眼中釘。福田以幾乎聽不見的微小音量回答「搭公車」。但是，從這裡有公車到川崎嗎？

「去東京車站，搭高速巴士，在東名向之丘下車，附近有前往宮前平的路線公車。」

因藤說「是喔，我知道了」，讓福田搭著自己的肩，又邁步前進。福田從前似乎是走路到東京車站，但是現在不可能了。該搭計程車前往宮前平，但是沒有那麼多錢。不能把妻子給的三萬圓用光。因藤想搭計程車前往東京車站。福田邊走邊說：因藤，你知道吧？

「你知道吧？這會是一趟艱辛的旅程。」

因藤爲了攔計程車，來到了明治通。錯肩而過的人，露骨地避開兩人。因藤回頭一看，甚至有人直盯著他們；心想：也難怪。從福田身上散發出混合著體臭和香水的強烈臭味。一看就知道生病了的遊民被人支撐著身體，搖搖晃晃地步行的身影異常。或許其實立刻帶福田去醫院，讓他住院比較好，但是福田沒有健保卡，也沒有申請社會救助，不曉得醫院會不會接受他。因藤也沒有閒錢代墊診療費和住院費。

幾輛空車開了過來，因藤舉起手，但是計程車過而不停。因藤明明沒錢，腰又不好，爲什麼想帶福田去他母親身邊呢？因藤終於明白了。是因爲憤怒。暴露在路過的人充滿嫌惡的視線中，遭到計程車無視，在勞動／福祉中心的樓梯間自覺到的憤怒，化爲更加具體的怒火，重新燃起。

不過，那不是對政府或社會的憤怒。也不是對路人或計程車的憤怒，或對遊民的憤怒。並非對某種具體事物的憤怒。憤怒產生於那間娛樂室，在樓梯間被喝醉酒的遊民阻擋去路，怒火彷彿被點燃了似地，從體內深處滿溢，噴出體外。

那是一種被無力感壓垮，爲了不放棄某種重要事物，作爲最後手段的憤怒。因藤下意識地心想：如果不以憤怒鼓舞自己，就無法振作起來。他支撐福田的身體，邁開腳步，代替大喊：別瞧不起人！他不是爲了福田；而是覺得，如果不做點什麼，一輩子就再也無法振作起來。

「巴士的班數多嗎？」

因藤這麼一問，福田從包包的側袋掏出一張皺巴巴的紙。那是前往名古屋方向的高速巴士時刻表。巴士有急行、特急和超特急這三種。標示爲「超特急」的班次似乎不會停靠在「東名向之丘」。因藤想在日暮之前，抵達宮前平。但是，遲遲沒有計程車肯停車。

等了十幾分鐘，終於停車的計程車是女司機。因藤先把福田的包包丟進後座，然後讓他把雙手撐在座椅上，支撐身體，讓他爬上車，將他塞進內側，自己才坐進空出來的空間。福田光是坐上計程車，呼吸就變得粗重，彎曲身體，喉嚨呼嚕作響，痛苦地喘氣。因藤告訴女司機「到東京車站的八重洲口」，女司機語氣擔憂地問：不要緊吧？

「或許是我多管閒事，但或許叫看護計程車比較好。」

女司機從後照鏡觀察福田的樣子。

「我問一問公司吧。看護計程車的數量不多，不曉得現在有沒有空車。」

車窗緊閉的車內，充滿了福田強烈的臭味。因藤將兩側的車窗打開一半左右，說「哎呀，妳應該很困擾，但請直接開到八重洲口」，頻頻低頭請求。八輛計程車拒絕載客，過而不停之後，終於有司機肯載，而且對於臭氣沖天的福田，沒有表露出厭惡感。因藤來到山谷後第一次心想「原來也有這種好人啊」，內心溫暖了起來。

但是，計程車開到河畔的道路，經過淺草、藏前的過程中，因藤的眼睛死盯著計費器。他對東京老街的地理不熟，也幾乎沒有搭過計程車。行駛於無車的道路時，車資轉眼間拚命跳，若是車輛多、道路有些壅塞，隨著時間經過，金額又會增加。才行駛沒多久，就超過一千圓，來到日本橋前面，已經超過了兩千圓。福田說他從前走路到東京車站，所以因藤以爲搭計程車大概只幾分鐘，但是現在已經過了二十分鐘。

「到八重洲口還很遠嗎？」

因藤畏畏縮縮地如此問道，女司機說「不，快到了」，指示前方。但是，宛如巨大軍艦般的東京車站漸漸出現時，福田突然感到痛苦，不住咳嗽，開始嘔吐。

福田好像無法好好呼吸，每次咳嗽，喉嚨就會發出痛苦的聲響，從口中流出黃色的濃稠液體。幸好量不怎麼多，滴落在大衣的下襬，所以沒有弄髒計程車。車內瀰漫著酸臭味，女司機皺起眉頭，回頭看後座，像是在確認髒到什麼程度。

「對不起，非常抱歉，但是沒有弄髒座位。」

因藤一再道歉，尋找擦拭的東西，女司機說「來，用這個擦」，遞給他一盒面紙。

「您要去哪裡？搭新幹線？中央口嗎？」

正前方出現東京車站八重洲口，女司機如此問道。

「巴士在南口。」

福田的嘴巴四周被黃色汁液弄髒了，氣若游絲地說道。因藤一面以面紙替福田擦拭嘴邊，一面回答：到南口。黑色大衣弄髒了，因藤心想：只好丟掉了。福田的大衣底下穿的是運動服，但是巴士上應該不怎麼冷才對。因藤說「眞的很謝謝妳」，客氣地道謝，下了計程車。因藤將福田拉到車門邊，讓他面向一旁，把自己的肩膀插入他的腋下，一面支撐他，一面來到車外。車資是兩千六百圓，因藤心想「該怎麼對妻子說呢？」，心情變得沉重，但是女司機的「路上小心」這句話，令他一陣感動。

因藤看見寫著「高速巴士乘車處」的大看板；把福田的黑色大衣丟在附近的垃圾桶。布料硬邦邦的大衣，體積意外地大，無法縮成一小團。不管怎麼塞也無法整件塞進垃圾桶，垂掛地露出外側。因藤問「你冷不冷？」，福田發出「唔～」這種奇怪的聲音，點了個頭。女用的廉價香水好像主要滲入大衣，因藤覺得強烈的臭味稍微淡了一些。

因藤讓福田靠在護欄上坐下來，依照寫著「JR高速巴士售票處」的標示，一個人去買車票。他心想：如果售票員看到福田的模樣，說不定會不肯賣車票給他。

似乎趕得上三點二十分發車、前往靜岡的急行。因藤在售票處排隊，買了兩張前往「東名向之丘」，單程一人四百五十圓的車票。加上剛才的計程車費，花了將近四千圓。但是，根據在候車室查看的地圖，從東名向之丘停車站下車到一般道路，就已經是川崎市宮前區了。路線公車應該是全票一人兩百圓，即使搭計程車，八成也只會跳一次錶。只要搭上高速巴士，之後就沒有大開支了。因藤詢問售票處的人員，所需時間是三十分鐘。

因藤回到福田身邊，讓他搭著自己的肩，朝巴士乘車處走了過去。福田自從在計程車上吐了之後，就不再講話；臉色鐵青，步伐變得更加沉重，呼吸好像很痛苦。前往靜岡的巴士乘車處是一號，距離售票處最遠。

距離發車只剩幾分鐘，因藤支撐著感覺隨時會倒下的福田步行，擔心是否趕得上。幾輛大型巴士並排，分別標示筑波或迪士尼樂園等目的地。

耳邊傳來「前往靜岡的急行將從一號乘車處發車」的廣播。如果趕不上發車時間的話，車票應該不能退費吧。

福田從進入勞動／福祉中心的娛樂室開始，身體狀況看起來惡化了。

兩人朝一號乘車處前進，但是福田的身體不時突然變重；全身體重壓在因藤肩上。福田從稍後方搭著因藤的肩，所以因藤看不太清楚他的表情。說不定福田的意識偶爾遠去。

「喂，福田、福田，喂！」

因藤呼喊福田的名字，搖晃他的身體，聽見「啊～啊～」這種要死不活的聲音，負擔變輕了。能不能爬上巴士車門口的階梯呢？「前往靜岡的急行將從一號乘車處發車」的廣播停止，因藤看見標示靜岡的巴士不斷搖晃，車門關上。引擎發動了。距離巴士的車門口還有幾公尺，因藤用手掌拍打車身，叫道：

「我們要上車、我們要上車。」

勉強抵達車門口，一度關上的車門打開。但是，車門口太窄，無法讓福田搭著自己的肩上車。因藤小心腰部，像是把福田抱起來似地，讓他站上階梯，大喊：請幫個忙。然後讓福田站在階梯上，自己也試圖上車。但是，福田沒有力氣站立，身子一晃，直接向前傾倒。司機連忙起身，接住了他的身體。

因藤支撐福田，抓住成排的座椅椅背前進。他猶豫了一會兒，要讓福田坐在靠窗的座位，還是讓他坐在方便去上廁所的靠走道座位呢？但是福田站著好像很辛苦，像是用滾的一樣，坐進了靠窗的座位。司機陪著跟了過來，對福田說：不要緊吧？因藤說「這傢伙的身體有點虛弱」，將車票遞給了司機。

「啊，向之丘。這樣的話，只要三十分鐘左右。」

司機回到前方，關上車門，對車內廣播：發車。

穿越日比谷，從霞關的交流道上首都高速公路。車上的乘客比想像中少，太好了。前排的兩名中年婦女數度朝兩人回頭之後，想要遠離福田，移到了前方的座位。後排的年輕男子也往後方移動兩排。其實應該不能擅自換座位，但是福田的臭味強烈，司機好像默許了。因藤對右邊看似學生的女生說：抱歉，我們馬上就下車了。女生別過臉去，無視因藤，把原本放在一旁的皮包放在膝上，靠向窗邊，背對兩人。

遠方漸漸出現汐留的摩天大樓時，福田的呻吟聲變大了。他想說什麼，但是不成語句；將雙手交叉於胸前，然後開始微微顫抖。一名坐在右斜後方、身穿皮夾克的中年男子目不轉睛地看著兩人，大聲問司機：喂，有沒有毛毯什麼的？司機應道「車上沒有」，男子低喃「眞是沒辦法」，靠了過來，說：脫下你的羽絨夾克給他蓋，他很冷。

因藤脫下羽絨夾克，蓋在福田身上。身穿皮夾克的男子目不轉睛地看著福田的樣子。男子和因藤差不多年紀，看起來不像是醫生，但應該對醫學略知一二。因藤問「呃，恕我失禮，你是醫生嗎？」，男子搖了搖頭，以下顎指了指福田，說：他的感覺跟我父親一樣。

「他的問題出在心臟。因爲幫浦壞了，所以無法順利排出體內的水，囤積在肺部。感覺像是肺浸潤，所以他無法呼吸。所以，不可以讓他喝水。跟他說話就行了。要是他失去意識就糟了。總之，必須快點讓他住院，切開這裡讓氣管通暢。」

男子說「這裡」時，指著自己的喉嚨。因藤向他道謝，男子說「不用謝」，頻頻點頭，嘟囔了一句「不能讓他死掉」，回去了自己的座位。因藤心想「該照那個男人說的，帶福田去醫院嗎？」，看著福田的臉，福田睜開眼睛，試圖動嘴唇。因藤問「什麼？」，把耳朵湊近他的嘴邊。

「不要緊，我豈能死。」

福田一面粗重地呼吸，一面孱弱地呢喃道。男子說：跟他說話就行了。

「喂，福田，你記得嗎？國一的那年暑假，我們去博多，看了成人電影，對吧？可是，電影一開始不久，你看到女人的裸體，嚇了一跳，站了起來，大聲地脫口說了『啊～』之類的話。你馬上被人發現你未成年，逃走了。我至今還是無法原諒你這件事。」

巴士行駛在首都高速公路上。印象中，首都高速公路經常塞車，但或許是時段的關係，目前車流順暢。依這個情況，能夠按照時刻表，於四點前抵達。因藤提起成人電影的話題之後，福田動了動嘴唇，說「是啊，我們一起去旅行了幾次」，擠出微笑。

「可是，這是最後之旅了。」

因藤說「你少胡說八道」，輕戳福田的肩膀時，巴士緩緩地停車了。在池尻前面，塞車了。

背後發出男人的聲音，說：又塞啊，自從環狀線蓋好之後，老是這樣。似乎是因爲從中央環狀線匯合的車輛眾多，所以大橋系統交流道總是塞車。巴士變成龜速行駛，福田看到周圍的景色變得不動，臉色一沉。他低聲呢喃了什麼，發不出聲音。因藤將耳朵湊近到快觸碰到他的嘴唇，微微聽見他說：爲什麼停下來了？

因藤如此說道，試圖讓福田平靜下來，但是他的呼吸又變粗重了，嘴唇變成了淡紫色。每當他快要失去意識，就會像是在抗拒似地用力搖頭，嘴巴一張一闔，拚命地試圖吸進空氣。但是，喉嚨只是發出上氣不接下氣的聲音，眼看著臉色越來越蒼白，張著嘴翻白眼，頭傾向一旁。

「塞車啊。不過，快到了。」

「福田，平靜下來。就快到了！」

因藤輕拍福田的臉頰，一再地呼喊他。從喉嚨發出「咻～」這種奇怪的聲音，福田一度恢復意識，但是面露懼色，然後開始發出某種莫名其妙的呻吟聲；想要手腳亂動，所以因藤必須壓住他。周圍的乘客察覺到異常情況，伸長脖子望向兩人。因藤在福田的耳邊說「你怎麼了？福田，你怎麼了？」，福田發出喉音地說：廁所。

因藤試圖讓福田站起來，但是他完全四肢無力，靠在車窗上，站不起來。因藤將身體緊貼在福田身上，坐了下來，將肩膀插入他的腋下，設法讓他站起來，想要前往位於車尾的廁所，但是因藤發現，大量的溫熱液體從運動服褲管漏了出來。福田像是在痙攣似地抖動上半身，哭了起來。不久之後，異臭開始飄向四周，幾名乘客嚷嚷了起來。

「咦？失禁了？」

「喂！車停一下，讓這兩個人下車。」

於是，身穿皮夾克的男子站了起來，向抱怨的乘客大聲斥喝：

「混帳，他生病了，快死了。不過是尿臭味，忍耐一下！你們聞到尿臭味會死嗎?!」

身穿皮夾克的男子高聲吼道，車內靜了下來，但是周圍的乘客沒有隱藏不悅的態度。司機透過後照鏡，擔心地窺視兩人。身穿皮夾克的男子目不轉睛地注視著在座位上將身體縮成一團、雙手摀住臉哭泣的福田。因藤向男子點頭致意，像是在向他道謝，男子說「不用謝」，輕輕地點了個頭。

因藤先前為了預防福田又吐時做準備，向計程車司機借了面紙，這時以面紙擦拭福田弄髒的地板。因藤心想：總之，快點到吧，我想儘早下這輛巴士。

「先生，我之後會擦，請坐好。轉彎會搖晃，請坐在座位上。」

司機使用麥克風如此說道，然後馬上聽到廣播：即將抵達東名向之丘，要下車的乘客請按鈴。因藤按了下車鈴，說「到了，要下車了」，搖晃持續哭泣的福田。

巴士過了東名川崎的收費處不久，便停在車站。司機來幫忙扶福田下車。因藤前往車門口時，又向身穿皮夾克的男子道了一次謝。男子說他父親的症狀跟現在的福田一樣。結果治好了嗎？因藤雖然在意，但是又不能問。眺望一旁寫著「東名向之丘公車站周邊導覽圖」，忽然回頭望向巴士，司機拿著水桶和抹布，正要走向福田弄髒的地方。幾名乘客從車窗看著兩人，因藤和他們對上眼，別開了視線。

周邊導覽圖很難看懂。前往宮前平站方向的公車站，好像在東名高速公路另一邊。或許是打掃完畢了，巴士緩緩地離去。福田想以手背擦拭濡濕的眼睛和臉頰，但是手抬到一半乏力，無力地垂了下來。因藤讓他搭著自己的肩，在他耳邊說「就快到了」，喝了一口水後，朝「出口」這個標示邁開腳步。

因藤心想「這就是高速巴士的停車站嗎？」，出口另一邊的景象蕭條得令人錯愕。「出口」這個標示的前方，有一個勉強足以讓兩個大人並肩經過的不鏽鋼柵欄，宛如山中吊橋般細長的走道朝下延伸。坡度很陡，因藤必須一面支撐虛弱到幾乎站不住的福田，小心謹慎地前進。高速公路的休息站空間寬敞，除了廁所和加油站之外，還有一間接一間的餐廳和名產店，擠滿了大批的人。營運高速公路的人一定覺得，不必重視搭乘巴士之後，來到一般道路的人吧。

下了坡度很陡的走道之後，是疑似單行道的狹窄道路，背後林立著粗俗的社區建築，別說餐廳和名產店了，連自動販賣機也沒有。根據停車站的導覽圖，距離前往宮前平站的公車乘車處還有三百五十公尺，必須經過隧道，來到高速公路的另一邊。福田走著走著，數度失去意識，每次失去意識時，就會一屁股坐在道路上。

因藤會在他耳邊對他說話，搖一搖他的身體，讓他清醒，然後再走起路來。沿著社區的狹窄道路上，只有他們兩人走著。連半輛車也沒經過，不可能攔得到計程車。福田處於非醫療人員看了也覺得危險的狀態，而更重要的是，因藤的體力也達到極限了。福田不知第幾次失去意識時，因藤也已經失去了支撐他身體，讓他站起來的體力，或者對他說話的力氣。因藤和福田一起坐在地面，神情恍惚地眺望社區，心想：我也走不動了。因藤拿出手機，呼叫救護車。救護人員詢問症狀，因藤回答：沒有意識的狀態。

二十分鐘後，從社區後方傳來警笛聲。因藤站了起來，朝救護車揮舞雙手，示意「我們在這裡」。救護人員問因藤：他最後一次失去意識之後，過了多久的時間。因藤回答「二十分鐘」，救護人員將福田放上擔架，送進車內，因藤向救護人員說：麻煩了。

「他的家就在附近。我想去通知他母親，能不能請你們順道前往他母親家呢？」

尾聲

作夢日期：二〇一二年五月八日（週二）*橫濱市青葉區的自來水工程。

必須渡過一個大湖泊。湖中央有一座石橋。但是，橋異常地高。我完全搞不懂，為什麼要蓋這麼高的橋呢？我走在橋上。高度令人眼花，行駛在湖上的觀光船看起來簡直像是原子筆一樣渺小。橋彷彿隨時會坍塌，但非設法渡橋不可。石頭一點一點地緩緩崩落。花好長一短時間下墜，然後在底下遙遠的湖面濺起水花。（*勉強保住了腰部。但是必須小心。）

因藤恢復做交通引導員的工作。腰部依舊時好時壞，幸好五月的陽光和煦，或許是因爲這個緣故，早上不會痛得無法起身。設法支付了兒子的學費，但是妻子尙未找到打工工作。若是光靠因藤的收入，存款在今年之內就會見底。他也擔心兒子找不找得到工作。因爲兒子念的是文學院，並沒有專業技術。兒子切身曉得工作難找，似乎想考專利代理人的證照，但是講座的聽講費要花三十萬以上，家裡沒有那種錢。如果可以的話，因藤想讓兒子去考證照，他從以前就主張教育要不惜花錢，但是如今生活窘迫，說不定連房租都付不出來。

工地位於橫濱市青葉區的住宅區，交通量非常小，就工作而言很輕鬆。因藤在午休時，一如往常地從運動保溫瓶喝一口PARADISO，一面咀嚼飯糰，一面攤開那封信。有浮水印花紋的高級信封上，以漂亮的字跡寫著「因藤茂雄先生」。

在那之後，您好嗎？這麼晚才與您聯絡，深感抱歉。
昨天凌晨一點十二分，貞夫嚥下了最後一口氣。按照他本人的希望，我們打算自家人低調地辦喪禮。
他因為感染症，高燒不斷，抗生素無效，器官衰竭而死。醫生說他走得並不痛苦，令我們稍感慰藉。
這幾天處於連筆談也無法進行的狀態。

因藤先將信收了起來。他至今不曉得重讀了幾十遍，內容幾乎都會背了。搭乘救護車順道前往福田的母親家時，他母親正好外出回來。因藤自我介紹「我是福田的國中同學，敝姓因藤」，說「福田在車上」，並指著救護車。他母親一開始一臉茫然，好像搞不清楚情況。但是一上車，看到福田後，輕聲呢喃「貞夫」，緩緩地靠近兒子。福田失去意識，同在車上的救護人員正要替他插管。他母親看到福田的服裝和樣子，似乎大致上覺察了原委，然後流著淚，一再地呼喊「貞夫」。
福田被載到聖瑪莉安娜大學醫院，送進了加護病房。福田沒有意識，當然也無法說話。因藤在外面走廊旁的休息室等候，過一陣子，他母親走了進來。據醫生所說，福田似乎處於呼吸衰竭的狀態，所以情況並不樂觀，但是暫時沒有生命危險。他母親情緒激動，幾乎一句話也說不出來。因藤把福田交給他的信封，交給他母親。就是那個裝了信和戒指的信封。信的內容好像非常簡短，他母親馬上從信移開目光，目不轉睛地凝視著放在同一個信封裡的戒指，頻頻嘆氣。

因藤日後聽說，福田在信中似乎只寫到：「我把戒指還給您。我應該會死於疾病，但請別把我葬入父親的墳中。」他母親茫然自失，因藤從醫院回去時，她也無法正常說話。據說他們母子相隔三十幾年不見，這也難怪。因藤交給她自己的聯絡方式之後就離開醫院，回到自己家時，已經晚上九點多了。他疲憊不堪，但是如實地告訴了等門的妻子，實際上發生的事。他說「我非但沒有去找工作，還花了將近五千圓」，妻子一面煮晚餐，一面微笑道：你做了好事。

隔天，或許是疲勞顯現，腰部劇痛，因藤無法從被窩起身。結果，臥床了三天，他擔憂是否就這樣無法恢復，但是到了第四天，疼痛卻像是不曾有過似地減輕了。而不可思議的是，後來腰部疼痛漸漸改善。

因藤只去探望了福田一次。

去探病時，福田有意識。他身上插著好幾條管子，擠出了開心的表情。他因為插管而麻醉，似乎處於意識時有時無的狀態。但無論如何，因為氣管內管前端的球囊堵住喉嚨，所以他無法說話。因藤在他耳邊說「加油」，他母親替他準備了筆談用的圖畫紙和筆，他以顫抖的手寫下「謝謝」這兩個勉強看得懂的字。因藤想讓他喝水，但是他嚴禁喝水，只能以脫脂棉沾了少量的PARADISO，讓他含入口中。雖然是寥寥幾滴，但是福田頻頻點頭之後，又拿起圖畫紙，寫了「好喝」。

「請問，方便借一步說話嗎？」

因藤離開加護病房時，福田的母親叫住了他。或許是因爲護理師和醫生在周圍，不方便講話，兩人決定前往醫院內的餐廳。午餐時間，餐廳內的人有點多，但是靠窗的桌子空著。因藤點了月見烏龍麵，福田的母親點了咖哩飯。他母親吃完咖哩飯之後，想喝玻璃杯裡的水。因藤說「如果您不嫌棄的話，請喝這個」，從後背包取出裝了PARADISO的寶特瓶。

因藤確定福田的母親不討厭氣泡水之後，將玻璃杯裡的水倒在吃完的烏龍麵碗公裡，再倒入PARADISO。他母親喝了一口，說「噢，眞好喝」，面露微笑；然後說「對了」，稍微說起一些從前的事。

「我聽貞夫說，你總是帶著水壺，喜歡純淨的水。他提起你的事時，總是很開心。」

或許是想起了國中時的兒子，福田的母親默默地眺望窗外許久，然後想知道福田過著怎樣的生活。因藤沒有用「遊民」這兩個字，簡單扼要地說了自己在宮前平和福田重逢，前往山谷的旅館，讓他搭乘高速巴士。因藤一說「福田似乎去過您府上前面幾次，想把戒指還給您，但是害怕，不敢進去」，他母親便低下頭，壓低聲音地淚流不止。

「因藤先生，那是情書嗎？」

年輕工人揶揄道。工地主任也笑道：午休時間，你是不是老在看信？因藤苦笑道「我怎麼可能收到情書」，又看了一次福田母親寄來的信，決定回去繼續引導員的工作。在那之前，因藤從後背包取出另一個寶特瓶，稍微喝了一點。那是福田的母親寄給因藤的回禮，叫做「BORJOMI」的礦泉水。產自喬治亞，礦物質豐富，碳酸量較少，入喉柔和。包裹中附上一張字條，上頭寫著「這是我的一點心意」。

送上我的一點心意。前幾天，你來探望貞夫之後，他非常開心。因藤先生，我要再度向你道謝。

國中時期，貞夫轉學沒有朋友時，你願意當他的朋友。當時，你也一樣帶他來到我身邊。

我想，他真的很開心。貞夫是個懦弱的人。他和他父親最後還是無法和解。住院時，他也完全不提他父親的事。

可是，光是有你這麼棒的朋友，他這一生就不算白活了。他透過筆談告訴我你的事，他很開心。喪禮預定於下週六舉行。如果時間允許，請來參加。貞夫也會很開心的。

那是一個只有福田的母親和幾名親戚的喪禮。祭壇上，福田埋在花裡的遺照，是二十多歲時的照片。撿骨完畢，獻花時，因藤一面將BORJOMI的水澆在墳上，一面在心中呼喊「福田」。

眞的成了最後之旅啊。這是令堂送給我的水。今後，我也會不時像這樣來給你喝水。這次的旅程中，我明白了許多事。其實，我心中也充滿不安，老實說，活著很痛苦。但是，我起碼有家人，還活著，而且能喝純淨的水。而只要活著，或許未來總有一天，還能作翱翔天際的夢。福田，獲救的人反倒是我。

露營車

キャンピングカー

他總覺得某種重要的事物被粉碎了，
但是他做了個深呼吸，試圖讓心情平靜下來。

退休後的夢想

初夏早晨的陽光令人目眩。富裕太郎瞇起眼睛，凝望著蒙上塵埃的馬克杯。已經將近兩個月沒有泡咖啡了。透過友人直接從夏威夷寄來的咖啡豆也一直放在冷凍庫。

他從前經常會以德國製的磨豆機親自磨咖啡豆，用心地以咖啡滲濾壺泡咖啡。那有一種獨特的香味和味道。富裕向別人說明時，總是以「此物只應天上有的高貴物品的焦香味」形容。

富裕從以前就喜歡咖啡，學生時代，因爲能夠喝到直接進口的藍山咖啡，所以常去古典樂咖啡店。他並非喜歡古典樂，而是喜歡咖啡。他也清楚地記得，有生以來第一次喝咖啡時的事。他不覺得好喝。然而，他感覺到一種象徵未知事物般的輕微震撼。有一種意識逐漸朦朧般的陶醉感。

自從進入大型家具廠商工作之後，悠閒品味咖啡的時間就減少了。因此，富裕早已決定，退休後要盡情品嚐咖啡。那是他滿心期待的事之一。

爲了更享受地品嚐早晨的咖啡，幾年前改建房子時，打造了較大的陽台。坐在瑞典製的原木躺椅上，沐浴著晨曦，喝自己泡的咖啡，瀏覽早報，這對於富裕而言，是退休後的幸福畫面。

如今，富裕從位於橫濱市港北區高崗上自家二樓的陽台，注視著前往車站的人潮。眼前有個一直放在茶几上的馬克杯。那是一個較大的馬克杯，上頭畫著畢卡索陷入熱戀時的畫作，是去年生日，兒子送給他的。富裕茫然地眺望著看起來像是黑點或灰點的人群，彷彿被吸進去似地消失在車站。於是，富裕一如往常地心想「我爲何不在其中呢？」，品嘗著被全世界排斥在外的感覺。我到底怎麼了呢？是什麼改變了呢？

距今半年前，秋天的時候，富裕以接受公司優退的形式退休了。

他接受優退的主要理由是，公司的營業方針改變了。進公司之後，富裕從資深員工身上學到、一直實踐至今的是親自拜訪客戶、接單的跑業務方式。也就是說，透過拜訪老客戶，一再地招待，獲得顧客的做法。但是，隨著業績惡化，頭號股東──大型銀行派來的新經營陣營，提出顧問銷售，也就是提案型的業務方式，首先大幅削減接待費，不知不覺間，富裕被打入了冷宮。

接受優退還有另一個重大的理由。富裕有一個計畫，爲了實現這個計畫，優退制度的特別加發金很吸引他。妻子也贊成他接受優退。如此一來，不但可以還完房貸，而且可以靠退休金、存款，以及幾年後開始領取的年金過活，經濟上應該不用擔心。兒子在製藥公司上班，女兒也已經在銀行工作。曾是高中老師的富裕的父親、曾是營養師的母親，身體都很硬朗，在杉並的公寓生活，不需要看護。

富裕的計畫是，開中型的露營車，和妻子到日本全國各地旅行。這也可以說是夢想。看美國的電影，經常會出現退休之後，夫妻開著露營車，在大自然中旅行。這不是單純的觀光旅行，而是隨興造訪喜歡的地方，眺望美麗的高山、大海、湖泊，度過時光。富裕沒有告訴妻子這個計畫，想要給她一個驚喜。國產的優質中古露營車大約一千萬上下，碰巧幾乎和優退的特別加發金一樣多。車身相當高，但是富裕家的車庫沒有屋頂，有足以停放兩輛轎車的空間，所以不必改建。上網查全國各地的露營區讓他覺得很愉快。反映戶外活動風潮，各個地方都設有能夠汽車露營的露營區，也有許多地方附近有溫泉。妻子本來就愛溫泉，肯定會很開心。畫畫是她的興趣，數度在團體展中得獎，功力足以在朋友經營的咖啡店借場地開個展。自從孩子們開始工作之後，她就在附近的文化中心教水彩畫和油畫。富裕不知有多少次，想像妻子面向北海道二世谷或九州阿蘇的雄偉風景素描，以及自己一邊面帶微笑地看著她的樣子，一邊泡咖啡的身影。

退休之後，過了將近一個月，身邊的雜事大致上整理完了。富裕打開珍藏的紅酒、在自家烤肉，開了簡單的派對。家人感謝他的辛勞、乾杯，然後他才說出計畫。

「我保密至今，打算開露營車，跟老婆周遊全國。」

兒子欽佩道：哇！老爸眞有你的。但是，女兒露出了複雜的表情。妻子則露出吃驚的表情，看起來不知所措。

「嚇了一跳吧，其實，我已經準備好車子了。雖然是中古車，但之前的車主是從前頗紅、熱愛戶外活動的搞笑藝人，內裝大量使用天然木頭，感覺非常棒。」

富裕面帶笑容地如此說道，兒子點頭聽他說，但妻子和女兒只是默默地互看彼此的臉。富裕覺得奇怪，有一種莫名的不好預感，沒有進一步訴說露營車的事。

「關於你昨晚說的事……」

隔天早上，富裕在泡咖啡時，妻子對他說。這一陣子，他還是每天泡咖啡。妻子一臉認眞的表情。她上午似乎有油畫的課，化好了妝，身穿淡綠色的大衣。富裕剛睡醒，一身運動服，頭髮還亂翹，感覺自己毫無防備。

「你車子已經買了嗎？」

妻子如此問道，富裕感覺到妻子不喜歡開露營車旅行。他沒有預期到這種情況，有些驚慌失措，焦躁不安地說「還沒買啊，怎麼了？妳不喜歡開露營車旅行嗎？」，忍不住越說越大聲。

妻子冷靜地說：那倒不是。她一臉歉然地說：兩個孩子的結婚資金也必須留起來，何況雖然有積蓄，但是收入只剩下年金，我想省下露營車的開銷，而且每年要跟繪畫課，以及作畫的同好去素描旅行和周遊美術館之旅好幾次，很難請長假。

富裕的腦袋一片混亂，霎時不曉得妻子在說什麼。連他自己也知道，自己的臉色變了。他總覺得某種重要的事物被粉碎了，但是他做了個深呼吸，試圖讓心情平靜下來。這是他從和若無其事地提出不合理要求的客戶交涉中，學會的忍耐方法。

而不可思議的是，自己覺得妻子說的話中，具有某種程度的說服力。但是，他無法輕易地放棄開露營車旅行。他已經對車子的銷售公司說「退休金下來之後，我馬上匯款」，更重要的是，這在富裕心中已經定案了。他心想「我得說點什麼才行」，但是說不出話來。妻子一臉抱歉的表情，一直杵在餐桌椅旁。

她小聲地說「對了，我得走了，這件事之後再說」，富裕說「我剛泡了咖啡，要不要喝完再走」，比了比咖啡滲濾壺。妻子點了個頭，只喝了半杯咖啡，就說「我走了」，點頭致意離去。富裕感到氣氛變得尷尬，只是默默地望著咖啡剩下一半的咖啡杯。

平常日大多和妻子兩人吃晚餐。兩個孩子也跟他們住在一起，但是兒子是業務員，所以會跟客戶或上司、同事吃完飯之後才回來，而女兒爲了考稅務士而在補習，總是晚歸。因爲尚未跟妻子仔細聊過開露營車旅行，所以晚餐時，和妻子之間的對話不順暢。

早上，妻子跟自己說話時，應該老實地向彼此訴說意見。越麻煩的事，越該儘早因應。這是做業務的常識。富裕幾乎每天都會訓示屬下：客訴要在發生的當下因應！富裕心生焦躁，心想「我居然對妻子有所顧忌，我到底怎麼了？」，變得更加難以啓齒。

而兩人沒有清楚地下結論，唯獨時間流逝。富裕心想「妻子反對也有她的道理」，這是他無法老實說的理由之一。

富裕大致掌握了家裡的經濟狀況。六十歲之後，若以年金支付生活費，就不必動用包含退休金在內，將近四千萬的存款。但是，妻子的主張也言之有理，兩個孩子應該不久之後就會結婚，除了婚禮費用之外，若是獨立門戶，購買新家，也需要一定的資金。

而且不久的將來，收入只剩年金，有意料之外的開銷時，當然就得提領存款。幸好妻子和自己如今身體健康，但是不曉得今後會發生什麼事。

妻子的母親在幾年前因爲癌症往生。岳父是個剛毅的人，但是心臟有宿疾。富裕的雙親也已經八十多歲，所以難保將來不需要看護。若是考慮到這種事，省下將近一千萬的露營車開銷是理所當然的事。但是，爲了肯定退休這個人生的階段，和妻子開露營車旅行是絕對必須的。

富裕因為業務這個工作的關係，想要知道其他行業、企業情況，以大學的研討會夥伴為主，建立了「二七會」這個聚會，舉辦聚餐至今。因為當初聚集的人碰巧都是昭和二十七年（一九五二年）生，所以取名為「二七會」，而這幾年，退休一定會成為話題。

成員盡是律師、會計師、稅務師，以及任職於一流企業，眾所公認的成功人士，但是所有人都對退休後感到不安。因為大家都知道前途未卜。若是考慮到年金，以及醫療費等社會保障、即將破產的財政，連公務員都說不上高枕無憂，所有人一致認為，日本肯定會慢慢走向衰退。

「問題是，沒有前例。」

猶如二七會的會長，大學時一起參加柔道社的駒野如此說道。大學聯賽中，駒野是先鋒，富裕是次鋒，他們是默契十足的搭檔。駒野進入大型汽車廠商的銷售公司，年紀輕輕就成為東京西區的旗艦店店長，是傳說中的超級業務員。

「退休又不能事先經歷。人生早已過了一半多，大家才要邁向退休。而且，從來沒有這種慘澹的時代，從前確實貧窮，沒錢也沒物資，但經濟成長是理所當然的，不會感覺日漸衰退。」

駒野擁有令人讚嘆的業務能力。他在八〇年代末期達成的單月新車銷售紀錄，如今似乎尚未被打破。他膽識過人，頭腦清晰，而且具有洞察周遭的細膩，受到同事和屬下的絕對信賴。

但是，他的家庭生活卻不幸福。他三十五歲之後才結婚，就當時而言算晚，幾年後離婚。駒野不願談論婚姻生活，以及離婚的原因。兩個孩子都歸駒野。他一個大男人養育兩個女兒，遺傳了他的英勇的長女嫁給外國人，前往加拿大；遺傳了他的細膩的次女拒絕上學，反覆得了厭食症和過食症，最後似乎變成宅女，閉門不出。

「關於退休後的事，我只想到了兩個女兒。」

二七會的聚會之後，兩人單獨在赤坂的飯店酒吧喝威士忌，駒野說的話令富裕留下了深刻的印象。

「總之，我想設法帶小女兒去加拿大。小女兒不肯走出家門，而且不知道這件事能否實現。大女兒住在距離溫哥華三小時左右車程，不太有名的療養區，在那裡工作。她從小就喜歡山，似乎在她老公經營的觀光導覽公司，擔任健行的嚮導。於是，我決定了退休後要做的第一件事，就是學好英語會話。要是跟女婿的家人無法對話就糗了。大女兒從小就會讀書又會運動，我無意中對她放牛吃草，我想，我大概給予小女兒過多的關愛。我是獨生子，身邊沒有半個女人，一直過著以工作爲興趣般的生活，完全不懂女兒之間的微妙關係。

「但不可思議的是，我在退休後決定要這麼做，不，一開始決定要學英語會話或前往加拿大時，覺得很麻煩，但是漸漸地，該怎麼說呢，應該算是期待吧，如今那成了生活的意義。在二七會中也成了話題，退休之後，任誰心中應該都充滿了不安。可是，像這樣想像在加拿大看得見群山的小鎮，帶著小女兒，以英語和女婿的家人說話的自己，感覺很爽。我覺得，說不定能夠克服退休後的不安。」

想開露營車周遊全國這個點子，是受到了駒野的影響。爲了在越來越不穩定的公司，應付退休這個不曾經歷過的情況，駒野教富裕要擁有一想到那件事，就會令人滿心雀躍的正面畫面。駒野說：總之，就是希望。

「體力越來越差，如果有下一份好工作，那就另當別論，但是存款也會越來越少。中高齡者自殺案件多是理所當然的。大家或許都覺得，今後不會有任何好事。所以啊，要心想『可是我擁有這種好事』，那叫做希望吧？我們需要某種希望。」

的確，一想像開露營車旅行，心情就會雀躍不已。這使富裕覺得，也許退休也不賴。

富裕姑且告訴銷售公司，希望延後購買。

「我們已經收了訂金，自然會替您保留，但是這輛車很熱門，遲早無法向您保證。」

負責人歉疚地如此說道，並說「爲了慎重起見，請問一下……」，接著問：您該不會是相中了其他好商品吧？富裕含糊其詞地說：不，不是你想的那樣。「因爲內人反對」這種話，他說不出口。要是被人認爲，自己是個無法自行決定事情的窩囊男人很丟臉。

根據契約，訂金的有效期限還剩五十天左右。但是，富裕沒有自信能夠說服妻子，再說，他也不知道該怎麼和妻子討論才好。

猶豫了半天，富裕試著找兒子商量。他邀兒子去高爾夫球練習場，然後進入附近的咖啡店，邊喝咖啡邊說。

兒子打高爾夫球三年左右，進步相當多。富裕打高爾夫球的資歷長，但或許是終究不適合，差點不曾低於二十桿。富裕覺得，接觸對方，一決勝負的柔道比較適合自己的個性。五十多歲之後，擔心受傷，停止了日常性的練習，但是如今仍對柔道不感厭倦。兒子反而不適應柔道。小學時，富裕帶兒子去過附近的柔道場幾次，但是他完全不感興趣。

兒子個性溫柔，體貼地對待任何人；跟對凡事積極的富裕截然不同。兒子好像遺傳了妻子的個性。

「我有事要跟你商量。」

富裕一開口，兒子便問「露營車的事？」，好像從一開始就知道了。

「我當時也說過了，我覺得這是個挺棒的計畫。」

兒子如此說道。咖啡剩下一半。兒子指著咖啡杯說「老爸泡的咖啡比較好喝」，討富裕歡心。兒子說這句話，八成是顧慮到富裕的心情，但是他表情平靜，語氣自然地說，所以令聽者心情愉悅。富裕心想：雖然跟我不同類型，但這傢伙也會成爲優秀的業務員。

「不過，總之還是要看老媽怎麼想。她不贊成買露營車吧？你問過理由了嗎？」

富裕說，似乎是經濟原因和她沒時間去旅行。

「我和美貴的結婚費用，我希望你們別擔心那種事。美貴的個性你也知道，我想，她打算自己想辦法籌措。我也打算設法處理自己的結婚典禮，還有之後的生活。」

富裕說「父母不能坐視不理」，搖了搖頭。

「我知道你和美貴都很獨立，也很開心。可是，處理孩子的結婚，該怎麼說才好呢，應該說是天經地義的，而且我是爲了這件事而工作，我跟你媽都認爲，這不是父母的義務，而是權利。我們一路走來，都想看到孩子們開心的表情，所以你媽說的也不無道理。」

富裕如此說道，兒子露出複雜的表情，沉默許久之後，苦笑道：老爸，眞不像你。富裕問「這話什麼意思？」，兒子說：沒什麼，就是不像你。

「你至今不管別人說什麼，都堅決要做自己決定的事。欸，有些事老媽跟我們都無法接受，但相對地，有時候也覺得不愧是老爸。喏，有一次你明明弄傷了腰，還是要參加柔道大賽。還有，最近的話，明明我們反對，你還是買了營業用的通訊卡拉ＯＫ機。這次的事，你尊重老媽的心情是對的。我一方面覺得開心，一方面覺得有點落寞。我覺得即使老媽反對，你也可以態度更強硬一點。錢是小事，你以前不總是這麼說嗎？」

兒子最後說：你是不是變軟弱了呢？富裕心想：兒子說得或許沒錯。

公司的經營方針改變之前，富裕率領三十幾名屬下，總是態度強硬地跑業務。「死纏爛打」是富裕這一組的暗號。富裕會說「眞正的跑業務是被拒絕之後才開始」，鼓舞屬下們。

自從經營陣營換人之後，引進提案型業務這種方式，富裕的做法因此被指摘爲八股的達成業績形式。但是，富裕有點可以接受八股這種批判也是事實。他基於身爲業務員的本能，如此覺得。明明跑業務的方式沒錯，但怎麼也簽不到的契約卻越來越多。因爲客戶的經營方針和時代本身已經大幅改變了。

他一直相信，只要大量使用接待費，喝酒交陪，心靈相通的話，遲早能夠簽到契約。然而，女性買家增加，而且討厭酒席的年輕採購也變多了。雖然比起以言語說服對方，要先討對方歡心，建立關係，但或許如今已經不是那種時代了。

富裕心想：我確實變軟弱了。但是，他不覺得態度強硬，問題就會解決。譬如先斬後奏地買露營車，妻子不可能會接受。

和兒子聊過之後，隔週，富裕決定試著跟女兒——美貴商量。妻子去教繪畫課，兒子也有事不在家。女兒似乎也有事，要跟短期大學時代的朋友見面，問她要不要喝咖啡，女兒說「不要」，拒絕了他。女兒說「我趕著出門，長話短說吧。是露營車的事吧？」，她早就知道了。富裕心想「該怎麼辦才好呢？」，妻子似乎也找女兒商量過了。

兒子和女兒從一開始就知道，富裕要找他們商量的事跟露營車有關。這件事好像成了家人之間的爭論點。富裕心想「雖然沒有召開過家庭會議，但或許遲早必須召開家庭會議」，美貴突然說了令人嚇一跳的話。

「爸，你要是再找工作就好了。」

美貴淡淡地說道，令富裕一陣錯愕。

「這麼一來，錢就不會不夠了，對吧？你賺買露營車的錢不就得了？媽跟我說了，家庭開支好像還是很大唷。還有，媽需要自己的時間，她也在做許多個人的事。你應該是以退休後的夢想這種感覺，在思考開露營車旅行，但是媽也有她的人生。」

富裕聽到「再次工作就好了」，大吃一驚。感覺像是突然被針扎到不想被人觸碰的地方，心跳加速。

「再次工作的話，就撥不出時間旅行了。」

富裕佯裝冷靜地如此說道，但他自己也知道，自己的臉色變了。然而，美貴毫不理會地繼續說：

「也有年假吧？再說，怎麼可能像你說的那樣，一整年都在旅行。媽也有她的行程。」

「可是，最好是在興致來的時候，自由隨興地開露營車周遊各種地方。」

「我不覺得。旅行這種東西，偶爾去還好。光是旅行的話，一定會膩。」

富裕心想「爲什麼這傢伙能夠當著對方的面，直言不諱地說出難以啓齒的話呢？」，不禁面露苦笑，心想：她確實從以前就是這種個性。

從前，她還是高中生時，曾說過「親子和夫妻完全不同」這種話。高中時的女兒說：親子純粹是父母和孩子的關係，但是夫妻從孩子來看是父母，從外人來看是夫妻，就當事人而言，有男女這種關係，好父親和好丈夫未必是好男人。富裕問她「妳是看書寫的嗎？」，女兒理所當然地應道：我自己想的。當時，富裕只能苦笑。

富裕沒來由地拿美貴沒轍，因爲她有點像自己。她在高中時代，幾乎沒念書；熱中於網球社，曾以單打擠進神奈川縣的前八強。她畢業於考生平均程度不怎麼高的私立短期大學，進入銀行之後，突然像是覺醒了似地，以稅務士爲目標，開始發憤念書。

富裕低喃「再次工作啊」，美貴笑道：你還年輕，不要緊啦。

富裕心想：好久沒近距離看到女兒的笑容了。女兒的容貌神似妻子，臉形小巧，沒有特別顯眼之處，但是嘴角等表現出內心堅強。穿粉紅色或紅色等花稍顏色的衣服，應該也很適合，但是她只穿灰色和黑色、設計極爲普通的套裝或連身裙。

富裕意識到她的個性跟自己一模一樣之後，父女倆的對話就變少了。就像二七會的成員之一曾感嘆道：我只會跟讀高中的女兒互傳簡訊，完全不再對話了。父女倆即使在家，也盡量不碰面，各自用餐。

那個朋友和女兒似乎並非互相憎恨，或者互相討厭。朋友生日時，女兒也會送他禮物。然而，就是沒有對話。無論如何，即使程度不同，女兒到了一定年紀，自然就會和父親疏遠吧。

「妳媽怎麼樣呢？她討厭跟我去旅行嗎？」

富裕一面在玄關目送女兒，一面問道，美貴邊穿鞋邊回答：我想，大概不討厭。

「我想，她不是討厭，而是時間受限會令她傷腦筋。無論是誰，擁有自己的時間都很重要。就某個層面而言，我有時候做一些事，也只是為了擁有自己的時間。」

富裕想問「妳念書準備考稅務士，也是為了擁有自己的時間嗎？」，但是作罷。美貴粗魯地脫掉只穿了一隻的黑色包鞋，改穿灰色的靴子。富裕從她的背影感受到「沒有什麼好說的了」這種冰冷的情緒。她將脫下來的包鞋放在鞋櫃上，發出「啪嗒」一聲，語氣異常開朗地說「我走了」，快步走出了玄關。

富裕目送女兒離去之後，耳畔響起和她之間的對話，心情五味雜陳，心跳遲遲沒有平靜下來。女兒的聲音在耳內迴蕩。爸，你再次工作不就得了？女兒爽快地如此說道，富裕覺得像是皮膚被針扎了一下。一陣刺痛，但他感覺到的不只是疼痛。

最先湧上心頭的是，一種接近憤怒的情緒。富裕總覺得女兒在批判自己退休後的狀態是在怠惰。他知道自己的臉色漲紅。然而，隨著時間流逝，怒氣漸漸消退，另一個念頭冒出來。令人難以置信的是，那是愉快。富裕開始覺得女兒是在激勵他。

「你還年輕，不要緊啦。」

美貴面帶笑容地如此說道。要是別人說，譬如公司的同事或二七會的夥伴說一樣的話，富裕大概也不會理會。他應該會說「我猶豫了好多次，最後終於下定決心，才剛接受優退而已，開什麼玩笑！」，然後付之一笑。退休後才過了不到兩個月，但是，女兒點燃了富裕即將熄滅的鬥志。

退休後的現實

富裕一再呢喃：要再次工作嗎？就算要跟公司接觸，也不可能是大型企業。但是，生活費的不安確實會消除。妻子會失去大部分的反對根據。儘管如此，再次工作還是有缺點。不能在興致來的時候，去喜歡的地方旅行。一年四季在想去旅行的時候，能夠隨時出發正是開露營車旅行的最大魅力。心想「這次要去哪裡呢？」，上網或翻閱資訊雜誌，調查櫻花開花和楓葉變紅的時期，確認附近有沒有溫泉，採購食材等，然後讓妻子坐在副駕駛座，發動引擎出發。富裕在腦海中恣意想像著這些事。

然而，如同美貴所說，也不能一整年旅行。或許利用盂蘭盆節、過年期間，以及年假，造訪不太有名，但內行人才知道的露營區也不錯。

心情漸漸地傾向再次工作。最重要的是，富裕心想：是否能夠透過再次工作，向妻子傳達自己對於開露營車旅行的念頭有多麼強烈。

關於再次工作，富裕決定在確定具體的公司和職務之前，不要告訴妻子。他心想「搞什麼，結果注定變成這樣啊」，一邊品嚐新泡的咖啡，面露苦笑。對於在五十八歲這個年齡退休，富裕感到有點內疚也是事實。公司的經營陣營換人之後的三年多，富裕幾乎都在擔任閒職，使不上力；彷彿身心都產生了空洞似地感到空虛和落寞，這種狀況持續了三年。

說不定能夠再次站在業務的第一線努力，一思及此，總覺得從丹田湧現了力量。富裕心想：說不定能夠拾回自信。再說，如果能夠展現拾回活力的自己，美貴自不用說，說「總覺得老爸變軟弱了，眞不像你」的兒子，也一定會替自己感到高興。富裕活用在之前的公司培養的人際關係，兀自心想：如果不拘泥於大型或股票在東京證券交易所市場第一部上市的企業，以業務員的身分再次工作應該不怎麼困難。

但是，這是天大的失算。

富裕從週一起，立刻開始找工作。他一手拿著熱氣蒸騰的馬克杯，坐在陽台的躺椅上，一面翻記事本，一面試著打電話給有交情的室內裝潢公司社長。那是一家叫做「篠原」，承攬辦公室大樓內裝的大型公司，富裕和社長往來二十年；會以低於其他公司不少的價格，供應特別訂製的接待沙發組和收納櫃等。

社長在酒席間總是說「總之，年輕業務員不行啦，馬上就放棄，如今這個時代，已經沒有像富裕兄這種業務員了，我恨不得你馬上來我公司上班」，言猶在耳。當時，富裕當然知道社長是在說應酬話，但是不會感到不舒服。

富裕一向主張：業務需要的是，體力、商品知識和溝通技巧，和行業無關。他對於辦公室家具的知識，以及獲得顧客信賴的對話技巧，有絕對的自信。所以富裕認爲，篠原的社長說他想要富裕這種人才，有一半是眞心話。

富裕打電話到篠原社長的個人手機。

「哎呀，富裕兄嗎？你應該退休了吧？」

社長語氣開朗地應道，說：我現在人在施工現場，手忙腳亂的，我等一下馬上回電給你。

「富裕兄，剛才不好意思。我是篠原。」

四十分鐘後，社長打了電話過來。

「偶爾去喝一杯嘛。」

社長的語氣一如往常，說：我們常去的店裡，還寄放著你的Chivas Regal威士忌。

富裕說「我有一事相求」，社長語氣開朗地應道：好好好，三八兄弟，跟我客氣什麼，你又不是別人，有什麼事儘管說。

「不好意思，貿然開口，其實，我考慮再次工作，能不能在你的公司工作呢？」

富裕覺得難爲情，語氣變得隨便，但是過一陣子，才聽見「蛤？」這種脫線的尖銳聲音，他知道社長在電話另一頭想說什麼，只好把話吞嚥下肚。

感覺尷尬地沉默了好一陣子，富裕反省：失敗了嗎？他心想「或許我應該更客氣地拜託」，一改輕浮的語氣，又拜託了一次。

「抱歉，在你百忙之際，貿然開口。我相當認眞地在思考。我不堅持職位，以顧問的形式也可以，想問一問有沒有可能。呃，如果能讓我明天去貴公司一趟，聊一聊這件事的話，我會很感謝你，怎麼樣呢？」

篠原社長說「呃⋯⋯」，一副難以啓齒的樣子，吞吞吐吐之後，像是下定了決心似地問「這不是在開玩笑吧？」，富裕回答「當然不是」。社長清了清嗓子，然後以斬釘截鐵的語氣說：我有點難以啓齒，但你是不是搞不清楚現狀？富裕感覺到了「雖然非常難以啓齒，但是現在得趁這個機會把話說清楚」這種經營者的決心。

「我們公司啊，這幾年也不錄用剛畢業的新人了。現在這種世道，你知道建築市場溫度降到了冰點吧？無論是開發業者、建設公司、內裝公司全都一樣，實際上，公司和人員都過剩。我一點也不誇張，感覺就像是老鼠從沉船逃命一樣。外資的開發業者也開始不斷地撤出市場了。當然，工作只會減少、不會增加，幾乎是共通的看法。如果可以的話，我們公司也想裁減人員，但是也有許多人是從我父親那一代做到現在的老員工，所以我不想讓他們走投無路。感覺像是毫無賺頭地在接案。我一直受到你的照顧，也想設法報恩，但是工作的話，我實在愛莫能助。其實，按情理不該說這種話，但請你諒解。這樣回應，眞的很抱歉。」

簡直像是被人當頭澆了一盆冷水。篠原社長在電話中反覆說：不好意思，眞的很對不起。因此，富裕覺得更加丟臉，心想：傷腦筋啊。然而，富裕還沒有察覺到，中高齡者要再次從事業務一職有多困難。

富裕低喃：我到底在想什麼？明明知道無論是開發和買賣不動產，或者建設商業大樓和住宅，這幾年市場溫度降到了冰點，卻驕傲自大地自命不凡。

遭到篠原社長拒絕之後，富裕像是被什麼追趕似的，接連打電話到經常交易的辦公室家具出租公司、大型的家具連鎖店，以及百貨公司的友人。遭到有交情的篠原社長爽快地拒絕，令富裕大受打擊，而且體認到自己的天眞，但是心裡又覺得自己不可能找不到工作。

富裕害怕面對「五十八歲的前業務員不可能輕易地找到下一份工作」這種現實，而且無法接受。因爲除了現狀之外，總覺得連身爲業務專家的成績、信賴關係也遭到了否定。總之，富裕想從以前的某位客戶口中，聽到「包在我身上，你一定沒問題」這種話。

每打一通電話，反而越焦躁。對方會行禮如儀地打招呼「哦，富裕兄啊？好久不見，聽說你退休了，你聲音聽起來過得很好」，但是富裕一提起再次工作的事，對方的態度就會突然改變。富裕透過電話，彷彿能夠看見對方的表情變得僵硬。

大型辦公室家具出租公司的業務部長，聽到富裕說要再次工作之後，和篠原社長一樣沉默半晌，然後自我解嘲地說：小廟容不下大佛，我們這種公司雇不起你這種人才。大型家具連鎖店的董事長深深地嘆了一口氣，語氣焦躁地說：被削價競爭的店壓著打，財務快要出現赤字，明年打算不錄用剛畢業的新人。話講得最白的是百貨公司的家具負責人。

「我想你知道，我們百貨公司已經沒有家具賣場了。手工藝用品的大型店家進駐，已經是一年多前的事了。因爲沒人會在百貨公司買家具。我十分清楚自己這麼說很失禮，但是求職這種事不該直接打電話，而是先寄履歷表。就常理而言，先去人事部門才是一般的形式吧？」

聽到一天到晚一起吃吃喝喝，也曾一起去過夏威夷和關島旅行打高爾夫球的百貨公司採購，說「先寄履歷表才合乎情理」，富裕感覺自己氣得全身顫抖；終於明白了現實。

富裕覺得，自己之前好傻、好天眞。他自認爲和客戶建立了良好關係。客戶對於持續縮小的市場，個個焦躁不安，一籌莫展。感覺他們像是在說：這種時代，你在說什麼夢話？

富裕愚蠢地心想：說不定客戶會熱情地迎接身爲資深業務員的自己，介紹給其他員工認識，甚至給予個人辦公室。自己爲什麼會有這種誤解呢？

「那是因爲你目中無人。」

駒野如此說道。除了爲了找下一份工作，被從前的客戶拒絕之外，還被人不當作一回事，心情一直不痛快。富裕想找人商量，但是又不能對還留在公司的同事說。他腦海中馬上浮現駒野的臉，起先猶豫要不要打電話給他，總覺得丟人現眼。

但是，心情低落到連自己也感到驚訝的地步，赫然回神，已經拿出手機，抵在耳上，對駒野老實地說：我被女兒那麼一說，就考慮再次工作，詢問工作時期的幾家客戶，但是都被爽快地拒絕了。他沒有說露營車的事。他沒打算隱瞞，只是因爲爲了再次工作，和客戶之間的對話令他大受打擊，純粹忘記了而已。
「你相信嗎？百貨公司採購居然叫我寄履歷表耶！」
「寄履歷表」這句話傷害了富裕。他聽到百貨公司的採購說「如果要找工作，先寫履歷表寄過來才合乎情理吧？」，氣得火冒三丈。
「找工作時，寄履歷表是理所當然的吧？」
駒野彷彿在等富裕的怒氣平息，隔了一會兒之後，平靜地如此說道。經他這麼一說，想任職於新的職場的話，寄履歷表確實是理所當然的。富裕問「既然如此，爲什麼內心會湧現那麼強烈的怒氣呢？」，這時，駒野指摘：因爲你目中無人。
「你習慣了工作時期的權力關係。而且，你退休了，所以只是一般的人。不過，這是你長期習慣的感覺，所以要你馬上改變目中無人的態度，應該也不可能。」
駒野說「再次工作本身並非壞事，試著跟介紹人才的公司聯絡如何？」，又說「最近吃個飯吧」，然後掛斷了電話。
和駒野聊過之後，富裕稍微平靜了一點，但不痛快的心情並沒有消失，不只是再次工作遭人拒絕，彷彿連人格和能力也被否定了。富裕低喃「我才不會這樣就善罷甘休！」，試圖將憤怒轉變成鬥志。「死纏爛打」是富裕的業務小組的暗號。他經常對屬下說：眞正的跑業務是被拒絕之後才開始；心想「休想小看我，當我是誰?!」，一一想起找下一份工作時，爽快拒絕他的從前客戶的臉，富裕自言自語「竟然拒絕我」，然後下定了決心，爲了爭一口氣也要再次工作。

接受優退時，公司建議富裕參加再次工作／轉職研討會，但是他嫌麻煩而拒絕了。富裕先向公司的總務詢問，在那個研討會擔任講師的生涯顧問的聯絡方式。那是一家總公司位於有樂町的知名人才介紹公司，富裕立刻試著打電話，對方說「我們和各家公司簽約，無法接受個人的諮詢」，爽快地拒絕了。富裕心想「人一旦離開公司，變成一個人，就會變得如此無力嗎？」，上網查其他的人才介紹公司，並留意用語要有禮貌，打了幾通電話後，出門前往其中一家公司。

早上，好久沒穿西裝，富裕將手穿進西裝外套的袖子時，妻子問他：你要去哪裡？富裕還沒告訴家人，要再次工作的事。於是撒了個謊，說：參加二七會主辦的中午聚餐。繫的領帶是去年生日，女兒送的紅色名牌領帶。好久沒打領帶，沐浴在初冬柔和的陽光下，步下通往車站的斜坡道，心情變得爽快。

大衣是藏青色的喀什米爾大衣，鹿皮皮包內裝著花三天寫的履歷表。富裕參考了仔細建議履歷表寫法的網站。

網站上刊載了具體建議：關於職務內容，不要只寫公司名稱，而是記載資本額、年度銷售額、員工人數等公司概要，顯示業務內容和規模，或者鎖定主要的客戶屬性，也一併記載業務管理的具體方法。此外，顯示業務成績的情況下，該數字必須具有客觀性，如果可以的話，要一併記載在公司內的成績排名和目標達成率等。

富裕在履歷表自我介紹欄的最後，以下列內容總結：

「我至今從挑選材料到塗裝，獲得家具及製造技術的豐富知識同時，磨練正確傳達知識的溝通能力，以藉此和客戶建立和睦的關係爲目標。

「但是，我最想強調的是，三十五年來建立的『信賴』。我想，我是透過信賴，也就是受到客戶、顧客喜愛，交出了漂亮的成績單。我想，比起身爲業務主管，我更留意要作爲一個眞誠的人，接觸客戶及顧客，因此累積了足以自豪的業績及成果。唯有信賴才是資產，這也是我的座右銘。」

人才介紹公司位於東京都政府附近的摩天大樓的一間辦公室。挑高的大廳寬敞，地板擦得晶亮，電梯間有許多脖子上掛著ＩＤ卡的年輕員工，富裕覺得自己是外人。

明明退休才沒多久，卻覺得長期遠離了職場。他知道自己在畏縮、緊張。他在電梯內，閉上眼睛，數度做深呼吸。睜開眼睛時，和一個身穿緊貼身體線條的時下西裝、身材高䠷的年輕男子對上了眼。富裕像是瞪回去似地注視對方的臉，對方馬上別開目光，富裕心想「我才不會輸給你這種毛頭小子」，重新鼓起幹勁。

「你聽我說。」

坐在一旁、同一輩的男子對富裕說道。報到之後，坐在入口旁的長椅上等了一小時以上，富裕焦躁不安；不斷地看手錶，下意識地數度清了清嗓子。長椅在入口的門旁邊排成三排，十多名中高齡男子無事可做地坐著。

「公司在觀察我們的耐力，你最好一臉若無其事地等候。」

一旁的男子小聲地在富裕耳畔如此說道。男子身穿有點舊的咖啡色系西裝，繫著薄薄的黃色領帶，相當稀疏的頭髮服貼地向後梳整。富裕含糊地應道「咦？啊，謝謝」，沒有發出聲音地在心裡嘀咕：別把我跟你混爲一談，我跟你不一樣。

「呃，富裕先生是嗎？業務主管是要作爲顧問，給予屬下指導吧？你有當過研討會的講師嗎？」

自稱生涯顧問的男人，在有壓克力隔板的諮詢室裡，對於讓富裕等了一小時半隻字不提，大致瀏覽履歷表之後，劈頭就提出這種問題。男人的頭髮用髮雕弄得尖尖的，戴著淡綠色的細框眼鏡，動作熟練地操作銀色的筆記型電腦，臉色紅潤，蓄著鬍子。八成是三十六、七歲吧。

富裕看這個生涯顧問的容貌和態度不順眼；「我等了一小時半唷」這句話險些忍不住脫口而出，但是想起剛才男子說「公司在觀察我們的耐力」這句話，忍了下來。

「我一直待在第一線，所以沒有當過研討會的講師。」

富裕如此答道，蓄鬍的男人說「原來如此」，點了個頭，敲打電腦的鍵盤，在放置一旁的便條紙上寫了什麼。

「會用電腦吧？」

男人語氣冷淡地如此問道，富裕回答「當然會」。男人又問「能夠盲打嗎？」，富裕口吃道「盲、打……」，男人說「啊，就是不看鍵盤地打字」，用手指把眼鏡推上去，目不轉睛地看著富裕。

富裕不擅長打電腦的鍵盤。因爲只使用雙手的食指，所以寫文章的速度很慢。他對上網也沒興趣，幾乎沒在使用電腦，所以接觸電腦的機會也不多。避免不了的E-mail等，在公司大多是讓屬下代筆。富裕心想「不過，這傢伙爲什麼盡問些無關緊要的芝麻小事呢？」，蓄鬍男人像是看穿了他的心聲似地說「抱歉，盡問些小事」，面露冷笑。

「可是，有許多事情比曾經待在多大的公司更重要許多。」

「屬下當中，女性員工的比例高嗎？」

「你會說英文或中文嗎？」

「有外派國外的經驗嗎？」

男人詢問諸如此類的事，最後問到座右銘，富裕回答「信賴和努力」，男人告知諮詢結束了。

男人說「如果有企業徵人的話，我們會以E-mail跟你聯絡」，指示富裕在下次見面之前，以「想做什麼」、「能做什麼」、「擁有什麼夢想」爲主要內容，寫一篇「個人史」。富裕問「該寫多少字呢？」，蓄鬍男人面無表情地回答：你自己決定。

和諮詢者交談了二十分鐘左右，但是一走出諮詢室，富裕覺得身體非常沉重；疲倦到甚至想要找個地方躺下來。不但緊張，還等了一小時半，焦躁不安，所以格外疲憊。

「眞差勁啊。」

「嗯，眞差勁。」

等電梯時，富裕聽見了兩個男人的對話。他們是坐在長椅上等候時，坐在前一排的兩人。他們身穿類似的米白色Burberry大衣，年齡約莫六十出頭；腋下都夾著A４大小的牛皮信封，身高也差不多。

「這是第四家人才介紹公司了。」

「我也沒有收到任何聯絡。」

「感覺像是皮球一樣被踢來踢去。」

「總之，人才介紹公司不是從我們身上賺錢，而是從介紹的公司抽頭。」

「是啊。總之，我們是商品。」

「按照熱賣程度依序賣出去。」

「百貨公司的總經理似乎很熱門。」

「擅長指使女性員工的人。」

「因爲現在有許多職場使用打工的女性。」

「像是客服中心或銷售保險。」

「或者清潔公司或團膳公司。」

「對了，要不要順道去一趟？」

「好啊，既然來到這裡了，去Hello Work一趟吧。」

富裕走出電梯之後，也像是被兩人的對話吸引似地，走在他們後頭。他雖然疲憊，但是不想回家。今天是沒有繪畫課的日子，所以妻子應該在家。被妻子問「二七會如何？」、「吃了什麼？」也很煩。富裕實在沒有力氣說：參加二七會是藉口，其實是爲了再次工作而去接受諮詢，等了一小時半，還被臭屁的年輕諮詢者問「你能盲打電腦的鍵盤嗎？」，窮於應答。

富裕心想：這是我第一次懶得和妻子碰面。走在前面的兩人對話斷斷續續地傳來。從兩人的說話方式和衣著研判，他們肯定跟富裕是同一種人。也就是說，他們原本待在有一定規模的上市公司，有當過主管的經驗。不是業務就是工程師，畢業於東京的大學，在首都圈有住處。服裝整整齊齊，也跟二七會的夥伴一樣。熟練地使用標準語。外貌透露出一絲待在第一線時的自信。不過，垂頭喪氣走路的身影看在四周的人眼中，只是疲憊的老人。

「諮詢者叫我重寫個人史時，我不甘心到眼淚都快掉下來了。」

一人自我解嘲地說道，面露苦笑。另一人頻頻點頭，無力地附和道：都這把年紀了，還叫我訴說夢想。富裕一方面想要馬上遠離走在前面的兩人，一方面想要接近兩人，上前攀談，心情很矛盾。

「我花時間，拚命地彙整了自己能做的事、想做的事，結果被派遣的工作不是大樓警衛，就是清潔人員，你說可不可悲？」

富裕聽到一人如此說道，終於掌握了現實狀況，中高齡者要找到下一份工作，簡直難如登天。

「後來怎麼樣？」

過一陣子，富裕不是在二七會的聚會中，而是單獨和駒野見面。於傍晚較早的時間，在平常二七會之後會去的赤坂飯店的酒吧碰面，點了一些下酒菜，喝威士忌。

「哎呀，那兩人也發覺到我了，去Hello Work之後的回程路上，他們向我搭話，我們到咖啡店喝了咖啡。」

富裕苦笑道。他像是尾隨兩人似地，前往南新宿的Hello Work，然後一起進入咖啡店，起勁地聊了兩小時。兩人如同富裕猜想，曾是大型食品公司的業務主管；他們一起退休，但是一人因爲雙親的看護、一人因爲孩子的學費，被迫再次工作。雖然針對再次工作起勁地聊了兩小時，也互相交換了手機號碼，但是之後卻不想聯絡。有一次在人才介紹公司碰到面，也只是互相點頭致意，沒有交談。爲何無法交換資訊，或者討論呢？因爲總覺得只會互相抱怨，彷彿在他們眼中看見了自己，說不定反而更痛苦。結果，富裕完全沒有告訴妻子，再次工作的事。

富裕從露營車那件事，依序告訴駒野：妻子不同意、被女兒那麼一說，下定決心再次工作。富裕說話的過程中，駒野沒有插嘴，默默地一面點頭，一面聽他說。

「我聽說了，再次工作很困難。」

駒野仰望懸吊在天花板上、黑色的厚重鐵製水晶吊燈，將醃漬小洋蔥放入口中，又啜飲摻水威士忌。

駒野似乎跟女兒約了要在家裡吃晚餐，所以約在傍晚較早的時間，見面喝一杯摻水威士忌。

富裕不置可否地點頭應道「是喔」，心想：你沒有實際爲了再次工作而找工作過，其實應該不懂再次工作有多困難吧。富裕花了一週寫個人史，卻被那個蓄鬍的諮詢者輕易地打槍了。「你想做什麼？」、「你能做什麼？」這種問題，令富裕難堪。因爲他至今從未思考過這種事。

不得已上網查，網路上有不少類似的煩惱諮詢和回答案例。

「諮詢者一再問我『沒有半件想做的事，究竟是怎麼一回事？』，我不由得掉下了眼淚。失業中的五十歲男人，事到如今怎麼可能知道自己想做什麼、能做什麼。至今卯足全力，拚了命地重寫了十幾次個人史，諮詢者終於接受，然後告訴我有可能要我的工作是大樓或停車場的管理員或警衛等雜務。成爲停車場的管理員，需要寫個人史嗎？我又不是想成爲能夠訴說夢想的人。只是想做活用至今的經驗的工作罷了。我太天眞了嗎？我想做什麼？我想對社會有幫助，這樣不行嗎？」

大部分的諮詢都是這種感覺，而回答大致上則是以下這種內容。

「中高齡者要自我分析，覺得困難是理所當然的，不用煩惱。只要更坦然地面對自己即可。想對社會有幫助……這個答案絕對不糟，但是很籠統，令人難以明白。不要在意諮詢者怎麼想，坦然以對。關於「想做什麼？」這個問題，可以回答旅行或散步。至於「能做什麼？」這個問題，也可以回答：我一個月至少需要二十五萬，所以無論是任何工作，我都能毫無怨言地做。不妨試著更坦然地面對自己、客觀地檢視自己。你一定會發現新的自己。」

這種諮詢和回答，確實值得參考。富裕對於「想做什麼？」這個問題，寫下「我想成爲業務員，再度站在第一線，任何職場都可以」，而對於「能做什麼？」這個問題，則寫下「我能夠在別人放棄時，開始挑戰」。對於「夢想爲何？」這個問題，他想寫「開露營車和妻子去旅行」，但怎麼也無法寫下，只寫了「我想去各種地方旅行」。而思考這些問題的過程中，更重要的問題從意識底層浮現。問題是：「我至今的人生到底算什麼？」富裕覺得：除非找到這個問題的答案，否則就寫不出「個人史」。但是，他無法告訴駒野這件事。

「所以，人才介紹公司還沒有介紹半個新工作嗎？」

駒野聽富裕說完，皺起眉頭如此問道。有兩個工作在徵人；分別是群馬的印刷公司和栃木的手工家具店。印刷公司有五名員工，公司大樓是預鑄建築。手工家具店是振興小鎮的一部分，在行政機關的資助下成立的非營利事業法人，將郊外市民活動中心改裝成展示／銷售處。而兩家公司開出的薪資，都是一個月實際所得不到十五萬圓。

「群馬？你說了職場在群馬也可以嗎？」

諮詢者說：若是堅持要在橫濱市內或東京都內，就沒有工作在徵人；於是富裕將希望工作地點設爲首都圈。但現實問題是，他不可能在館林或宇都宮上班。通勤也實在不可能，而上網調查發現，印刷公司有宿舍，但感覺是上下鋪並排、要跟別人擠一間的房間。

「我在Hello Work明白了一件事，若單純以我的屬性判斷，能找到的就是這種工作。」

在Hello Work，能夠透過觸碰面板的電腦螢幕，搜尋徵人資訊。選擇年齡、行業、希望工作地點、希望月收入等項目，查詢在徵人的工作。富裕一開始將希望月收入設爲三十萬圓，但即使將工作地點擴大至整個關東，也沒有半個在徵人的工作。縱然降至二十萬還是零，降至十二萬，搜尋到了幾十件，但這些工作都是大樓的管理員、夜間的道路施工、在冷凍倉庫分類和包裝食品，以及打掃大樓或公園等。

「沒有業務這種證照，所以工作能力不會客觀地以數值審核。如果有堆高機、巴士、計程車或代理駕駛的駕照，或許情況就會有所不同。徵求稅務士或業劑師的工作當然多。可是，業務就像是一無是處的代名詞。我非常驚訝。」

富裕覺得在Hello Work，忽然被剝得一絲不掛；感覺被人脫掉訂製西裝，扯掉名牌領帶，赤身裸體地暴露在冰涼的空氣中。他心想：我至今就像是穿上鎧甲或衣服似地，受到知名大型家具廠商這個看不見的組織保護。被剝掉公司名稱之後，就成了街上多如過江之鯽、平凡無奇的「曾任業務主管的五十八歲歐吉桑」。

異常情況

「你跟他們在咖啡店聊了什麼？」

駒野如此問道，富裕說了銀髮族人才中心這個非營利組織。兩個男人在咖啡店自我解嘲地告訴富裕：最後一步，就是銀髮族人才中心了。銀髮族人才中心採取會員制，會費從六百圓至三千圓左右，每個中心各不相同。爲了廣泛地介紹工作給會員，會替員工排班，大致上一個月工作幾天，收入數萬圓。

「銀髮族人才中心？好像有聽過耶，不過話說回來，這個名字眞直白。有哪種工作呢？」

兩人將憤怒表露無遺地說：「令人難以置信的是，銀髮族人才中心提供的主要工作，都是替個人住宅或共有地除草之類的工作。一旦成爲會員，就能享受優惠，能夠以折扣價格在全國各地的旅館和人稱『休憩村』的設施住宿。據說各中心的理事長大多是高級官員退休後轉任，月收入將近百萬。從前是以高齡者事業團體這個名稱，爲了確保退休後的雇用而在全國各地成立的社團法人，但其實是拔草或除草之類的工作介紹所，開什麼玩笑?!」

「富裕，你不要緊吧？」

兩人喝完一杯摻水威士忌，手穿進大衣的袖子時，駒野一臉擔心地如此問道。富裕不曉得他爲什麼這麼問，「咦？」了一聲，反問：這話什麼意思？

「不，沒什麼大不了的。」

駒野穿好大衣，離開櫃檯，一面前往門口，一面盯著低著頭的富裕的臉說：我覺得你不要太放在心上比較好。富裕說「我完全沒放在心上」，想要擠出笑容，但是不知道爲什麼，感到不對勁，表情好像僵住了，笑不太出來。

「我們或多或少都會是以公司爲重心的人。所以，離開公司時會有點不適應，但我想，你應該不要緊。不過，你也說過，你覺得自己變得一絲不掛。我看著身邊的人也感同身受。我不太會說，但我想，你最好不要太小看現實狀況。」

富裕覺得，自己隱約瞭解駒野說的話。而且不是腦袋理解邏輯，感覺是言語滲透進皮膚和內臟。富裕心想：這就叫做切身體會吧。

「或許是我雞婆。」

道別時，駒野以此爲開場白，建議富裕：當務之急是不是該先和家人討論，決定露營車的事呢？

「話說回來，那也是你再次工作的動機吧？我也有那種時候，但我們基本上不擅長對話，有逃避該決定的事的傾向。」

雖然心情沉重，但晚上全家人齊聚一堂，富裕決定開口。他以「我要你們老實回答」爲開場白，問：關於我計畫開露營車旅行，大家怎麼想？

「我沒興趣。」

妻子斬釘截鐵地說，對話因此大致上結束了。富裕不太記得之後的事。不過，妻子和女兒反覆說了幾次「自己的時間」。妻子歉疚地說：我不是討厭旅行，而是沒了自己的時間很傷腦筋；女兒像是要緩和凝重的氣氛似地，補上一句：爸也要體諒媽，對於任何人而言，擁有自己的時間都很重要。

富裕早已猜想到妻子的答案，所以沒有進一步討論；雖然覺得妻子還有話想說，但是妻子的回答太過直率，令富裕失去了追問妻子還想說什麼的力氣。再說，雖然遺憾，但確實也覺得有點痛快。如同駒野所說，該做的第一件事是弄清楚妻子的意思。妻子或許是回答了富裕的問題，鬆了一口氣，表情變得平靜。那一天晚上，一家四口好久沒吃壽喜燒，一團和氣，聊得起勁。兒子和女兒因爲擱置的問題解決了，不同以往地話很多。富裕心想「這樣就好」，同時玩味著落寞和解放感，自認能夠接受妻子的意思。

身體第一次出現不對勁，是在兩天後。

早上起床，想泡咖啡時，喉嚨感覺到異常的壓迫感。不同於感冒的疼痛，起先以爲是痰卡住，清了嗓子好幾次，但是毫無效果。壓迫感很微妙，感覺類似穿上有點緊的高領毛衣。如果不在意的話，不知不覺間就會忘記的程度。

但隔天，富裕泡好咖啡，想喝時又出現一樣的壓迫感，霎時呼吸困難，感覺不舒服。那是夏威夷科納（Kona）的咖啡，但富裕有預感，無法順利地滑入喉嚨，不禁將含在口中的咖啡吐了出來。那即是開端。

富裕先去看了當地的耳鼻喉科，但是喉嚨沒有異常，到東京都內的大學醫院檢查，診斷也一樣。爲了愼重起見，富裕接受了食道和胃內視鏡檢查，也做了肺部的斷層掃描，但是哪裡都沒有病變。

妻子帶他去認識的中藥藥局，結果是在更年期常見的咽喉頭異常感這種症狀，是一般的病因不明自訴症狀。醫生開了加味逍遙散這種藥，但是症狀沒有改善，不久之後，不適變成了焦慮和煩躁，加上失眠，然後遭到莫名的不安侵襲。

富裕並沒有什麼具體的心事，或者不安的原因。反過來說，他開始對於所有事物感到煩躁和不安。如果心跳加速，就懷疑是心臟疾病；光是輕微的暈眩，就會擔憂是不是大腦疾病，若是連續拉肚子兩、三天，就害怕是癌症。在意兒子和女兒的態度，確信早上不打招呼就去上班的女兒不尊敬自己，心情變得沉重。

特別在意的是，對面人家的狗。牠是一隻黑色的拉布拉多，經常叫。早上睡到一半醒來，因爲牠的叫聲而睡不著時，腦海中會突然浮現「非殺了那隻狗不可」這種異常的想法，因而心生恐懼。從此之後，經常受到「想殺狗」這種強迫觀念所苦，也開始囿於自己的精神是否產生異常這種恐懼。

富裕心想「應該哪天就會好了吧」，忍耐了一個月左右，但是連早上泡咖啡也覺得懶，開始懷疑是憂鬱症。在家人面前，他努力表現得和平常一樣，但妻子察覺到異常狀況，問他：是不是發生了什麼事？富裕只說：其實，我想再次工作，但是求職不順利，所以情緒低落而已。當時，他還眞以爲原因是求職失利。

不安感強烈時，有時候要在家人面前保持平靜很痛苦。但是，他不想被兒子和女兒知道，也叮嚀妻子不要讓兒女知道。因爲若是全家人擔心他，富裕總覺得會更加喪失自信。

妻子說：你最好去看醫生。妻子經由繪畫課的同好介紹，推薦了一名精神科的諮詢師，但是富裕不想去看和妻子有關的醫生。因爲他不想被妻子人際網絡裡的人知道，自己的精神出了問題。

猶豫了半天，富裕試著找駒野商量。駒野介紹他一家位於東京大森的診所的身心科醫生。但是，富裕對身心科有所抗拒。他看過報紙報導，據說許多醫生只開鎮靜劑、安眠藥和抗憂鬱劑，而且害怕自己被診斷出精神疾病。

然而，聽到駒野之前也看過諮詢師，富裕改變了想法。駒野說：我大女兒說要去加拿大，我精神上出問題時，也找總公司值得信賴的上司商量，他引薦了那位醫生給我。

「他很認眞學習，而且眞的很仔細聽我說，雖然年輕，但是個好醫生。你就當作是受騙上當，去看看怎麼樣？」

診所位於從京濱急行線的大森海岸站步行幾分鐘、一棟較新的大樓裡。診所雅致，只有一名專職的護理師，但是室內清潔，櫃檯人員的因應得宜，令富裕抱持好感。醫生在裝飾不多、只有床和桌椅的簡樸諮詢室裡等候。

身心科醫生三十五、六歲，但是看起來更年輕；中等身材，鬍子剃得乾淨，臉色容光煥發。雖然並不親切，但面對面坐在椅子上，富裕的心情平靜了下來。他事後才知道，醫生的原則是不問、不說多餘的事，讓病患感到心安。醫生平常待在大學醫院的研究室，一週只有兩天受到醫學院的學長，也就是院長的請託，來到診所。

「你不是憂鬱症。」

幾分鐘的對話之後，醫生如此說道。

「我看你的眼神就知道。富裕先生，你的眼神很有力。」

據說憂鬱症的病患有時候早上爬不起來，而且有時候想洗臉，無法扭開水龍頭，或者即使想寫什麼，卻無法拿筆。富裕確實沒有那種症狀；雖然放心，但是心想「那這種狀態究竟是怎麼一回事?!」，內心湧現無法接受的情緒。

「也有人聽到病名之後，就會接受。」

年輕醫生彷彿看穿了富裕的心情，面露微笑。

「因爲病名是一種分類。不過，完全健康的人非常少，任誰都有某種毛病，只是程度的差別而已。富裕先生，你好像因爲不受令嬡尊重，或者討厭狗叫聲而不堪其擾，但之前完全沒有這類的事嗎？這眞的是第一次經歷的感受嗎？」

說到這個，富裕想到了一件事。從女兒升上高中之後，父女的關係就變得疏遠，曾經感到「說不定女兒瞧不起自己」這種不安。但過一陣子之後就忘了，只是沒有放在心上而已。

再說，富裕從以前就怕狗。他心想：主要原因是小學時，被鄰居的秋田犬咬了屁股。當時，他和朋友在馬路上踢足球，球滾進那一戶人家的庭院，進去拿球時，突然就被咬了。狗沒有拴上鐵鍊，飼主事後拿著哈密瓜來道歉，但是從此之後，富裕不曾想要養狗，而且即便是小狗，他也不曾覺得可愛。他好幾次一聽到狗叫聲，就會沒來由地煩躁。

小旅行

年輕的身心科醫生說「果然是這樣啊？」，像是接受了似地點了點頭。

「所以，擔憂或害怕自己可能會殺了那隻狗，和實際會殺那隻狗是兩碼子事。人會想像，所以內心軟弱時，經常會受到想像所苦。也有學者認爲，受到想像所苦的人，會因爲擔憂或害怕而消耗心神。」

「我完全不可能實際殺害狗嗎？」

「我想這一點，你比我更清楚。反過來說，也有可能是因爲清楚知道自己實際上不會去殺狗，所以想像力引發了擔憂和害怕。」

富裕想要知道原因。之所以陷入這種不安狀態，果然是因爲求職受挫，喪失了自信嗎？

「就我認爲，不是這樣的。」

年輕醫生說「原因是和妻子之間的關係改變了」，令富裕吃了一驚。難道是因爲妻子拒絕了他的夢想——開露營車旅行嗎？

「這是引爆點，但正確來說，是因爲你接受了尊夫人有她個人的時間。」

妻子說：我不是討厭開露營車旅行，而是沒了自己的時間很傷腦筋。她使用了好幾次「自己的時間」這幾個字。

「即使是夫妻或親子，每個人都有特有的時間，其他人不能隨意更動。多年來以公司爲重心而活的中高齡男性，沒有意識到這一點的案例意外地多。因爲在日本公司裡常有的從屬和庇護這種關係中，大多沒有訓練人接受別人是對等的個別人格。意識到任誰都擁有自己的時間，這對於人而言，是一種本質性的衝擊，有的人精神會暫時變得不穩定。而這不過是我個人的意見，大多數的情況下，精神變得越不穩定的人，越誠實。

「我想先請你確認一件事，對你而言，尊夫人是個重要的人吧？如果她不重要的話，你的心情就不會動搖。因爲察覺到一件重大的事，接受了它而感到不安，今後是建立新關係的階段。需要花某種程度的時間，但是接受事實，非常需要勇氣。

「你有勇氣。許多人害怕認清事實，所以假裝沒有察覺到而逃避，所以也不會感到不安，但是永遠無法建立新的人際關係，結果衍生更大的問題。」

富裕問「關於新的人際關係，我不知道今後該怎麼跟妻子和孩子們相處才好」，年輕醫生說「跟之前一樣就行了」，面露微笑。

「不必做和之前不一樣的事。關係會自然建立，不安會漸漸地變淡。」

難道察覺到任誰都有自己的時間這個事實，予以接受，是如此痛苦的事嗎？富裕在眼前是一片車站周邊景色的陽台上，雙手捧著空的馬克杯，玩味年輕醫生的話，然後回想在那之後又和駒野見面時，他說的話。

「我覺得開露營車旅行這個點子很不賴。」

駒野如此說道。

「我好不容易才接受了大女兒去加拿大。但還是會忍不住怨恨，斷定是她的錯，讓我比較輕鬆。可是，我察覺到有時即使斷定是別人的錯，也不會發生任何新的事。後來過了兩年左右吧，我才開始考慮去加拿大。如果斷定是身邊人的錯，心情就會變得不積極，對吧？心情一旦變得不積極，可怕的是，身心都會變得有點封閉。我有一段期間沒參加二七會，那一陣子就是如此。不想外出，也不想見人。一開始也懶得思考去加拿大的事。」

駒野繼續說：

「我先是漸漸地明白，要打從心裡接受重要的人的決定，是一件辛苦的事。然後，一點一點地，眞的是一點一點地，逐漸形成某種保護自己、像是膜一般的東西。然後麻煩的是，那種像是膜的原料的東西，只有自己的外側才有。不是國外。哪裡都可以。一直待在家裡就不會知道，但是外出待在寒冷中，一回到家，就能感覺到家很溫暖，對吧？大概是那種感覺吧。」

富裕沐浴在初夏的陽光中，心想：我確實也變得有點封閉。年輕醫生開了藥效較弱的鎮靜劑。但是富裕不常用，一旦不安增強就會服用，設法度過一天，這三個月左右反覆發生這種情況。

雖然會跟駒野見面，但是不會去參加二七會。富裕還無法積極地想外出。如今仍無法習慣狗叫聲，像是殺意的情緒也沒有完全消失。然而，一旦轉念心想「吠叫一定是那傢伙的工作」，煩躁就會減輕。

富裕確實感到焦躁；依舊過著無所事事的日子。但是，年輕醫生說：現在光是度日就夠了，焦躁是最不好的。如同損傷的臟器慢慢復元般，隨著時間的流逝，就能建立新的關係。

對我而言的「外側」，到底在哪裡呢？妻子在三天前說的話，莫名地留在心中。市公所要開孩子的柔道、劍道課，似乎在徵募講師。教孩子柔道這種事也不錯吧？這樣算是「外出」吧？

富裕試著想像大批孩子如同五十年前的自己，正在練習護身倒法的模樣。感覺不賴。驀地，富裕心想：好久沒泡咖啡了，來泡咖啡吧。猶豫了半晌之後，富裕爲了煮熱水，站了起來。

喪犬之痛

ペットロス

淑子內心動搖。她沒想到丈夫會說這種話；覺得和丈夫之間的關係正在改變。

遇見波比

高卷淑子並不喜歡受邀到石黑先生家。石黑先生是丈夫工作時往來公司的專任董事，碰巧家在附近。丈夫在大型的廣告公司工作三十八年，於六年前退休。石黑先生是富二代，相當幹練，將老派的服裝店改變成受到年輕女性喜愛的成衣廠；擁有多個時尚品牌，掌握以東京都心爲主的三十多家直營店，是實質上的經營者。這十幾年，似乎也開販售女用小物和日用品的店，事業成功。他是雜誌會報導的知名經營者，但實際上比丈夫年輕十二歲，外表看起來比丈夫年輕將近二十歲。

淑子住的公寓位於川崎市，而石黑先生的豪宅位於橫濱市，兩個城市中間橫亙著一個寬敞的公園，以此爲交界，距離近到即使走路也只要十幾分鐘。石黑先生身材高䠷，長相英俊，娶了前女演員爲妻，乍看浮華，但是個一心工作的人，人格也無可挑剔。曾是女演員的石黑太太爲人也很體貼，淑子總是心想：石黑太太顧慮賓客的方式幾乎堪稱完美無缺。

石黑先生是個耿直的人，在公司尚未步上軌道時，就受到丈夫任職的廣告公司援助，如今也心懷感謝。因此，石黑先生舉辦家庭派對時，淑子一定會跟丈夫一起受邀。淑子並不討厭家庭派對。曾是女演員的石黑太太精通中文，嗜好是太極拳，派對上的餐點大多是中餐，能夠喝到味道複雜到令人難以置信的皇帝普洱茶。因此，淑子也非常愛普洱茶。

討厭的是，丈夫參加派對時的態度。丈夫很高興受到石黑先生邀請，而且打從心裡尊敬身爲經營者的他，經常採取異常謙虛的態度，而且不停地誇讚曾是女演員的石黑太太。石黑先生家的地下室有一個寬敞的卡拉OK室，石黑太太總是以中文唱鄧麗君的歌。

丈夫從石黑先生家回來，就會像個白癡一樣，像是在自言自語似地，沒完沒了地低喃石黑太太有多美。也不誇獎自己的妻子半句。那種時候，淑子一定會離開丈夫，牽著愛犬——波比，去附近的公園散步。

丈夫五十八歲、淑子五十三歲時，任職於電子零件廠商的兒子結婚，幾乎在此同時，調派至越南當地的工廠。兒子沉默寡言，個性文靜，從小就愛玩機械，就業後也跟淑子他們住在一起，所以兒子不住在家之後，淑子突然感到寂寞，經過一番苦苦哀求之後，丈夫才同意讓她養狗。丈夫想養貓，但淑子主張她一定要養狗。她並不討厭貓，但她無論如何都想養狗，而且是柴犬。

淑子是四國松山一家擁有六十年左右歷史的老旅館的長女，兄長繼承家業，父母允許她進入東京的私立大學就讀。畢業後，於住在東京的親戚經營的轎車銷售公司擔任行政人員。二十三歲時，在那位親戚的介紹之下，以半相親的形式遇見丈夫，交往兩個月左右之後，決定結婚。丈夫並沒有特別虜獲她的芳心，但是和丈夫交談很有趣，丈夫並非她討厭的類型，而且任職於廣告公司聽起來很時髦，最重要的，那是一個在二十歲出頭結婚很理所當然的時代。

淑子心想：丈夫的心情應該也差不多。丈夫也是地方出身，生於不太富裕的家庭，邊打工邊念完知名私立大學，在家人、朋友等身邊人的建議之下，和淑子結縭。丈夫是俗話說的「外貌協會會員」，夢想是和美女結婚。兒子出生時，丈夫說：「可是，我覺得結婚一定是這種感覺，所以跟妳在一起。」淑子自己也認爲，自己長得絕不算醜，而且學生時代，曾收到好幾個男生的情書。但是，她也不是男人回頭一看，所有人都會認同的美女。

淑子從小就喜歡柴犬，很想養。爺爺養柴犬，經常和牠一起去散步。但是母親非常討厭狗，不准她養。因此，淑子下定了決心，結婚成家之後，總有一天一定要養柴犬。

結婚當時，住在遠比現在更狹窄的公寓，不是能夠養狗的環境。而且兒子馬上出生，整天忙著帶小孩，不知不覺間，就忘了要養柴犬這個願望。

搬到現在的公寓，是在二十年前左右，泡沫經濟正好結束，住宅價格開始暴跌的時候。丈夫是個熱中於工作的人，雖然從事廣告公司這個乍看光鮮亮麗的行業，但是並不愛喝酒、外食，也幾乎沒有堪稱嗜好的東西，頂多是偶爾下圍棋，生活樸實，所以才能買下位於川崎和橫濱交界、四房兩廳的新公寓。因爲存了相當金額的頭期款，所以還房貸較爲輕鬆。

丈夫是典型的「人來瘋」，在外似乎會開朗地說話，話題也很豐富，但是在家不是看書，就是看電視，不太和淑子交談。結婚前和新婚時期，兩人會去看電影，或者上館子，丈夫會告訴她有趣的事，但是從兒子出生之後，公司委託他幾個重要的客戶，變得忙碌，夫妻之間的對話就變少了。退休之後，丈夫開始上網寫部落格，幾乎一整天窩在書房裡面對電腦。兒子長得像母親，外貌不起眼；個性像父親，沉默寡言，雖然擔任高科技電子機械零件的工程師，領取高薪，但是年近三十，沒有女人緣。朋友介紹他一名在文化中心教小提琴、大他三歲的女性，兩人一下子就論及婚嫁，結婚兩個月後，前往河內旅行。

而兩個月後，淑子終於遇見了波比。她上網搜尋「柴犬」，發現附近獸醫的網頁，寄出E-mail，獸醫告訴她繁殖者的事。獸醫說，比起寵物店，跟值得信賴的個人繁殖者買比較好。寵物店不知道狗的健康狀態，而且價格較高。淑子前往在靜岡御殿場的繁殖者家，看到一群可愛到令人吁氣的小柴犬在庭院遊玩。

繁殖者是農家，偌大的庭院裡有四隻三個月大的幼犬，在母犬的周圍跑來跑去，互相嬉戲。淑子買了四隻幼犬當中，最活潑、長得最可愛的公幼犬。她不太清楚柴犬的長相標準，所以純粹是以自己喜好的長相挑選幼犬，但是女繁殖者說：妳眞有眼光。

「感覺牠的眼睛炯炯有神，對吧？牠是最健康的。」

淑子已經決定了名字。波比。縱使是母狗，淑子也想叫牠波比。沒有特別的理由，她覺得這個名字容易叫，而且感覺淘氣、愛惡作劇。

淑子把裝了波比的寵物籃放在副駕駛座上，如今也忘不了開車回家時的幸福感。

波比帶給淑子的幸福，實在無法以言語表達。託波比的福，淑子遇見了許多人。從公寓步行十分鐘左右的地方，有一個非常大的公園，成了愛狗人士的聚集處。大家牽著各種狗，在上午較晚的時間，三三兩兩地聚集而來，只是閒話家常，卻樂趣無窮。

一開始，淑子猶豫要不要加入聚集的人們的圈子，但是託吉田這位男性的福，她得以順利地成爲他們的一分子。吉田先生坐五望六，似乎是個相當知名的設計師；設計海報、象徵標誌之類的東西，得了好幾個獎。他家不在川崎這一邊，而是在橫濱那一邊，有足以容納四輛轎車的停車場，他似乎擁有兩輛德國製的跑車。

之所以遇見吉田先生，也是波比安排的。波比來到淑子家那一年冬天，一個難得積雪的早晨。丈夫挖苦道「這種日子也要去遛狗嗎？妳眞是狗奴才啊」，淑子無視於他的冷言冷語，腳穿長靴，身穿羽絨夾克，也讓波比穿上紅色雨衣，前往公園。

和波比在一起的日子

作爲川崎和橫濱界線的那個公園，大致分爲有高低差的兩個空間，淑子會走林間鋪木板的步道和木頭階梯往返。

上方的空間有像是簡樸瞭望台般的露台、狹長的草原和樹林，下方的空間被樹木包圍，大小足以蓋好幾個棒球場。

那一天早晨，淑子牽著波比，步下積了新雪的木頭階梯，想要到下方的空間。但是半路上，她險些滑倒，不禁尖叫。因爲積雪而看不到，但是階梯結凍了。她害怕得杵在原地。階梯沒有扶手，進退不得。波比細細的腳尖埋在積了十公分以上的雪中，一臉不安的表情，只是抬頭看著淑子。波比清楚地知道，發生了某種麻煩事。忘了是什麼時候，有一次從石黑先生家回來，丈夫猛誇石黑太太的歌聲和美貌，所以淑子一個人在房間哭泣。當時，波比還是幼犬，靠了過來，彷彿在說「打起精神來」，舔了舔她因爲淚水而濡濕的臉頰。

「抓住我。」

淑子站在階梯進退不得時，這個聲音從背後傳來，眼前伸出了一隻穿了黑色羽絨大衣的手臂。對方說「抓更緊一點，否則很危險」，淑子使出全力抓住那隻手臂，無暇看清那個聲音的主人，一階一階地慢慢步下階梯。站在地面時，淑子終於看見了出手相救的男性的臉。他是個五十歲上下，長相精悍的男性，他就是吉田先生。吉田先生回頭望向階梯，說「過來」，用手指吹口哨。一隻杜賓犬坐在階梯最上面，一聽到口哨，便往下衝，來到吉田先生旁邊。波比因爲害怕杜賓犬而吠叫，吉田先生對牠說：不要怕。

「這傢伙的個性溫柔到不行，不要怕。」

波比對其他狗很怕生，所以一直害怕吉田先生的杜賓犬，不斷地尖聲吠叫。淑子道歉道「不好意思，這孩子在害怕」，吉田先生面露苦笑，在積了雪的草原上邁開腳步。那是一片一望無際的雪原，只有幾個孩子在打雪仗，或者堆雪人，沒有其他人帶著狗。

「你喜歡杜賓犬啊。」

淑子為了避免波比害怕，和吉田先生隔一小段距離，走在他後頭，如此問道。吉田先生搖了搖頭，吐出白色氣息，笑道：只要是狗，我都喜歡。

「其實，內人在幾年前死於乳癌，孩子們擔心我，送給我這傢伙。」

吉田先生果然從小就非常愛狗。他一臉落寞地說：但是我經常出差，一定會帶著幫忙設計工作的內人同行，所以遲遲沒有機會養狗。淑子心想「他八成是想起了妻子」，停止進一步觸及這個話題。

吉田先生一離開在玩雪的孩子們，便解開繫著杜賓犬的牽繩。他一說「莎莉，喏，去玩吧」，杜賓犬便全速衝向一群在雪中尋找餌食的野鴿。吃驚的野鴿振翅飛起，飛在空中，杜賓犬追著那一群野鴿一陣子，奔馳在雪原上。黑色的杜賓犬跑在雪白的雪中，十分美麗，令人覺得是生命力的象徵。

「她叫做莎莉啊？」

淑子一面撫摸波比的頭，一面如此說道。吉田先生說「魔法師莎莉，妳知道嗎？」，露出孩子般的笑容。《魔法師莎莉》是淑子也喜歡的動畫，吉田先生似乎是跟妹妹一起看的。

自從下雪那一天遇見之後，淑子就很期待在公園遇見吉田先生。一想起吉田先生在凍僵的階梯，用強而有力的手臂支撐自己的身體，她就心臟怦怦跳。

吉田先生在公園受到愛狗人士們的喜愛。人人都喜歡他，所以他一定會成爲小團體的主角。假日有許多鄰居攜家帶眷到公園野餐，所以所有愛狗人士都喜歡人少的平常日上午，而且他們大多是女性。男性都是退休後上了年紀的人或附近的商店老闆等，從事自由業的吉田先生在男性當中顯得特別，女性們總是圍著杜賓犬——莎莉，聚集而來。

公園的正式名稱是菅生綠地，有三個入口，只有步道、小型體力鍛鍊場，以及孩子們以雪橇滑下來的斜坡等，除此之外，是偌大的草原和雜木林，以及銀杏的林蔭大道、群生的櫻花樹等，保留大自然的原貌。春天是櫻花、夏天是蟬叫聲、秋天是楓葉、冬天是枯樹，每個季節都有優美的景色，光是步行於草原，就感到神清氣爽、心情變得柔和。牽著波比，籠罩在樹木的芳香之中，就能忘掉丈夫和所有其他煩心的事。淑子打從心裡認爲，自己至今的人生當中，沒有這麼幸福的時光。

愛狗人士聚集的地點，是距離孩子多的斜坡兩百公尺左右的一帶，周圍群生著櫻花樹。人多時，宛如一場小狗秀。小型犬居多，像是臘腸犬、西施犬、吉娃娃，以及貴賓犬、約克夏、蘇格蘭㹴犬等。因爲女性比較管得動小型的寵物狗，而且在公寓或透天厝的小庭院，難以飼養大狗。這種情況下，牽著杜賓犬的吉田先生格外醒目。吉田先生並非因爲是知名設計師，所以受到眾人喜愛。反倒是他一點也不自大，彬彬有禮地對待任何人，誠懇地傾聽話多的女性們說話，而且始終面帶笑容。

可是，淑子在人多的地方會膽怯，遲遲無法和吉田先生交談，所以她期待其他愛狗人士避免出門的雨天。

無論季節爲何，雨天的公園總是冷清。愛狗人士也幾乎沒有現身。因爲狗會弄濕，而且撐著傘散步說不上舒適。可是，淑子喜愛雨天。她不擅長和一大群人暢談，不知道該選擇哪種話題。她沒有特別的嗜好，丈夫任職於廣告公司時，星期六、日也會帶工作回家，十分忙碌，退休後爲了寫部落格，經常把自己關在房間裡，完全沒有一起去旅行。而且退休前都是外食，所以退休後在家時，就不想去外面吃了。愛狗的女性們喜歡旅行或美食的話題，所以淑子無法加入話題。她對於減肥、美容和時尚也不怎麼感興趣，所以總是略顯沉默，扮演聽眾的角色。

因此，雨天很特別。即使是傾盆大雨的日子，吉田先生也會牽著莎莉出現在公園。坐在像是亭子、有屋頂的長椅上和吉田先生聊天，成了無上的喜悅。如果看夜間的氣象預報，知道明天會下雨，淑子就心情雀躍。她在石黑太太的教導之下，一點一點地蒐購普洱茶，她決定泡好茶之後，裝進中式的玻璃茶瓶，帶去公園請吉田先生喝。雖非皇帝普洱茶那種高級貨，但是淑子選了在橫濱的中華街買的十年熟茶。在爲數不多的收藏品中，是品質最好的普洱茶。

吉田先生博學多聞，對於外國的事、電影和音樂也非常清楚，擁有獨特的想法。但是，他絕對不會炫耀知識，會挑選簡單明瞭的用語，深入淺出地告訴淑子。有好幾件事令她留下了深刻的印象。

認生的波比花了將近一年才親近莎莉。而且波比對於在草原上跑來跑去好像並不感興趣，只會坐在長椅旁邊，目不轉睛地眺望著解開牽繩、追著野鴿的莎莉。

「看到波比像這樣坐著，好像忠犬八公一樣。」

從下雪那一天認識之後，過了四年左右時，四月櫻花開始凋零的某個雨天，吉田先生如此說道。

淑子聽到忠犬八公，心想：經吉田先生這麼一說，波比坐著時的身影，還眞的有點像澀谷車站前的知名銅像。不過，八公應該是秋田犬。再說，波比的個性跟傳聞中的忠犬八公截然不同。

「波比差多了。」

淑子笑道。

「因爲牠非常任性。牠從小被我慣壞了，不管我怎麼疼牠，牠好像都覺得那是理所當然的。搞不好要是我死了，牠馬上就會親近別人。」

吉田先生說「原來如此」，露出望向遠方的表情，沉默半晌之後，嘀咕了一句：我比較喜歡任性的狗。

「其實，八公似乎在澀谷車站周邊，過著像野狗般的生活，當時，牠好像遭到嚴重虐待。同情牠的人寫了一篇可憐而忠實的狗，等候死去主人的文章投稿。於是，牠變得非常有名，但是我覺得有點不對勁。」

吉田先生一面慢慢地喝杯中的普洱茶，一面如此說道。不對勁是什麼意思呢？活蹦亂跳的杜賓犬——莎莉，差點在泥濘的地面摔倒，持續追著一群野鴿。

「我想，八公說不定是隻可憐的狗。飼主去世之後，親近其他新的飼主比較幸福，不是嗎？一直思念去世的主人，或許很淒美，但是淒美未必會使人幸福。」

接著，吉田先生用手指吹口哨，叫莎莉過來，撫摸牠濡濕的脖子，然後突然說起了亡妻的話題。他妻子的癌細胞轉移到肺部和淋巴時，似乎對他說：你是個怕寂寞的人，我死了之後，你要找個體貼的人。

「我忘不了她的那句話，反而不想找任何對象。」

如此說完之後，吉田先生對粗重喘氣的莎莉微笑道：妳也要喝看看普洱茶嗎？很好喝唷。

櫻花花瓣夾雜在雨中飄落。但是，偌大的公園裡沒有其他人。淑子總是匪夷所思地心想：爲什麼沒有人來看這麼美的風景呢？她也瞭解說「雨很陰鬱」的人的心情，但是她不太能想像開朗的雨長什麼模樣。不過，她覺得雨很溫柔。燦爛灑落的陽光確實很爽快，但心情低落時，有時候會想要對那種明亮敬而遠之。雨會使視野變得朦朧，模糊風景的輪廓，淑子會感到一種溫柔，彷彿有人對她說：不必那麼拚命唷。

「妳喜歡普洱茶嗎？」

吉田先生再度解開牽繩，讓莎莉去奔跑之後，放回茶喝光了的杯子，如此問道。淑子一面想起石黑太太端正的五官，一面點頭，小聲地應道：朋友教我品茶的。

「茶很好。」

吉田先生面露微笑，肩上有幾片櫻花花瓣。淑子想替他撥掉，但不好意思那麼做。接著，吉田先生告訴她：茶是代表性的物品之一，地球上的生物當中，只有人會品嚐這麼多種飲料。他說：人伴隨喜悅地品嚐某種飲料時，心情會平靜。

「喏，電視劇和電影中，會對陷入恐慌、太過悲傷、痛苦不已，或者快要迷失自我的人說：做個深呼吸、喝個水吧。內心動搖、迷失自我時，人好像會沒有心思品茶。所以，我覺得茶，或者飲料，不只是單純補充水分，而是具有更深的意義。我覺得有悲傷或痛苦的事時，慢慢喝茶經常會拯救我。」

吉田先生如此說道，察覺到肩上的櫻花花瓣，輕輕地撥了撥，然後目不轉睛地望向在雨中跑來跑去的莎莉。他的表情看起來非常落寞，淑子心想「他是不是想起了亡妻呢？」，感到一陣心痛。

「妳剛才說波比這孩子很任性，眞的嗎？」

吉田先生問道。落寞的表情消失，面露微笑。淑子感覺內心柔和，覺得他剛才落寞的表情非常迷人。她將第二杯普洱茶倒進杯子，問「沒錯，你眞的很任性，對吧？」，輕輕撫摸波比的頭。

「怎樣任性呢？」

吉田先生也想撫摸波比的頭。但是，波比不太愛被人觸碰，所以像是甩開他的手似地搖了搖頭，走到稍遠處，又以一樣的姿勢坐了下來。

「你看，動不動就要任性吧？」

淑子如此說道，吉田先生狀似愉快地笑道：眞的耶。他的笑聲不大也不小，音量剛剛好，也沒有刻意。淑子想起了丈夫。丈夫在家裡幾乎不會發出笑聲，但是每次去石黑先生家，即使是不怎麼有趣的話題，他也會笑逐顏開地大聲笑，感覺刻意，令淑子感到厭煩。

「還有，叫狗過來時，會乖乖過來是訓練的基本，對吧？但這孩子叫牠，也不會馬上過來。可是啊，牠知道我叫牠，牠必須過來；叫了幾次之後，牠會像是在生氣似地，露出一副『眞是拿妳沒辦法』的表情，小碎步跑過來。」

吉田先生低喃道「是喔，原來是這樣」，又說「不過，也不賴」，深感興趣地盯著波比。波比大概是知道有人在看自己，一副「看什麼看」的模樣，瞄了吉田先生一眼，然後又馬上將視線轉到追逐野鴿的莎莉身上。

「妳覺得爲什麼一叫狗，牠就會過來身邊呢？」

吉田先生如此問道，淑子說「不是訓練嗎？」，吉田先生說「是嗎？我覺得不是耶」，露出開心的表情，對波比說：喂，對吧？

雨勢稍微轉小。莎莉或許是追野鴿追累了，「哈～哈～」地粗重喘氣，跑了回來。吉田先生撫摸莎莉的脖子一帶，對牠說：妳覺得有什麼好事，所以像這樣回到我身邊，對吧？

「訓練是讓狗遵從命令，欸，這沒有錯，但總之，我認爲狗是因爲知道飼主叫牠的名字，去飼主身邊一定會有好事。人在家庭或學校被教導：別人叫你要回應、別人叫你要過去。也就是說，別人叫你，不過去的話，就會吃虧。不過，狗如果叫了不來，就用棒子打牠，牠應該會更不過來。飼主叫狗的名字，叫牠過來，因爲去飼主身邊，一定會有好事，所以過去。我認爲，這才是眞正的信賴。」

淑子有生以來，第一次聽到這種事。當然，信賴這兩個字經常聽到，也知道它的意思，但不曾思考過它是什麼。

後來過了半年左右的一個雨天，淑子和吉田先生在草原見面，又面對面坐在亭子的長椅上，但是吉田先生罕見地無精打采。淑子想問他「你怎麼了？」，但是作罷。因爲她心想「人有時候不想對別人說話」，第一次意識到這種事，感到驚訝。淑子說「請用」，像平常一樣將普洱茶倒進杯子，遞給吉田先生，他說了句「謝謝」，點頭致意，客氣地道謝。那一天，看不到一群野鴿，莎莉被解開牽繩，盯上了停在葉子落盡的櫻花樹樹枝上的幾隻烏鴉，想要叫得牠們振翅飛起，追上牠們。但是，烏鴉和野鴿不一樣，沒有吃驚地振翅飛起；不慌不忙地持續啄理羽毛，不久之後，莎莉死心，回來了亭子。吉田先生嘀咕了一句：其實……

「今天是亡妻的冥誕。」

淑子聽到「亡妻的冥誕」，有些慌了手腳；一方面疑惑地心想「他爲什麼要告訴我那種事」，一方面覺得「他連這種重要的私事都告訴我」，感到開心。但是，她總覺得自己主動問東問西很失禮，只小聲地說：這樣啊。

「抱歉，說了這種事。」

吉田先生一臉悲傷地道歉，淑子說「沒那回事」，搖了搖頭。

「我原本忘了這件事。孩子傳簡訊來，說『今天是媽的生日』，我大吃一驚。我原本早上就爬不起來，心情沒來由地盪了下來。但是，像這樣和妳聊一聊之後，心情慢慢地平靜了下來。」

吉田先生至今偶爾會露出落寞的表情，但是淑子一直覺得那非常迷人；有時會想起「哀愁」這兩個字。但是，那一天的吉田先生有點不同。感覺他像是在自責，令人看了於心不忍。

「過去，我經常說：將來退休之後，我們倆去環遊世界吧。可是，內人在那之前生了病，結果幾乎不曾去過工作之外的旅行。我想把內人和孩子擺在人生中的第一順位，自認為執行至今，內人和孩子也很清楚這一點。孩子也知道，拜託我什麼，我絕對不會拒絕。所以相對地，孩子不會拜託我小事，變得只會提出真正必要的事。所以啊，一想到『內人大概無法對我說：我想去國外旅行』，就感到難過。她知道她說『我想去旅行』，我一定會帶她去，所以覺得不好意思吧。我察覺到自己忘了她的生日，不知道為什麼，想起了這種事，抱歉，跟妳說這種話題。」

淑子說「不，我不在意」，彷彿在說「請用」似地，將一直放在桌上、裝了普洱茶的杯子移到吉田先生面前。

「這眞好喝。」

吉田先生彷彿想把妻子的回憶收進內心深處，慢慢地喝普洱茶。淑子的心情變得複雜。吉田先生八成因為忘了亡妻的生日，而在自責，少了平常的爽朗。然而，自己無法替他做什麼。雖然對亡者或許失禮，但是淑子羨慕吉田先生的妻子。

吉田先生經常使用「信賴」這兩個字。淑子第一次聽吉田先生說「我把家人擺在第一順位，家人拜託我什麼，我絕對不會拒絕，所以家人也不會拜託我小事」時，她發現自己從來不曾想過，也不曾想像過這種事。

自己曾經拜託過丈夫什麼嗎？兒子結婚，決定外派至越南時，淑子說「我想養狗」，丈夫說「要在公寓養狗嗎？」，劈里啪啦地發牢騷，告訴她「鄰居在養博美」，淑子說「我會用自己的私房錢買，不會影響生活費」，丈夫追根究柢地想問出她的私房錢金額，說「話說回來，妳打算把私房錢用在什麼地方？」，簡直像是刑警在偵訊似地，語氣嚴厲地不斷發問，最後也不是以「好啦」，而是以「隨妳便」落幕。淑子將狗屋設置在陽台時，丈夫也完全不想幫忙，堅決禁止波比進屋，每次遛完狗回來，丈夫都會刻意從書房露臉，檢查地毯有沒有弄髒。當然，波比也不會親近丈夫。牠每次隔著面向陽台的落地窗看見丈夫，就會像是面對敵人似地吠叫。所以丈夫越來越討厭波比，淑子總覺得夫妻關係也隨之日漸惡化。用餐時，也會一直開著電視，幾乎沒有對話。丈夫只有去石黑先生家時，才會面帶笑容地對她說話。淑子心想：他大概希望我們看在別人眼中，是一對鶼鰈情深的平凡夫妻吧。但是，在卡啦ＯＫ室的慢舞時間，丈夫一定會跟其他女性跳舞。

淑子覺得，吉田先生和妻子的事，簡直像是另一個世界的童話故事或電影中的世界。

淑子忍不住脫口說出這句話。

「對不起。」

吉田先生說「咦？怎麼了？」，一臉驚訝地看著她。淑子一時之間說不出話來，直接說出心裡想的事。

「我眞糟糕。也不曉得怎麼安慰你，什麼也做不到。」

吉田先生說「原來是因爲這個啊」，頻頻點頭，走出亭子，雙手高舉過頂，說「雨好像停了，要不要走一走？」，將牽繩繫在莎莉的脖子上，率先在步道上走了起來。莎莉和波比的步伐不同。即使並肩而行，莎莉悠然沉穩，但不斷移動腳步的波比毫無從容可言，看起來就像是隨行的家臣。而且莎莉進入警犬訓練所半年，身體緊靠在吉田先生左邊，聚精會神地以相同的步調行進，而波比一會兒想改變路線，一會兒戛然止步，嗅一嗅味道。每當波比那麼做，吉田先生和莎莉就必須停下來，等待波比追上來。

可是，淑子喜歡這樣的波比。牠沒有接受任何訓練，不會「趴下」，也不會「等待」。牠頂多只學會了「坐下」和「握手」，而且馬上就不做了。說「握手」之後，到波比實際自發性地伸出前腳，長則要花十秒以上。牠會露出不悅的表情，彷彿在說「爲什麼得做這種事呢？」，無力地抬起前腳，放在淑子的手掌上。

波比並不惹人愛。雖然幼犬時很活潑，但是變成成犬，閹割之後，胖了一些，動作也變得遲鈍，丟球跟牠玩，牠看也不看一眼。或坐或躺，不太喜歡動，總是板著一張臉，表情也不豐富。但是，淑子覺得這些地方正是波比的迷人之處。淑子擅自將波比評為一隻不會對其他狗、人，甚至飼主獻媚的狗。

吉田先生說「高卷小姐」，回過頭來。

「光是像這樣和狗一起散步，就挺好的吧？這種時光拯救了我。」

波比之死

吉田先生一面撫摸莎莉的脖子一帶，一面等待波比靠過來。相較於剛才提起妻子的話題時，表情變得柔和，恢復了微笑。落在步道上的楓葉聚集在一起，形成漂亮的模樣。淑子道歉道「抱歉，總是讓你等」，吉田先生溫柔地點了個頭，彷彿在說「沒關係」，蹲了下來，輕輕地觸碰波比的頭。波比討厭被其他人觸碰身體，但好像唯獨吉田先生是特別的。

吉田先生看著莎莉和波比互相嬉戲，說：不可思議耶。雖說是嬉戲，其實只是莎莉單方面地用前腳撥弄波比；嗅一嗅牠的味道、將自己的前腳放在波比的頭或屁股上，或者壓低身體，以撒嬌的聲音吠叫。波比雖然不開心，但好像也沒有不悅，以自己的步調前進，偶爾停下腳步，一會兒嗅一嗅味道，對草叢撒尿，一會兒眺望除了雲之外，什麼也沒有的天空。然而，吉田先生覺得什麼不可思議呢？

「狗好像不會想要安慰我們。不會做討厭的事，基本上率性而活，但是爲什麼這麼療癒人心呢？」

淑子想說「我哭泣的時候，波比經常會舔我的眼淚」，但是作罷。因爲她不想讓吉田知道自己常哭，而且覺得波比說不定不是因爲想安慰自己，而舔她的眼淚。淑子聽到丈夫無情的話而哭泣時，波比應該並不知道她在傷心。她心想：波比一定是單純地察覺到飼主的異常情況，像是父母舔小狗一樣，基於本能地變溫柔。

「眞的，的確很不可思議。」

淑子如此應道，她認爲這是信賴。吉田先生說過信賴這件事。波比會令淑子感到一種無法言喻的信賴。八成是信賴療癒了我們。

「咦？」

吉田先生目不轉睛地看著波比，臉色一沉；說「波比的呼吸好像有點奇怪」，淑子聞言，一陣心驚。

「我不是專家，所以不太清楚，但是牠的呼吸好像有點痛苦。」

淑子的心跳開始加速。其實，她也察覺到了波比不對勁。從三個月左右前開始，散步時，牠變得動不動就停下腳步。只不過牠原本的走路方式就不是精神抖擻且輕快步行那一種，所以淑子才沒有覺得牠生病了。波比一直吐舌頭，呼吸急促粗重。

「或許請獸醫看一下比較好。」

淑子應道「是啊」，這時，又下起了雨。撐傘仰望天空，烏雲濃厚低垂。淑子感到被烏雲壓得喘不過氣來。

淑子隔了一陣子，才帶波比去看繁殖者介紹給她的獸醫。她並不忙碌，而是害怕獸醫的診斷。她不知道可不可以帶波比去散步，結果那一陣子，每天都去公園。波比越來越頻繁地停下腳步，發出「咻~咻~」這種風一般的呼吸聲，然後走到一半，一屁股坐下來。而且是外八地張開前腳，以奇怪的姿勢坐著。

「波比的樣子不對勁，我帶牠去看獸醫。」

淑子拿著車鑰匙，如此告訴丈夫。丈夫冷冷地說：幾點左右回來？快點回來唷！淑子抱著看起來呼吸很痛苦的波比，但是丈夫面無表情。

「我也想去山田電機。有東西想買。」

這一帶若是沒車，購物很不方便。當然，車只有一輛。淑子因爲對丈夫的憤怒，淚水險些滾了下來。

「波比呼吸痛苦得令人看不下去，你晚一點再去山田電機會死嗎?!」

淑子想要如此對丈夫怒吼，但終究像平常一樣什麼也說不出口，就這樣抱著波比，出了家門。她驅車前往獸醫所在的動物醫院，一直對副駕駛座上的波比說話：波比，不要緊，你馬上就會好，不要緊，我們請醫生叔叔替你治病。

坂木動物醫院位於橫濱市這一邊的Tama Plaza站後方。半路上，經過平常常去的大公園旁邊。淑子對波比說：波比，喏，你看。公園，看見得嗎?你得快點好起來，再來散步唷。淑子一面如此說道，一面望向副駕駛座上的波比，但是牠全身癱軟，連頭也抬不起來。說不定是嚴重的疾病。淑子心想「我該更早帶牠去醫院的」，心情變得沉重，責怪自己。

淑子焦急地出門，沒有預約看診，但是應該不要緊吧。動物跟人一樣，動物醫院應該也必須預約。波比至今沒有生過稱得上疾病的疾病，所以除了打預防針之外，沒有去過醫院。跟繁殖者買波比時，獸醫給了寫上日期的紙，所以沒有必要預約，就打了絲狀蟲的預防針。

「妳應該更早帶牠來的。」

護理師看到波比的狀態，趕緊去叫獸醫，所以幾乎不用等，但是坂木醫生一面嘆氣，一面如此說道。淑子霎時面無血色，喉嚨乾渴，說不太出話來。波比的狀況那麼糟嗎？天氣突然變冷，淑子一直以爲波比純粹是因爲這個原因而無精打采。牠的食慾也多少減少了一些，但是都有好好吃飯，所以她疏忽了。

「照超音波檢查一下，這大概是心臟肥大。」

波比被抬到不鏽鋼的診療檯台上時，依舊全身軟癱，淑子一想到「牠該不會就這樣死掉吧」，心臟越跳越快。

「果然是心臟瓣膜症。」

獸醫給淑子看超音波的畫面，說明了半天，但唯獨「心臟瓣膜症」這種恐怖的病名在她的腦海中打轉，沒有確實聽進坂木醫生的話。

「波比幾歲了？」

獸醫如此問道，淑子無法立刻想出牠的年齡，過一陣子才回答「五歲」，坂木醫生拿出文件，小聲地說：根據紀錄，今年二月六歲了。

對喔，波比六歲了。淑子每年二月十六日，都會替波比慶祝生日。二月十六日也是北韓前領導人——金正日的冥誕，所以很好記。淑子會去寵物用品店買狗吃的蛋糕，插上符合歲數的蠟燭，替牠慶祝。丈夫會啐道「愚蠢」，不予理會，所以淑子一個人替波比唱生日快樂歌，在陽台和波比一起吃標榜人也可以吃的蛋糕。

「正式病名是僧帽瓣閉鎖不全症或二尖瓣膜閉鎖不全症。小型犬一旦到了六、七歲的高齡，就容易罹患這種疾病。」

坂木醫生一面讓淑子看超音波的畫面和心臟的模式圖，數度仔細地說明。肺部納入新鮮氧氣的血液會從左心房進入右心室，輸送至大動脈，爲了不讓血液逆流，會以各心房和心室的瓣膜控制。僧帽瓣位於左心房和左心室之間，血液透過心臟強力的收縮作用，流出至大動脈時，爲了避免逆流，會確實閉合。但是，小型犬一旦上了年紀，僧帽瓣經常就會變形，而不會閉合。

淑子忍住不讓淚水流下來，問：能夠治療吧？她聽愛狗的同好說，寵物也能接受高度醫療。波比在牠的兄弟姊妹當中，是最健康的，不可能治不好。但是，坂木醫生露出痛苦的表情，「嗯～」地支支吾吾，欲言又止。

「波比會不會咳嗽，或者呼吸變得粗重呢？」

從一個月左右前開始，經常只要稍微走幾步路，呼吸就會變得痛苦，停下腳步，坐下來。可是，牠原本就不愛走動、奔跑，所以淑子沒有察覺牠生病了。

「血液反覆逆流，心臟就會肥大。其實，波比的心臟相當肥大了。血液從肺部至心臟的循環會變差，肺部也會淤血。心臟越肥大，支氣管也越容易受到壓迫，所以呼吸會變得痛苦。呼吸會變得粗重吧。波比晚上休息時，會好好躺下來睡覺嗎？」

坂木醫生如此問道，淑子的心情漸漸陷入絕望。最近即使入夜，波比也不會在狗屋裡躺下來，越來越常以散步時的姿勢，一動也不動地坐在陽台的地板上。半夜的氣溫非常寒冷，淑子說「喂，進去房間睡，不然會感冒」，推牠屁股，牠也不想進入狗屋。

「是嘛。」

坂木醫生聽到波比沒有躺下來睡覺，露出悲傷的表情，頻頻點頭，取出醫療用的筆型手電筒，讓波比張開嘴巴，檢查舌頭的顏色。

「肺部積水，妳看，舌頭的顏色不佳。這是發紺。」

波比在診療檯上持續痛苦地粗重呼吸。獸醫指著波比的鼻子說：然後，關於這個……

「這種泡狀鼻水，這是因爲肺部積了相當多的水。呈現肺水腫的狀態。一旦僧帽瓣不全，心臟的功能就會低下，所以血液循環變差，血液的成分漏出至肺中，然後積水。這麼一來，呼吸就會變得非常痛苦。」

淑子幾乎沒有聽進說明。但是，從獸醫的表情和口吻感受到，波比的症狀相當嚴重。有希望復元吧？淑子想知道這一點，但是害怕得問不出口。獸醫像是覺察到她的心聲，一面撫摸波比的頭，一面說：我開藥給牠。

「牠會好吧？」

淑子感覺到淚水從眼眶溢出，沿著臉頰流了下來，勉強如此問道。獸醫沉吟，仰望天花板，低聲說：很難。

「我開利尿劑，還有稍微擴張血管的藥，牠應該會輕鬆一些。不過，波比的症狀惡化得相當嚴重。我非常難以啓齒，但是僧帽瓣不全原本就不會痊癒。」

淑子意志消沉地回到家。在醫院時她問獸醫「沒辦法動手術嗎？」，獸醫說：因爲長期心力衰竭，體力衰弱，所以根本不能麻醉。她有一個想問，但是絕對不能問的問題：波比還能活多久呢？但是，在動物醫院的停車場碰巧遇見一名常去公園、愛狗的家庭主婦，她看到波比痛苦地呼吸，說「好可憐」，安慰淑子之後，多嘴地說：我之前養的西施犬也是因爲心力衰竭，肺部積水，然後撐不到一週。「不會痊癒、撐不到一週」這兩句話在淑子的腦海中不停打轉，令她失去了平常心。

淑子抱著波比，進入家中，直接坐在客廳的沙發上，丈夫從書房走出來，一臉憂鬱地問：牠生病了嗎？淑子沒有力氣回話；聲聲呼喊「波比、波比」，繼續抱著牠。

「總之，牠的毛會掉，讓牠出去外面。」

丈夫如此說道，以下顎指了指陽台。獸醫說：嚴禁寒冷，因爲血管會收縮。不能讓波比出去陽台。淑子依舊抱著波比，進入自己的房間，把毛毯鋪在地上，讓波比坐在上面。雖說是房間，其實是一坪半左右、當作收納室和壁櫥使用的狹窄空間。當然沒有窗戶。家裡的房間除了這裡之外，還有丈夫二·七五坪的書房、六坪的客廳加餐廳、四坪的寢室，以及三坪的西式房間。淑子將像是和室桌的摺疊式小茶几和書櫃放在瓦楞紙箱和衣架的縫隙間，把那間一坪半的房間當作自己的房間使用。唯獨這個狹窄的空間，是能夠保有隱私的地方。她一開始會在寢室看書，但是丈夫進進出出，最重要的是，會聞到丈夫的體臭，心情平靜不下來。三坪大的西式房間是兒子過去一直在住的房間，床鋪和書桌等仍舊保持原樣；東西多而雜亂，不是能夠靜靜看書的地方。

「我從今晚開始，跟波比在這裡睡。」

淑子如此告訴目瞪口呆地看著她的丈夫，關上了一坪半的房間的門。

淑子雖然向丈夫宣告「我要跟波比一起睡在一坪半的房間」，但是立刻明白這不是一件容易的事。首先，沒有空間。她將榻榻米上的瓦楞紙箱堆到牆邊，把桌子和書櫃推到角落，但是爲了躺下來，只能讓身體鑽進吊在衣架上的西裝褲和西裝底下。

爲了讓波比休息所做的準備也是大工程。淑子清洗原本鋪在陽台的人工草皮地墊，鋪在榻榻米上，然後將毛毯攤開在上面，同時放置裝水的容器。還必須清理牠的排泄物。波比即使呼吸痛苦，還是會吃一定份量的飼料，經常喝水。坂木醫生說：因為利尿劑的緣故，牠會頻繁地尿尿。雖說是當作倉庫使用的房間，但要是被排泄物弄髒，不曉得丈夫會說什麼。淑子在便盆鋪上防水墊，還準備了廚房紙巾、塑膠袋，以及除臭劑，以便能夠馬上清理。

頭疼的是，自己的寢具該怎麼辦。沒有空間鋪棉被，淑子決定將毛毯對摺鋪在地上，蓋電熱毯睡。她不在乎寒冷，但是雙腿不能伸直，而且聽見一旁的波比痛苦地呼吸，令她感到痛苦。

「喂，妳認眞的嗎？妳眞的要在這裡睡嗎？」

淑子在餵波比吃晚飯時，丈夫打開門，探出頭來。

「牠生病了。心臟的瓣膜腫大，喘不過氣。」

淑子看也不看丈夫一眼，如此說道。丈夫想說什麼，但是她下定了決心，絕不讓步。

「我會好好清理牠的大小便。」

在動物醫院的停車場遇見愛狗的同好，她說她之前養的西施犬因為一樣的疾病，撐不到一週。淑子一想到「波比說不定明天就會斷氣」，淚水又湧現眼眶。她不想讓丈夫看到淚水，所以一直背對他，但是丈夫遲遲不肯離去。反正他一定會露出錯愕不已的表情。

「哎呀呀。」

淑子聽見丈夫夾雜嘆息的聲音，丈夫接著說了令她無法置信的話。

「眞辛苦。不過是一隻狗嘛。」

不過是一隻狗嘛。淑子聽了大吃一驚，驚訝更甚於受傷、憤怒、悲傷等情緒。丈夫是以怎樣的心情，說出那種話的呢？人怎樣才能變得那麼少根筋呢？淑子啞然無語。而隨著時間流逝，悲傷和憤怒湧上心頭。

「不過是一隻狗嘛。」

令人無法置信的話，清楚地留在耳裡。淑子心想：那個人已經完蛋了、沒救了。她既不想和他碰面，也不想跟他講話；但是她既沒錢，也不能帶著生病的波比，前往位於四國的娘家或兒子身在的越南，所以必須待在這裡。但是，她已經忍無可忍了。淑子霎時心想「要是跟波比一起死掉就好了」，不由得心生畏懼。

「喂，妳差不多一點。要那樣鬧彆扭到什麼時候?!」

丈夫打開一坪半房間的門，語氣像是憤怒又像是困惑地如此說道。淑子沒有回應。

丈夫咂嘴道「搞什麼，眞是的」，關上了門。淑子把自己關在一坪半的房間。除了準備波比的飲食、替牠清理大小便，以及自己上廁所、洗澡之外，沒有踏出一坪半的房間一步。淑子不但不再準備自己和丈夫的餐點，也不再和丈夫用餐。深夜，丈夫就寢之後，她會悄悄地溜出家門，去公寓旁的便利商店買飯糰和杯麵，在波比的旁邊吃。這種狀態已經持續了四天。

淑子自認爲好好地清理了波比的大小便，但儘管如此，封閉的狹小房間內還是充滿了異臭。連她自己也覺得這種狀態不正常，總覺得哪裡不對勁，但不曉得該怎麼辦才好；心想「換作吉田先生，他會怎麼說呢？」，但是波比已經不能走路，所以也不能去散步了。

波比一天比一天衰弱。雖然會吃一定份量的飼料，但是呼吸聲變得越來越粗重、大聲，而且躺不下來，所以以左右張開前腳的姿勢坐著，以無力的眼神目不轉睛地看著淑子。她打電話給坂本醫生，但是他說：除了餵藥之外，沒有其他治療方法，即使來醫院，我也束手無策。

淑子拒絕和丈夫對話，在沒有窗戶的一坪半房間睡到第六天，瘦到肋骨浮現，若和只是喉嚨一直發出粗重的呼吸聲、連吠叫都沒辦法的波比待在一起，經常會失去現實感。晚上無論如何會睡覺，但是白天無事可做，十分痛苦。她心想：要是可以去公園，和愛狗的同好見面，並且下雨，能夠和吉田先生兩人在那個亭子聊天的話，該有多好。但是，波比已經不能走路，所以無法去公園。

和波比去散步時遇到的人們，不明所以地浮現腦海。有銀杏林蔭大道的那一帶，每天一定會有一個人坐在長椅上吃午餐。淑子不曾和他交談，只是從他身旁經過。他大概是在附近的工廠工作，身穿藍色工作服，個頭矮小，頭髮稀疏，感覺陰沉，總是獨自一人。上午十一點半左右，那個人一定會坐在同一張長椅上。餐點八成是在附近的便利商店買的，有時候是裝在盒子裡的生菜沙拉，有時候是加熱的白飯和熟食，有時候是麵包和牛奶。他弓著背，看著遠方，所以感覺像是在忍耐什麼，令淑子好奇：他爲什麼一個人呢？爲何不和工廠的同事們一起用餐呢？即使淑子從他面前經過，他也不會和淑子對上視線。縱然是雨天，他也會將塑膠袋鋪在長椅上，撐傘拿著筷子扒飯。爲什麼會想起那種人呢？

也有男人不管天氣再冷，也只穿短褲。而且不是時下寬鬆及膝的短褲，而是緊貼在臀部和大腿上、偏小而短，簡直像是泳褲的短褲。他牽著的狗是米克斯，但是毛色雪白，十分漂亮，像是在配合牠似地，男人的短褲、襯衫、毛衣、襪子也全部都是白色的。男人年約四十五、六歲，對於一群愛狗人士的聚會不太感興趣，總是一個人走在公園的外圍。他似乎是一旁居家用品中心內手工披薩店的老闆。

淑子只跟那個身穿白色短褲的男人說過一次話。話題令她非常震驚、害怕；是關於一個把汽油淋在丈夫身上，燒死他的女性。

在步道上擦肩而過時，波比對身穿白色短褲的男人牽著的白狗狂吠。波比幾乎不會對其他狗吠叫，所以淑子嚇了一跳，拉扯牽繩，輕聲斥責牠，向男人道歉。愛狗人士之間有一個像是不成文的規定，若是彼此的狗靠近對方，互相和平地嗅一嗅對方的味道，或者互相舔一舔，那會被視爲有禮貌地打招呼，飼主會互相道謝。相反地，若是彼此的狗敵對地吠叫，就必須向對方的飼主道歉。

「噢，不要緊，這傢伙常被其他狗討厭。」

身穿白色短褲的男人面無表情地如此說道，唐突地問淑子：啊，對了，妳看了前一陣子的新聞嗎？淑子一問「什麼新聞？」，男人便說起了有一個女人和丈夫吵架之後，將汽油淋在睡著的丈夫身上，燒死了他。這起命案不是發生在日本，似乎是在中南美洲某個沒聽過的國家。身穿白色短褲的男人一臉認眞地說「眞可怕」，補上一句「我作惡夢時，會覺得內人拿著裝了汽油的塑膠桶，站在床旁邊，接著大汗淋漓地嚇醒」，然後給了淑子手工披薩店的免費飲料券，能夠免費兌換柳橙汁、可樂或咖啡，但是因爲話題嚇人，淑子沒來由地心裡不舒服，把它給丟了。

後來，偶爾也會在公園遇見那個身穿白色短褲的男人，但只是輕輕地點頭致意，沒有交談。爲什麼會想起那種人呢？因爲一個人待在微暗的一坪半房間嗎？淑子考慮就寢，看了枕邊的鬧鐘一眼，才傍晚五點半。白天，在便利商店多買了飯糰，自己的晚餐就以它湊合著吃，但是必須準備波比的餐點。淑子像平常一樣以熱水壺的熱水浸泡固態狗食時，門在背後打開，令她心頭一驚。

「我要去石黑先生家。」

淑子沒有回應。

要去石黑先生家啊？淑子已經對丈夫漠不關心了。她以抹布包住充分浸泡的飼料，擰乾水分之後，移到盤子上，讓波比吃。坂木醫生說：儘量不要給予水分。所以淑子撤掉水盆，讓波比舔浸濕的海綿。波比一面粗重地痛苦呼吸，一面設法進食。淑子一想到牠想要活，便心生憐憫，又熱淚盈眶。

然而，爲何會想起以汽油殺害丈夫的話題呢？如今的自己果然有毛病。她知道隨著波比越來越衰弱，自己的某個部分也越來越衰弱；也知道一直把自己關在這種房間裡不好，但是不知道除此之外，該怎麼做才好。她心想「我或許已經完蛋了」，囿於絕望的心情，但是不知道具體而言，是什麼完蛋了。

我們說不定已經完蛋了。淑子想起經常在公園遇到的一名五十多歲男性如此說道。

他不是愛狗人士，而是個慢跑的人。他會在公園上方的空間，以眞的很緩慢的速度，在兩端往返跑好幾次。每次見面，他一定會對波比說：波比，你好嗎？淑子曾聽他抱怨：那場東京大地震之後，內人害怕得不再外出；她也不去便利商店，總之，她一步也不外出，把自己關在房間，我不能丟下她不管，很傷腦筋。他一面苦笑，一面如此發牢騷，但是後來不久，他低著頭說「我們說不定已經完蛋了」，然後從此消失不見。

淑子知道：一旦有人突然不來那個地方，不知道爲什麼，人們就會聯想到死亡。雖然她理智上知道，說不定他只是在陪不再走出家門的妻子，但是淑子有一種不祥的感覺，彷彿景色中空出了一個人形的黑洞。如今，愛狗的同好也以爲我出事了吧。我已經一週以上沒去公園了。淑子總覺得，自己的某個部分確實死了。思考這種事情的時候，門忽然又打開了。

「喂，妳眞的不要緊嗎？」

淑子聽到應該去了石黑先生家的丈夫的聲音，嚇了一跳，當場一屁股跌坐了下來。她原本以半蹲的姿勢，將含水的海綿遞到波比嘴邊，但是嚇了一跳，好像腿軟了。丈夫剛才告訴她，他要去石黑先生家。淑子總覺得才不過幾分鐘。還是時間感變得有問題了呢？

「你怎麼了？」

心悸猶存，淑子的聲音在顫抖。

「沒什麼，走到門口，馬上又折了回來。」

折了回來？你不想一個人去嗎？該不會在這種狀況下，你還打算邀我一起去石黑先生家吧？淑子的心情變得更加暗淡，但是丈夫說了令人意外的話。

「我很擔心。」

淑子一開始聽不懂丈夫在說什麼。音量大小、語氣都跟平常一樣，但是她無法妥善掌握「擔心」這兩個和之前的話完全不同意思的兩個字，思緒陷入了混亂。

「擔心？擔心什麼？」

淑子畏畏縮縮地如此問道，丈夫說「我可以進去一下嗎？」，已經一腳踏進了一坪半的房間。他蹲在淑子身旁，環顧房間，然後目不轉睛地看著波比，嘟囔了一句「牠好像很痛苦」。

「妳過來一下。」

丈夫抓住淑子的手腕，讓她站起來，想要走出房間。淑子說「你要做什麼？」，試圖甩開他的手，但是丈夫一臉認真地說：拜託妳，跟我來。

「要是待在那種房間，連妳都會生病。」

丈夫如此說道，指了指客廳的沙發。沙發上替淑子準備了枕頭和毛毯，而沙發旁有兩個瓦楞紙箱，丈夫將它們堆得跟沙發一樣高。

「把波比移到這裡吧。」

丈夫如此說道，對淑子微笑。淑子還搞不清楚發生了什麼事。

「妳聽好了。讓波比躺在那個箱子上，妳睡沙發。」

丈夫如此說道，然後說「那，我要去工作了」，走進了自己的書房。淑子心想「究竟發生了什麼事呢？」，目瞪口呆。

「啊，對了。」

丈夫從書房探出頭來，說「我煮了粥，想吃就吃吧」，又關上了門。

「因爲你說，不過是一隻狗嘛。」

粥只是將高湯醬油倒進白飯，打蛋煮成的簡易粥品，但是淑子覺得十分有益於過去幾天只吃杯麵和飯糰的身體。過一陣子，丈夫從書房來到客廳，兩人像是圍著波比似地對話。然而，淑子還無法理解丈夫的改變。他之前對她說了無數無情的話。最無情的是「不過是一隻狗嘛」這句話，淑子不曉得自己因此多麼受傷。

「我的意思是叫妳別勉強，妳是直接按照字面上的意思，解讀了這句話吧？」

明明波比喘不過氣，心臟肥大，受寒會有危險，但是丈夫卻說：牠會掉毛，別讓牠進屋。

「說這種話或許很殘忍，但是和生病的動物待在一起，似乎對人不好。我上網查了，有人的部落格這樣寫到。」

但是，自從波比來到家裡之後，夫妻之間的對話減少，丈夫的態度也變得冷淡。

「那是因爲妳心裡變得只有波比。妳會替牠慶生，卻忘了我的生日，不是嗎？」

確實，淑子數度忘了丈夫的生日。但是，丈夫這幾年也沒有替她慶生；一味誇獎石黑太太，一直無視自己的妻子，老是對妻子冷言冷語。

「妳那樣解讀了嗎？是我不對。」

丈夫向淑子低頭道歉，淑子大吃一驚；莫名地熱淚盈眶。

「妳全部當眞了啊？我是因爲難爲情，只會用那種方式說話。除了難爲情之外，或許也在撒嬌。」

後來，波比大約又活了一個月。淑子和丈夫之間的關係仍然有點僵，但是一起用餐，和波比一起在客廳度過時光，使得兩人稍微恢復了對話。波比簡直像是生命一點一滴地削減似地，身體確實逐日衰弱。不久之後，牠無法進食，最後幾天，將含水的海綿抵在牠嘴邊，牠也無法反應。

波比整個變了，幾乎令人無法想像牠健康的時候。牠瘦削得不成樣子，全身的骨頭全部浮現。別說是走路、站起來了，最後一直俯臥在毛毯上，連坐都沒辦法坐。但是，一到早晚的散步時間，牠或許是知道時間到了，會望向淑子，掙扎著試圖站起來。不過，一旦知道自己無論再怎麼努力也無法挺起身子，就會露出悲傷的表情，想要吠叫地張開嘴巴。然而，淑子只聽得見微弱的混濁呼吸聲，波比連吠叫，或以撒嬌的聲音哀叫都沒辦法了。呼吸變得更加痛苦，數度失去意識。

但是，或許是生命力強韌，淑子輕輕搖一搖波比的身體，呼喊牠的名字，牠就會像是忽然回神似地抬起頭來，睜開眼睛。淑子每次都會心如刀絞，心情變得五味雜陳。淑子心想「原來生物即使虛弱到如此地步，還是能夠保住一口氣」，感到一種類似感動的情緒，同時覺得「如果這麼痛苦，或許永遠安息比較輕鬆」，悲傷地斷念，兩種情緒在心中交錯。

一年將過之際，下起第一場雪那一晚，淑子一如往常地將波比抱到大腿上，輕輕地持續撫摸牠的頭。她原本和丈夫一起在客廳看電視播的電影《鐵達尼號》，但是看到一半，完全看不懂劇情在演什麼。因爲她覺得波比的身體突然變輕了。她無法望向波比。因爲她不想確認波比斷氣了。所以，她的目光沒有移開電視螢幕。如今，她不知道劇情在演什麼、片名叫什麼，甚至連自己在看什麼都不曉得。淑子淚流滿面，一直撫摸著波比的頭。

波比留下的事物

「讓牠躺下來吧。」

丈夫來到身旁，抱起波比，讓牠躺在鋪在瓦楞紙箱上的專用毛毯。淑子呈現失神狀態，丈夫語帶鼻音，眼眶通紅，今她大吃一驚；總覺得像是看見了某種不該看的景象，感到胸口悶得慌。丈夫也哭了嗎？這個人也因爲波比死而感到悲傷嗎？這麼一想，內心險些失去平衡。丈夫讓波比躺在毛毯上之後，一直低著頭，絕不望向淑子。淑子的心情像是原本坐著的翹翹板突然傾斜，變得不穩定，各種情緒紛至沓來，無法思考任何事情。淑子當然也因爲丈夫爲波比哭泣而感到開心，但總覺得他像是變了一個人似地，也感到一股莫名的不安。

隔天，業者來領取波比的遺體；要將牠火葬，埋葬於動物專用的墓地。變成只是骨頭和毛皮、身體僵硬的波比，被放進鋪著毛毯的瓦楞紙箱，周圍擺放著菊花。

「項圈要怎麼辦呢？」

業者如此問道。據說也有許多人會把項圈留在身邊，當作遺物。然而，淑子說「不要了」，無力地搖了搖頭。她不想留下會令自己想起波比的事物。今天一早起床，馬上將波比的餐具和便盆等放進袋子，搬到了公寓的垃圾集中場。唯獨狗屋要當作大型垃圾處理，所以還留在陽台。淑子一看到陽台的狗屋，就會悲傷得難以自已。

過了幾天，淑子的體內像是形成了一個波比形狀的空洞，置身於至今的人生中不曾經歷過的空虛之中。但是，唯獨餐點稍微吃了一些。她在向即使處於呼吸困難的狀態下，也想設法活下去，持續吃飼料的波比看齊。

「這個，如果想看可以看一下。」

淑子提不起勁做任何事，只是坐在客廳時，丈夫從書房探出頭來，遞給她一疊像是文件的東西。那是將丈夫的部落格列印出來的紙張。

「我稍微寫了一點波比的事。我不好意思給妳看，但寫了就是寫了。如果妳不想看的話，也可以不看。」

丈夫遞給淑子一疊A4的紙張之後，又回去了書房。交給她將部落格列印出來的紙張時，丈夫低著頭，不肯和她四目相交。連他自己都說不好意思，看來是眞的難爲情。

淑子擁有自己的電腦，但是E-mail用手機就解決了，所以幾乎沒有在用。她偶爾會上網看中國茶的網站；飼養波比之前，也經常盯著介紹柴犬的網頁，但是後來完全不看了。因爲其他柴犬對淑子而言，根本無關緊要。淑子曾心想「丈夫整天把自己關在書房，部落格裡到底寫了什麼呢？」，只偷看過一次他的部落格。結果內容是針對存款多的中高齡者的行銷方式，盡是一堆專業術語、枯燥乏味的文章，所以她完全不感興趣。不過，丈夫自稱「鄙人」，淑子心想「這是什麼時代的用語啊？」，不禁笑了。

部落格名稱是「高卷幸平的〈銀髮族行銷術〉」，左方的作者介紹欄放著丈夫爲隱瞞頭髮稀疏而戴著帽子的照片。淑子遲疑了一下，但是決定看一看。

「之所以更新遲了，是因爲私人的原因。其實，我家養的柴犬生病，內人在看護牠，鄙人也一直感到痛苦，提不起勁面對鍵盤。狗的名字是波比。六歲的柴犬，前一陣子得了心臟疾病。而前幾天，波比被疼愛牠的內人抱在大腿上，嚥下了最後一口氣，鄙人意識到了非常重要的一件事。

「波比生病之後，日漸衰弱，呼吸好像也很痛苦，瘦削到令人看了於心不忍的地步。但是，波比拚命地想要活下去，和病魔奮戰。無論是看著痛苦的波比，或者看護的妻子，我都很難受。持續了一段痛苦的日子。而波比斷氣時，鄙人年紀一大把卻哭了。我之所以哭，除了是因爲悲傷之外，感動也是原因之一。我覺得波比和死神奮戰，減輕了內人的心傷。」

「波比和死神奮戰，減輕了內人的心傷。」

淑子看到這個地方，忽然覺得眼前變得清晰；覺得原本失焦看不清楚的東西，清楚地出現了輪廓。對越來越虛弱的波比抱持的複雜心情，無法用言語形容。

波比明明虛弱得不成樣子，連站起來都沒辦法，卻還掙扎著想去散步。我看到牠這個模樣，明白了生物即使在呼吸困難的淒慘狀態，還是會尋求對自己而言，重要的事物。波比並非想要給予飼主感動，而在掙扎。牠的身體即使變成了只是在等死，牠還是想去牠最愛的散步，以致基於本能地擺動手腳。所以，淑子確實感受到了什麼。然而，在看丈夫的部落格之前，她無法言明那是什麼。

「我想，不只是鄙人，一定有許多人經常受到『自己究竟是爲了什麼而活』這種無力感襲擊。波比教了鄙人一件事。也許光是展現想要活下去這種態度，就能給予其他人什麼。波比到了末期，無法走路也站不起來，甚至連坐著都沒辦法。但是，因爲牠是動物，所以這倒也是理所當然，儘管如此，牠還是想活下去。牠看起來很痛苦，陪伴牠的內人，好像也一樣痛苦。

「鄙人看不下去，甚至不曉得該對內人說什麼才好。但我想，內人一直看著波比呼吸困難，然後連進食也沒辦法，日漸瘦削、衰弱，她一定也有點希望讓波比從這種痛苦中解脫。」

淑子和波比一起關在一坪半的房間；儘量不和丈夫碰面，也不和他交談。丈夫爲什麼會察覺到那麼多事呢？丈夫寫的內容正確無誤，淑子總覺得他看穿了自己的心聲。波比的病情惡化，連進食、坐著也沒辦法，只能發出粗重孱弱的呼吸聲時，淑子心想：如果這麼痛苦，不如永遠長眠比較輕鬆。

丈夫接著寫到：

「關東下起第一場雪那一晚，波比在內人的大腿上，靜靜地，真的是靜靜地嚥下了最後一口氣。當時，鄙人和內人在看電視播的電影《鐵達尼號》，這輩子大概不會再看《鐵達尼號》了。雖然對不起知名導演——詹姆斯・卡麥隆（James Cameron），但是即使過了五年，不，即使過了二十年，應該都不會再看《鐵達尼號》了。因爲會想起波比死去的那一晚。

「然而，鄙人不禁在心中低喃：波比，這樣你就不用再受苦了。內人應該更強烈地想著一樣的事吧。波比斷氣時，我心想『這樣你就不用再受苦了』，推測內人在悲傷之中，體貼地鬆了一口氣。因此，鄙人無法止住淚水。

「我強烈地切身感覺到：無論是人或狗，即使奄奄一息，或者徘徊在死亡邊緣，還是能夠給予別人勇氣和感動。所以，無論被逼到再痛苦的狀況，還是不能輕易地接受死亡。波比以身教了我這件事。光是想要活下去的態度，不，光是存在，波比就給了我們力量。（雙手合十祝禱）」

「呃，老公，我跟波比關在一坪半的房間時，你爲什麼會知道我的心情之類的事呢？」

淑子將列印出部落格的紙張拿去書房還丈夫時，鼓起勇氣，問了這件事。丈夫沒有馬上回答問題，而是問「妳看了嗎？」，指了指列印出部落格的紙張。淑子說「看了」，點了個頭，丈夫又露出難爲情的表情，說「是喔」，背對著她。淑子心想：啊，這是他平常的表情。丈夫之前冷淡無情的口吻，傷害了她無數次。但是，說不定他只是不好意思而已。說到這個，剛才遞給他列印出部落格的紙張時，他也是一樣的表情。

「因爲我們是夫妻。我覺得，畢竟我們一起生活了幾十年。」

丈夫不看著淑子，依舊背對著她說道。

他應該是想說：就算妳把自己關在一坪半的房間，避不見面，我光憑妳的動靜，就能察覺妳的心情。畢竟，「我們是夫妻」。因爲是一起度過幾十年的夫妻，所以知道。淑子聽到丈夫這麼說，心情變得非常複雜；內心湧現「果然是這麼一回事」的心情，以及「從之前的態度來看，不可能有那種事」的相反心情，讓她理不清心緒。

「我知道了。」

淑子如此說道，想要關上書房的門，但是心想：丈夫讓自己看部落格，必須向他道謝才行。淑子看了部落格之後，打從心裡感到開心。那不是寫給讀者，而是寫給她的。丈夫因爲不好意思當面對她說，所以寫成了文章。淑子想要向他道謝，但是沒來由地難爲情，話說不出口。於是她意識到，之前也有許多這種猶豫，結果躊躇著沒說出口。至今從來沒有想過，坦然說出心情是如此麻煩的事。

「呃，老公。」

淑子鼓起勇氣，如此呼喚丈夫，丈夫依舊背對著她，不耐煩地嘟囔了一句「幹嘛」。丈夫的應對方式依舊令人討厭，淑子心想「換作從前，我應該會在這個當下停止跟他說話，關上房門閃人」，說：部落格的內容，謝謝你。

正要離去時，敲打鍵盤的聲音停止，丈夫轉向她，一臉想不通的表情，目不轉睛地看著她。淑子想要關上房門，丈夫露出了欲言又止的表情，所以她停止了動作。

「哎呀，呃，老夫老妻了，有什麼好謝的。」

丈夫不自然地如此快速說道，依舊一臉錯愕的表情，望著淑子的臉許久之後，重新面向鍵盤。

梅花盛開時，淑子前往居家用品中心購物，忽然心想：繞道去公園一趟好了。天空下著小雨，說不定吉田先生在那裡。波比死了之後，淑子數度開車經過公園旁邊，去附近買東西，但是不願踏進公園一步。

公園裡充滿了和波比的回憶。若是一個人走在公園裡，就會感覺到波比已經不在這個世上。而且會被愛狗人士們問到波比的事。所以，淑子絕對不想去那裡。

爲什麼心情會改變呢？是因爲下雨嗎？難道是因爲想見吉田先生嗎？不過，之前也有過雨天，但是不會想去公園。波比死了將近兩個月。和丈夫之間的關係很微妙。對話確實增加了，而且會外出上館子。淑子總覺得丈夫改變了，但也有些地方和之前幾乎沒有兩樣。

這一、兩個月，石黑先生打電話來邀約了三、四次，丈夫開始會說「妳要一起去嗎？」，確認淑子的時間是否方便、想不想去。淑子拒絕了兩次，覺得對丈夫不好意思，二月上旬，和丈夫一起出門去了，但還是覺得不自在。後來丈夫心情不悅地說「妳如果不想去的話就直說」，兩人之間尷尬了好幾天，所以並非單純地感情變融洽了。

「很難過吧？」

吉田先生看著淑子沒有牽著波比，只是如此問道。除此之外，什麼話也沒說，既沒問「牠什麼時候死的？」，也沒問「牠死的模樣如何？」。莎莉依舊在追一群野鴿，吉田先生用哀愁的眼神眺望著牠。淑子恍惚地心想「早知道會遇見吉田先生，就帶普洱茶來了」時，吉田先生對她說：呃，或許是我雞婆……

「我想，妳應該還沒有那種心情，但如果可以的話，要不要考慮養波比二世呢？」

淑子不置可否地應了一聲「嗯」，她想過好幾次，但覺得暫時沒辦法。

「波比一定也希望妳打起精神來。」

聽到吉田先生如此說道，淑子心想：丈夫會怎麼說呢？於是，她忽然意識到吉田先生常告訴自己亡妻的事，但是自己完全沒說過丈夫的事。

自己一定不想提起丈夫的事。「他的態度冷淡，我總是被他的話刺傷」，這種事怎麼能說。這種事既不該對別人說，吉田先生應該也不想聽別人家的牢騷。家醜不可外揚。而且吉田先生的妻子過世了，但是她的丈夫還活著。無論是何種狀態，夫妻的關係都還持續著。說不定告訴別人，是吉田先生唯一確認自己和亡妻之間的關係的方法。

吉田先生剛才說，波比說不定也希望我養新的狗，打起精神來。但是，吉田先生很矛盾。曾幾何時，他說過：內人的癌細胞轉移到肺部和淋巴時，她對我說「你是個怕寂寞的人，我死了之後，你要找個體貼的人」。

但是，吉田先生沒有再婚。他說：我忘不了她的那句話，反而不想找任何對象。淑子害怕破壞他的心情，但是把心一橫，試著問了那件事。

「妳記得眞清楚。」

吉田先生露出了靦腆的笑容。

「所以，我錯了。我思考了很多多餘的事，我應該會忍不住拿新的對象跟內人比較，而且對再婚的對象也很失禮。但我心想：假如立場倒過來的話，我會怎麼樣呢？我會希望內人只想起我一個人，孤獨過一生嗎？還是希望她笑著過一生呢？答案很明確。可是，欸，到了這個年紀，我已經沒有自信和能量跟其他人從頭來過了。何況我還有莎莉。不過，我經常後悔自己沒有更認眞地思考內人隱忍心痛所說的話。」

淑子問「她是個賢妻吧？」，吉田先生說「不是」，搖了搖頭。

「不是。她既不喝酒，開玩笑又冷，並非光是和她在一起就很愉快的那種人。至於她是個怎麼樣的人，不管跟她在一起多久都不會累，而且光是散步就能度過非常美好的時光。總之，她是一起走漫長人生路的良伴。」

吉田先生所說的「波比二世」，其實不是波比的孩子，而是另一隻新的狗。淑子心想：我會不會忘記波比呢？

「沒那回事。妳之所以悲傷，是因爲波比的模樣銘刻在心上。親密的人或疼愛的狗死掉時，籠罩在令人無法忍受的巨大悲傷之下，確實非常痛苦，那是作爲記憶，銘刻在內心某個部分的必經過程。」

「養狗？妳到底在想什麼？不是才剛經歷那麼痛苦的事嗎？」

淑子老實說自己想養一隻新的狗，丈夫以憤怒的語氣如此問道。他的表情、語氣、說的話都跟她猜想的一模一樣，淑子覺得滑稽，發出了連自己也大吃一驚的笑聲。她心想「丈夫應該又會問我爲什麼笑吧」，聽到一如猜想的話，覺得更好笑，笑到停不下來。丈夫目不轉睛地望著發出笑聲的淑子。

淑子辯解道「我也覺得還嫌太早，只是說看看而已」，然後補上一句「結果你的反應跟我猜想的一模一樣，覺得好好笑」。這是她的眞心話。於是，丈夫露出認眞的表情，說：不，養比較好。他的反應出乎意料。而且令人無法置信的是，丈夫的眼中隱隱浮現淚光。

「妳自己一定不知道，妳這一陣子不曾發出笑聲。如果能夠看到妳像那樣發出笑聲，養狗我也無所謂。我非常贊成。不管養狗、養馬，隨便妳愛養什麼就養什麼。」

淑子內心動搖。她沒想到丈夫會說這種話；覺得和丈夫之間的關係正在改變。她的內心一團亂，擔憂自己能否適應新的關係。她心想：「好，先跟丈夫兩人喝普洱茶吧。喝完茶之後，再思考波比二世的事。總之先喝茶，讓心情平靜下來之後，再重新出發。」

旅行照護員

トラベルヘルパー

源一感到恐懼。他害怕自己會不會就這樣孤獨死去。

關於外婆的回憶

源一一面用唯一剩下的三川內燒茶碗喝在超市特價買的狹山新茶，一面心想「像我這麼愛說話的人受到這種孤獨折磨，到底是怎麼一回事？」，頻頻嘆息。狹山茶在發生東日本大地震的秋天，因爲許多品牌驗出鉋這種輻射物質超出標準值，所以附近的超市宣稱安全，低價促銷，源一得以大量採購。狹山的新茶入口，澀味之後微微回甘，十分美味。而且今年的新茶明明非常安全，似乎還是有許多人避免購買。

源一之所以喜愛日本茶，是受到外婆的影響。她是三重縣志摩町和具這個地方有名的海女。此外，他之所以變得話多，也是受到外婆的影響。源一五歲時，父母離婚，他被託給外婆兩年半左右。因爲母親住進名古屋近郊的旅館工作，好一陣子無法住在一起。父母老是吵架，曾是輕型卡車司機的父親一喝酒就變得暴力。或許是因爲在這種家庭長大，源一變成了非常沉默、內向的孩子。

源一被託給外婆時，外婆已經五十多歲了，但她當然還在出海，是在和具捕獲最多鮑魚的海女。外婆名叫千代（chiyo），海女們稱她爲chiyobana。源一至今仍不明白，chiyobana的bana是什麼意思。當時，和具的漁村沒有幼兒園這種設施，源一從早到晚，一直跟外婆一起度過。外公在四十多歲因病去世，外婆守寡，但是身邊有一大堆夥伴，精力充沛地生活。

外婆五十多歲仍在工作，而且像是超級巨星般的海女，儘管她個頭嬌小，手腳纖細。她很疼愛源一，但是不會一天到晚嬌縱源一，斥責他時，會氣得鼓起臉頰。外婆只有在源一撒謊，或者給別人添麻煩時才會動怒，其他時候都放牛吃草。

「源一，你是男人。可以叨叨絮絮地說個不停。不過，己所不欲，勿施於人。」

外婆只會如此說道，其他事情隨便源一。

外婆從三月到九月的捕魚期間，除了星期日之外，每天一大早出海，主要捕撈鮑魚。操控海女船的船長是男人，他叫做吉本叔，個性忠厚，似乎和外婆搭檔了十多年。潛入海裡的海女和手持安全繩、操控小船的船長似乎大多是夫妻。然而，自從喪夫之後，外婆就一直仰賴吉本叔。

外婆一個人住在海邊的房子。早上，源一和外婆一起去港口，在海女小屋等待海女們歸來。小屋是間五坪左右、有鐵皮屋頂的樸素建築物；有水泥地的房間、廁所和浴室，總是煙霧瀰漫。寬敞的水泥地房間正中央，有一個只以水泥磚圍起來、燒柴的地爐，周圍擺放著涼蓆和坐墊。天花板開了一個連接煙囪的排氣孔，但是沒有通風扇，小屋裡總是燒柴，煙霧瀰漫，刺痛眼睛。海女們出海捕魚之後，海女小屋內也一定有大人。除了源一之外，還有其他海女託管的孩子，海女小屋兼具類似托兒所的功能，所以附近農家的阿姨或退休不再當漁夫的爺爺，會來這裡照顧孩子們。

孩子們禁止擅自離開海女小屋。因爲港口雖然有漁業工會、碼頭和市場，但是靠岸處沒有柵欄，很危險。因此，源一會一直在小屋等候，直到中午和傍晚外婆捕完魚回來。他立刻習慣了煙霧瀰漫，而且阿姨和爺爺總會說一些有趣的故事，所以既不無聊，也不寂寞。

開始和外婆生活，一整天幾乎在海女小屋度過之後，源一的個性變了。而且是某一天，突然改變了。他和父母一起待在愛知縣岡崎這個地方時，沉默寡言又內向。但是來到和具，過了一個月左右時，他一如往常地進入海女小屋，看著從木柴裊裊升起的一縷煙霧，胸口一帶突然發癢，簡直像是機關槍似地，開始對一名熟識、名叫優子的四歲女孩劈里啪啦地說話。

自從那一天之後，源一在和具的海女小屋，突然從沉默寡言的孩子變成了話多的孩子。岡崎與和具的方言不同，所以應該難以聽懂，但是優子和在場負責看孩子的爺爺也沒有嫌他吵，只是笑咪咪地默默聽他說。源一記不清楚自己到底說了什麼。他想，大概是以父母爲主的事。

到了中午，結束上午捕魚的海女們回到小屋，脫下白色襯衫，晾在吊在天花板的竹筒上，一面在地爐旁邊暖和身體，一面嘰哩呱啦地一起說起話來，掩蓋了源一的聲音。

出海捕魚回來時，海女們的能量驚人。源一不知道海女的漁獲量如何，但是被迫感受到她們情緒亢奮。有海女像是用吼的一樣，大聲說她捕到了許多又大又好的鮑魚，也有海女像是大發雷霆似地，抱怨她毫無收穫。感覺與其說是在向對方說話，倒不如說是要撲向對方，但是聽者也不只是默默地側耳傾聽。興奮地說她捕到了許多鮑魚的海女，會被別人吼回去，說「妳只是一時運氣好，小心下午一個也捕不到唷」，而抱怨毫無收穫的海女則被別人嘲笑道「誰叫妳沒有耐性」，這個回應又引發了其他回應，小屋裡充滿了像洪水般的話語，搞不清楚究竟是誰在聽。

源一心想：那種亢奮和活力滲透體內，過了一個月時，心中封閉、累積情感處的門爆破，話語像是水壩決了堤似地奔流而出。

海女們各自打開便當之前，一定會先喝熱的煎茶或粗茶。即使是盛夏，也不會喝冰麥茶，而是喝熱茶。外婆一定會說「喂，源一你也要喝嗎？」，拿著熱茶過來給他，問

「你有沒有乖？」，撫摸他的頭。每次喝外婆拿給他的茶，源一都會心想：待在岡崎時，沒有這種時光。那間海女小屋裡，充滿了人具有的獨特能量。

源一在和具待了兩年左右。母親在名古屋近郊租了一間小公寓，把他接了過去，道別那一天，外婆顯得落寞，淚水撲簌簌地流下。那是源一第一次看到外婆哭泣。後來，源一在暑假一定會造訪和具，而他回名古屋的那一天，外婆會休息不出海捕魚，到車站目送他，然後又一定會流淚。

母親因為原本沉默寡言的兒子個性變了，大吃一驚，但是對於他變開朗了，打從心裡感到開心。源一轉學到名古屋近郊的小學，因為在和具曬得黝黑，所以同學們會嘲笑他這一點，但是他絕對不會心情低落。他覺得自己全身充滿了包含外婆在內的海女們的能量，無論是動口或動手，他都不會輸。

父母離婚後，和父親見面的次數少到數得出來。他是貨車司機，一喝酒就會變了一個人，但是本性穩重。離婚後，父親住在岡崎，數度開輕型卡車來見源一，讓他坐在副駕駛座，在附近兜風。父親每次都會跟母親發生口角，不久之後，上了國中時，父親就完全沒有現身了。源一一問起父親的事，母親的心情就會變差，所以不知不覺間，想見父親的心情逐漸淡去，然後幾乎忘了他的存在。

但是，源一之所以成爲卡車司機，肯定是受到父親的影響。當時，無論是轎車或卡車，汽車非常少，是自行車和兩輪拖車在未鋪柏油的道路上往來的時代。

離婚前，父親會騎著輕型三輪車，運送食品和衣服等各種物品。雖然是貨運公司所有的輕型卡車，但是父親以開車爲傲。坐在副駕駛座時很爽快，若是在路上和朋友擦身而過，源一就會感到驕傲。

父親也是沉默寡言，但是開車時，他一定會說同一句話。父親的口頭禪是「運送什麼有其意義」，感覺像是說給自己聽的，而不是在對兒子說。

無論是物品或人，使其移動都非常重要。鞋子和衣服堆在倉庫裡也沒用，但若運送、擺放在店裡，就會產生價值。我的工作就是搬運。它非常有意義。

源一一面心想「結果，我之所以成爲卡車司機，大概也是因爲老爸的那句話滲入了內心深處」，一面吃著便利商店買來的通心麵沙拉和味噌煮青花魚。天色漸漸黑，所以從茶換成了燒酒。源一住在東京都內一棟木造灰泥的狹窄公寓其中一間套房。三坪和一坪半的房間各一，加上巴掌大的廚房。到了夏天，源一就已經六十三歲了。他終究覺得不妙。只剩下少得可憐的存款，或許該找更便宜的地方了。

目前失業中，之前不是正式員工，所以年金有等於沒有。從前的公司偶爾會找他去打工開卡車。任職時關照他的大學畢業年輕車輛調度員，是個意外聰明的男人，後來晉升至專任董事。司機不夠時，他會優先給源一工作，但是源一體力上已經不能開大型卡車，也不能跑長程了。他知道自己的極限是開八噸卡車，一天往返五百公里。這讓他累得要命。堆棧板很輕鬆，但若棧板業者讓他堆貨或卸貨，隔天就會累趴，爬不起來。

六十歲之後，被公司裁員了。表面上是基於健康這個理由，其實是除了宅配之外，陸上運輸的工作持續減少，而且無法就職的年輕人考取中型貨車駕照，一湧而入，造成司機過剩。源一試了好幾次宅配的打工，但是實在不適合。他覺得，在狹小的地區轉來轉去，配送小包裹，欠缺當司機的迷人之處。陸上運輸司機的迷人之處，原本就是自由。源一喜歡「走自己的路」這種感覺，但是宅配的工作量大，沒有自由的時間。

假如是女人的話，他想變成海女。如今，源一認眞地如此心想。

一般人一定認爲，海女是一份辛苦的工作。從三月到九月幾乎毫無休息地出海，捕魚期間結束時，似乎會瘦好幾公斤。外婆專門捕撈深海處，所以說她會瘦八到十公斤。冬季期間，她會在珍珠養殖場工作，或者在家後方的小田耕作。但是，外婆在捕魚期間，經常一天賺好幾萬圓。海女的工作遠比陸上運輸的長程司機更公平，能夠獲得鮑魚或蠑螺的賣價的八成。漁業工會拿百分之五、船長拿百分之十五，剩下的全歸海女所有。

外婆應該賺了不少，但是她並不買衣服或鞋子，說到嗜好，頂多是偶爾到市區打小鋼珠，還有一個月到漁業工會附近的鎮民活動中心一次，和認識的海女一起吃壽司。外婆享壽八十七歲，但是令人無法置信的是，她出海到八十五歲，似乎比任何人捕到更多鮑魚。丈夫比她先走，但是她有無數的夥伴。海女們彼此是競爭對手，但也是非常親近的朋友，彼此之間有一種住在都市的人無法理解的獨特友情。

源一如今仍然清楚地記得。上午捕魚完回來的海女們，會在小屋打開便當，所有人會互相分享菜餚，沒有人例外。外婆也會替年幼的源一做便當，但是所有人將便當傳來傳去，所以根本不知道究竟在吃誰的便當。

從那之後，源一沒有看過感情那麼好的一群人；從那之後，源一不曾遇過那麼溫暖的氣氛。

黃昏之戀

源一從當地的高中畢業之後，先任職於名古屋的貨運公司，然後來到了東京。雖然母親反對，但是他無論如何都想去東京。國中時，奧運在東京舉辦，全日本陷入瘋狂。當時，東京這個專有名詞幾乎是希望的同義詞。高度經濟成長時，名古屋貨運公司的薪資也不錯，但是源一想搭乘新幹線前往東京，走在新宿、澀谷和銀座，奔馳於東名高速公路和首都高速公路。名古屋也是都市，但是東洋的美女喜極而泣、日本選手在體操項目中連續使出超C（Ultra-C）級難度動作、阿比比・比基拉（Abebe Bikila）跑完馬拉松的地點不是名古屋，而是東京。

源一在東京任職的第一間公司，是位於品川的小貨運公司，過了幾年，因爲石油危機後的大蕭條，說倒就倒。後來就職於相當有名的大型公司，考取大型貨車駕照，和在公司裡擔任行政人員的年輕女性結婚。女性才二十歲上下，容貌和智慧都是「中下」。他之所以結婚，是因爲上司建議，以及他一心認定「男人過了二十五歲就該結婚」。

日本擺脫不景氣，公司急速成長，基本薪資加上佣金，能夠賺得比大學畢業的上班族更多，但是工作和婚姻都不長久。工作穩定，幾乎在固定的時間上班，主要替電氣產品批發商配送商品至零售店。但是不知不覺間，從一樣的地方將貨物運送到一樣的地方，變得痛苦。源一覺得在運送什麼的感覺越來越淡。或許是因爲每天反覆做一樣的事，沒有身爲司機的自由度，公司內的氣氛也變得有點乏味，源一覺得「這麼一來，跟一般的上班族沒有兩樣」。辭去工作之後，和妻子之間的關係在轉眼間惡化。妻子原本說「我第一次遇到像你這樣說話風趣的人」，離婚時，丟下一句「我已經受夠了你的多話」。婚姻生活才持續了八個月，當然也沒有生孩子。

後來，源一換了幾間公司。然後，進入位於東京都內、花小金井這個地方的貨運公司，被委任跑長程，但是源一認為那一陣子不是自己的黃金時代。

從七〇年代末期至八〇年代，泡沫經濟瓦解之前，是他的人生巔峰期。平均睡眠時間五小時，以民用無線電和夥伴盡情談話，以大音量放最愛的荻野目洋子的卡帶，開大型卡車從鹿兒島跑到青森，年收入遠遠超過五百萬圓。當時，要是努力存錢，或許就不會年逾花甲，還一個人住在這種破公寓，每晚吃便利商店窮酸的現成食物，喝便宜的酒，也不會畏懼孤獨，愛喝多少好茶就喝多少。

錢主要花在喝酒、玩女人，以及打小鋼珠等吃喝玩樂。有一陣子沉迷於賽艇。一切都只是虛擲金錢。退休之後，過沒多久就缺生活費，無論做什麼都要花錢，無可奈何之下，前往二手書店，從古代小說開始，看了各種書籍。源一覺得「只要一百圓就能度過一天，眞是太棒了」，有生以來第一次感受到知識增加的喜悅。

自從開始看書之後，覺得茶變得比以前更好喝了。泡著特賣會買的茶，在代替和室桌的小茶几上看書，是源一如今唯一的樂趣。假如不把錢花在喝酒、玩女人和打小鋼珠，從三十年前就像這樣看書的話，人生一定會變得不同。開長程卡車時，人生璀璨耀眼，源一並不後悔，但是感到遺憾。過去蠢事做盡，一年換一個女人，假如當時像現在一樣好好看書，說不定就能培養知識和素養，甚至再婚，有了孩子，如今兒孫滿堂，過著幸福的晚年。

源一心想，我只不過是個話多的老頭子罷了。他的話很多，在小酒屋很受歡迎。交往對象幾乎全是特種行業的女人。他是個開朗風趣的人，一開始討人喜歡，但是說話沒有內容，所以不久之後，女人就聽膩了，有的人啐道「你能不能閉嘴一下」，有的人酸道「別老說一樣的話」，關係便畫下了句點。

源一越想越覺得至今的人生過得很愚蠢，但之所以不後悔，大概是因爲他覺得自己身爲卡車司機，度過了美好的時代。

如今的卡車司機很慘。若不是排斥在固定的時間，繞行固定的地區，配送幾乎固定的貨物，源一大可以在配送宅配等固定路線的貨運公司工作。但是，能夠獲得自由度這個迷人之處，以及一逕行駛於道路上的快感的中長程卡車司機們，正在瀕臨危機。自從泡沫經濟於九〇年代瓦解之後，就出現這個趨勢，時代明顯改變了。總之，這二十年來，運費幾乎沒變。確實，業者因爲法規鬆綁而增加，陷入了過度競爭也是運費沒變的原因之一，但源一認爲，不只是因爲如此。

大部分深夜行駛於高速公路和一般道路的卡車，都是所謂的包租車，隸屬於中小貨運公司。源一也是長年任職於包租車的貨運公司。中小貨運公司並不會直接和發貨人交易。發貨人底下，一定有原本承攬的貨運公司（大包），然後大多有二包。而問題在於二包底下，俗稱「水屋」的貨物處理仲介業者。水屋會實際分派哪家公司的卡車運送哪些貨物。所以，三包、四包無法和發貨人交涉運費，如果不仰賴水屋，就接不到工作。

源一不太記得，水屋的勢力是從什麼時候開始抬頭的；聽說有許多歷史悠久的貨運公司變成水屋的案例。出現了超級市場、便利商店，以及家電、家具、衣服、鞋子等的量販店等，從前不存在的零售業型態，物流量像是天文數字般地增加，發貨人的數量、種類也隨之增加，和從前不可同日而語。爲了處理這些貨運需求，必須要有水屋，但是水屋變得強勢，運費能砍多少就砍多少，所以沒有最低運費，只有更低運費。

如今，開四噸卡車，從關東跑到關西，多少錢呢？大概四萬圓上下吧。距離是六百公里，當然不含高速公路的通行費。若是扣掉高速公路的通行費和油錢，大概只剩一半（兩萬圓），這是貨運公司的應得收益；充當司機的薪資、車輛檢查等費用、行政費用，這個金額實在不會產生利益，所以無論如何都必須超載或超時工作，卡車司機總是被迫面對警察開單和生命危險。

低薪資和超時工作的惡性循環，不只發生在長程貨運業界。計程車業界也是一樣。法規鬆綁使得新司機加入，引發過度競爭，司機的薪資大約降至從前的六成，唯獨工作時間持續增加。長途巴士也是一模一樣，司機載著大批乘客，幾乎沒有小睡片刻地一個人開巴士，引發重大車禍。沒有再次引發車禍反而令人不可思議。

源一完全不懂。日本明明應該遠比三、四十年前富裕，但是錢卻沒有落到底層的人手上。春季要求提高工資的抗爭中，大型工會也對經營高層言聽計從，這一陣子，薪資完全沒有調漲。非但如此，在業績不佳的家電廠商，不斷颳起裁員風暴。大型廠商都這種情況了，中小企業的員工、派遣人員、打工族等的悲慘程度更是超乎想像。

源一如今對於未來毫無指望，但是覺得自己在美好的時代工作，在對的時間點離開了職場。只有看過泡沫經濟瓦解之後的世代，或許會覺得這種糟糕的工作環境是理所當然的，但是對於見識過經濟高度成長和泡沫經濟的人而言，會覺得宛如地獄。明明人口逐漸減少，但是大多數的勞工卻苦於低薪，尋找便宜十塊、二十塊的便利商店便當，尋找廉價的居酒屋，哪怕是便宜一塊也好，從一開始就放棄了美食、美酒。

源一或許是擺脫不了從前的感覺，自以爲是地一心認定凡事船到橋頭自然直，至今一直逃避去思考未來的。今後該靠什麼活下去呢？總覺得總有辦法填飽肚子，不會餓死。存款幾乎等於零，年金也沒多少，而且體力變得相當差，若要找宅配承攬公司的計時打工，倒也不是沒有工作。問題倒不是三餐，而是這種無法排遣的孤獨感。

源一想要溫情。他不時會打電話給從前的司機夥伴聊天，但是退休之後，大家分散各地。有故鄉的人大多回去了。話說回來，一群上了年紀的男人聚在一起喝酒，一點也不有趣。源一只是感到寂寞，心想：我想要的果然還是女人。這是他的結論。前前後後已經六年左右，沒有和女人交往了。

梅雨季剛好結束時，發生了一件令他覺得「說不定這就是人生轉機」的事。存款金額低於五十萬，源一心想「差不多得下決斷了，看是要開始做宅配的打工，或者尋找更便宜的公寓，否則這樣下去的話會完蛋」，但是依舊過著只看書、喝茶、吃便利商店食物配燒酒這種無所事事的日子。那一天也是爲了避梅雨季過後的酷暑，一大早就前往西武線的小平站前，一面在小巷的咖啡店吃當作早餐的吐司，一面看松本清張的推理小說，打發時間。

他幾乎快看完《零的焦點》，心想「差不多該補書了」，前往位於車站後方的二手書店。那是一家古早的雅致二手書店，自稱前大型出版社編輯的八十二歲老人獨自一人經營。如果去東村山或花小金井，就有BOOK OFF之類的新連鎖二手書店，但是除了書之外，還有賣DVD和電玩軟體等，那種店的商品五花八門，令人心情浮躁。

「好熱唷。眞受不了。」

源一一面如此說道，一面走進店內。那家店掛著「島田書店」這面招牌，二・五坪大，右邊是烤雞肉串店，左邊是洗衣店。年邁的老闆一面用水管灑水降溫，一面清掃店門前，冷淡地應道「夏天當然熱」，笑也不笑一個。店頭堆積著令人懷疑這種東西究竟誰要看、幾百年前的作家的文學全集和厚重的辭典，以及寫眞集和畫集等。店內左右兩邊的牆壁和中央各有書櫃，除了小說、散文的精裝本、文庫本之外，還排放著鐵路、登山，以及象棋、圍棋的書籍和雜誌。往內側走去，擺著放著舊得嚇人的黃色書籍，有一部分陳列在玻璃展示櫃內，其中也有一本兩萬圓以上的高價雜誌。那是昭和三、四〇年代（一九五五－一九七四）的色情雜誌，源一曾問過「這種東西賣得掉嗎？」，但似乎有客人大老遠地專程跑來買。

源一在尋找松本清張的文庫本時，聽見了那個女高音的聲音。

「你好。天氣完全變熱了耶。」

清脆的嗓音悅耳動聽。

老闆聽到「天氣完全變熱了耶」這句招呼語，獻殷勤地笑道：眞的，已經熱到受不了了。源一心想：這傢伙眞是兩面人。我對他說「好熱唷」時，他看也不看我一眼，冷淡地應道「夏天當然熱」，但是聽到女人說一樣的話，就一個勁兒地傻笑道「眞的」，簡直像是從前在零食店前面的點頭人偶「Peko醬」一樣，笑咪咪地頻頻點頭。

老闆給人感覺整個人乾癟癟的，但他果然也是個不折不扣的男人。源一看到發出女高音般清脆美妙嗓音的女人，心想：也難怪身爲男人的老闆會眼睛爲之一亮了。她的芳齡約莫五十歲上下，沒有令所有人回頭看的花稍外表，而是鵝蛋臉、身材纖纖、五官清秀，如果待在小酒館，肯定是會受到大叔們壓倒性支持的容貌。她身穿有花紋的連身裙，赤腳穿著涼鞋，手撐白色陽傘，彷彿從從前的日本知名電影中走出來的女人，令源一吁了一口氣。

「堀切小姐，妳要的文庫本來了唷。」

年邁的老闆畢恭畢敬地引領女人進入店內。源一心想「她姓堀切啊，不知道名字叫什麼」，心蕩神馳地眺望女人的臉，老闆彷彿在說「喂，閃邊」，撞了源一一下，把他推到角落，從書櫃上取出一本文庫本。書名是《砂之器》。源一心想：太棒了。原來姓堀切的女人喜歡松本清張。就交集點而言，完美無缺。而且，既然她會來這種二手書店買二手書，應該可以當她是升斗小民。源一偷偷地察看她雙手的手指，所有手指上都沒有戴戒指。雖然沒戴戒指不代表未婚，但是並非不好的跡象。

源一也把手伸向書櫃，發現老舊的KAPPA NOVELS版的《眼之壁》，開心地高喊：噢～終於找到了！

「哎呀，這本連圖書館也沒有。大熱天特地跑來，總算沒有白跑一趟。」

《眼之壁》仔細地包上塑膠套，價格是三百九十圓，略微偏高，但是想到這是和女人之間重要的交集點，源一覺得很便宜。

源一拿著《眼之壁》，心想：該怎麼做呢？姓堀切的女人已經支付了《砂之器》的書錢。上下集的二手文庫本訂價三百二十圓，老闆依舊一臉諂笑的表情，收下女人遞出的五百圓硬幣，找給她兩枚百圓硬幣。不是在內側的收銀檯，而是在書櫃前面結帳，源一心想：老闆八成是不想讓女人看到色情雜誌那一區吧。女人將《砂之器》放進偏大的白色皮包，像是在尋找有沒有其他中意的書似地，望向書櫃。

源一硬著頭皮，小聲地說「也算我便宜一點嘛」，老闆說「少胡說八道」，搖了搖頭。源一後悔地心想「早知道有這種邂逅的話，就穿得更體面一點了」，但是爲時已晚。他身穿在百圓商店買的T恤、牛仔褲，以及鞋底磨損的涼鞋，一身的行頭糟透了。不過話說回來，源一心想「好美啊」，目不轉睛地看著女人，突然和她四目相交。她八成是感覺到了源一的視線。源一連忙別開目光，但是令人無法置信的是，女人輕輕地點頭致意，對他微笑。

源一嚇了一跳，不知道該作何反應才好；感覺自己的臉頰變紅了。要是打招呼回應就好了，但是他丟人地驚慌失措，勉強擠出了像是皮膚在抽搐般的僵硬笑容。源一心想「可是，爲什麼她會對我微笑呢？」，眞的好久沒有心頭小鹿亂撞了。仔細想想，除了特種行業的女人之外，他不曾和正經的女人交往過。日復一日，結束配送回來，一家接一家地去常去的酒館報到，把酒當水喝，然後老練地挑選愛玩的女公關，帶她去深夜營業的烤肉店或KTV，看準時機勾引對方上床，以十次成功一次的機率去賓館開房間。

搞不好我意外地是她的菜。這麼一想，心情像是一盞水晶吊燈在腦海中點亮。有女公關說：源哥，你是少見沒有變成歐巴桑的大叔耶。她是一個三十多歲，年紀可以當他女兒的可愛女人。據那個女人所說，不知道爲什麼，最近的大叔不用說，連年輕男人也會在轉眼間變成歐巴桑。

據那個年輕女公關所說，像SMAP這種天團的成員也漸漸變成了歐巴桑。

「草彅剛和中居正廣相當久之前就像歐巴桑了，最近連木村拓哉和稻垣吾郎也有變成歐巴桑的危險，香取愼吾也有危險。變成歐巴桑男人的特徵是，感覺很適合穿圍裙，驚人的是，放浪兄弟當中，也有好幾個人變成歐巴桑了。去日曬沙龍或蓄鬍子也沒用，藏不住的。冰川清志從一開始就變成歐巴桑了。」

源一問「妳覺得男人爲什麼會變成歐巴桑呢？」，那個年輕女公關應道「因爲進入了守勢」，她說菅原文太是少數的例外。他已經年近八十歲了，但是相貌和眼神都拒絕變成歐巴桑。說到菅原文太，就會想到他主演的《卡車野郎》。實際上並不存在那種卡車司機，但是源一經常去看電影。

據那個年輕女公關所說，不知道爲什麼，源一免於變成歐巴桑。他的長相和體格並非男人味十足。眉毛不濃密，眼神也不嚴肅。連他自己也覺得，自己相貌平凡。體格算是肌肉結實，中等身材，而且小腹稍微凸出。不過，「進入守勢」這種說法眞妙。意思大概是人生中該守護的事物越來越多，生活方式變得保守。源一心想「我確實沒有任何該守護的事物」，莫名同意。

源一沒有家人、房屋、財產，沒有半樣該守護的事物。而且當了卡車司機將近四十年，不是在企業組織底下維生，而是靠自己的本事討生活。近來，或許這種男人少了。而那個姓堀切的女人，搞不好喜歡沒有變成歐巴桑的男人。源一看著從有花紋的連身裙底下露出、形狀姣好的細長美腿，如此心想，感覺內心湧現出一種像是希望的情緒。當然，他十分清楚那是渺茫的希望。但是，毫不起眼的六十歲男人也需要希望。源一心想：一般來說，那種美女對我抱持好感是不可能的事，然而正面思考也很重要。

源一為了讓姓堀切的女人聽見，提高音量對老闆說：島田先生，你之前說的貨物，我可以替你運送唷。從前，老闆曾經拜託源一：高田馬場的出租倉庫裡堆放著大量的二手書，你能不能開卡車替我載過來？源一一問報酬，老闆說「十本松本清張的文庫本」，因為報酬低得不像話，所以不予理會。老闆聽到源一在做搬運的工作，誤以為他擁有自己的卡車。源一虛榮心作祟，沒有予以糾正，只以忙碌為藉口，拖延正面回應。但是，今天的情況不一樣。必須讓姓堀切的女人知道，自己是正港男子漢，是卡車司機。

老闆一臉錯愕的表情，說「你突然哪根筋不對了？沒錢啃」。

「哎呀，雖說是一堆二手書，大概也不到十噸吧。我想，四噸卡車就夠了。你也知道，我專門開十噸卡車跑長程，遲遲喬不到四噸卡車，但是最近可能喬得到。所以我想幫你一個忙，就以十本松本清張的文庫本做交換，怎麼樣？畢竟平常受到你的照顧。」

老闆不討喜地嘀咕道「我才沒照顧你」，依舊一臉「想不通源一哪根筋不對了」的表情。

「什麼時候？你什麼時候肯替我運送？」

實際上，源一壓根兒沒有打算運送二手書。一疊疊的二手書重得要命，是最糟的貨物。再說，他已經沒在做運送的工作了。必須避免約定日期。

「嗯，我喬到四噸卡車之後，再跟你聯絡可以出車的日期。最近少量的貨物增加，所以像我們這種專開大型卡車的長程卡車司機，要喬到四噸卡車意想不到地麻煩。你能諒解吧？」

才說近日能夠喬到四噸卡車，馬上又說了矛盾的話，但是那不重要。源一說到「專開大型卡車的卡車司機」時，故意提高音量，將視線轉向姓堀切的女人；感覺她一臉「哇，好帥氣」的表情，看著自己。

「那麼，你是看了電影版囉？」

女人的全名是堀切彩子。兩人坐在青梅大道旁的美式餐廳，彩子喝著叫做「天堂熱帶冰茶」（Paradise tropical iced tea），令人快要咬到舌頭的飲料。

走出二手書店時，源一試著邀她「要不要去喝點涼的？」，緊張到心臟差點炸開，但驚人的是，彩子隨口應道「哎呀，好啊」，爽快得令源一目瞪口呆。附近沒有雅致的咖啡店，在酷暑之下走在青梅大道上，因爲太過緊張，源一數度差點走到一半，一屁股跌坐下來。二手書店的老闆一臉羨慕地目送兩人，源一大聲說「我會好好替你運貨」，揮手道別。但是，老闆無視於他的道別招呼語，把不悅寫在臉上，回去了店內。源一看到他的背影，心想：多麼悲哀的老人。

「嗯，我是看電影版的。」

源一覺得自己的說話方式好像變了，喝了一口啤酒，原本心想「大白天就喝啤酒，要是她覺得我沒教養怎麼辦」，霎時感到不安，但光是面對面坐在美式餐廳的座位上，心臟就怦怦跳，只能靠喝啤酒，讓心情平靜下來。話題是《砂之器》，源一還沒看小說，但是看過電影。從前電視上播過好幾次，源一覺得那是部非常灰色的電影，不太喜歡。正職是卡車司機的時期，他只看黑道片或動作片，不太想看書。但是，這種事不能讓彩子知道。因爲他是卡車司機，做著男人中的男人的工作，而且愛看書。

「哎呀，這部電影很有名，對吧？我沒有看過，果然很感人吧？」

源一心想「其實我不太記得了」，但是這句話說不出口。孩子跟著罹患痲瘋病的父親在各地流浪那一幕，令他印象深刻，但感動倒是其次，他反倒心想「這有點奇怪」，感到疑惑。父子漫無目的地走在雪花飄落的寒冬街上，源一心想：要是穿那麼少，走在那種地方，鐵定馬上就會動彈不得，凍死街頭。但是，這種話也說不出口。

「是啊。有一幕是罹患痲瘋病的父親和孩子互相依偎，走在看得見寒冬的海，大雪紛飛的地方，我覺得自己彷彿身歷其境，覺得全身都凍僵了。」

源一心想：幸好我天生話多。他使用文雅的用詞時，連自己都覺得噁心，但是設法掩蓋了過去。然而，他心想：如果不快點結束《砂之器》這個話題，遲早會露出破綻。

「哎呀，我越來越期待看這本小說了。」

源一有生以來第一次和用詞遣句典雅的女人交談。感覺彷彿置身於從前的日本電影中，啤酒的酒意舒服地上身。他想聊一聊《零的焦點》，但轉念一想，自己還沒看完，於是作罷。他看完了《點與線》、《黑色畫集》、《波之塔》，但是沒有自信能夠機靈地訴說。畢竟，對方是用詞遣句宛如貴族的女人。

但是，儘管要改變話題，源一也不知道該說什麼才好。總覺得不能問「妳結婚了嗎？」、「妳在工作嗎？」這種私人的問題。對方是小酒館的女人時，源一可以滿不在乎地劈頭就問「妳有男友嗎？」，或者說「三十歲之後，好像一個月不做愛，大腦就會生病」，但是現在回想起來，感到毛骨悚然。

「你是長程卡車的司機吧？」

源一在尋找話題，坐立不安時，彩子針對職業詢問他。他心想：老實說我已經退休了，應該比較好。但是，剛才在二手書店，說了自己如今在開十噸卡車之類的話。

「是啊。不過，我已經六十多歲了，沒有在開全程。公司為了顧及高齡司機的健康，工作量減少了許多。」

一旦年逾六十歲，出車日會減少是眞的。

「哎呀，這工作非常辛苦吧？」

彩子一面喝天堂熱帶冰茶，一面如此問道。她含著吸管的櫻桃小嘴非常可愛。

「確實很辛苦，但是我很自豪。」

源一心想：我終於說出了帥氣的話。

彩子「哇～」地驚呼，源一總覺得：她的表情亮了起來。說不定是自己擅自認定，但源一寧可認為：她確實對「自豪」這兩個字有了反應。

「自豪，是嗎？」

彩子如此問他，源一心想：果然如此；原本小口小口地啜飲啤酒，突然心情大好，一口氣喝完半杯左右，小心語氣別變得自以爲是，靜靜地說「是啊」，開始滔滔不絕地說起話來。

「雖說是自豪，呃，但感覺和宅配的電視廣告不太一樣。我覺得，『我們會用心配送您的重要貨物』這種台詞，與其說是親切，倒不如說是一種人道主義。物流是連結生產與消費，甚至可以比喻爲在全身循環的血液。我常聽父母說，二戰後不久，全日本鬧飢荒。那麼，包含米在內，什麼食物都沒有嗎？事實並非如此，所以人搭乘像是在擠沙丁魚的列車，前往農家購買非法的米。糧食或許不足，但是並非一點也沒有。缺乏的是物流。」

源一心想「她會不會覺得這種話題很無聊呢？」，略感不安，出言相問，彩子說「哎呀，哪會，沒有那回事」，輕輕地左右搖了搖玉指纖纖、形狀姣好的手，源一受到鼓舞，講得更加眉飛色舞。

「人們最近常說。比起經濟成長，還有許多更該做的事，像是糧食自給自足。眞是太奇怪了。總之，日本不產石油，必須向國外購買。買石油需要錢，如果沒有石油，就無法從產地運送糧食。東京的糧食自給率好像是百分之一左右。所以，要是物流停止，大家在轉眼間就會陷入飢荒。」

彩子說「哎呀，眞糟糕」，又使用一樣的感嘆詞，將形狀姣好的手抵在可愛的櫻桃小嘴上，瞪大了細長的眼睛。正職是卡車司機的時期，源一說不出這種話。當時，他的話題盡是週刊雜誌上的新聞或性愛。忍耐孤獨讀書總算有了代價。人生中，凡事都是意義的。

「但可悲的是，自豪的卡車司機減少了。」

源一眺望美式餐廳的窗外，演出落寞的表情，以感慨萬千的語氣如此說道。

「我們大多在承攬的中小貨運公司工作，現狀是運費能砍多少就砍多少，我們開卡車只爲了掙一口飯吃。從前有一陣子，賺得比大學畢業的銀行員更多，但那已經成了南柯一夢，如今吃不飽、餓不死，不是想開卡車而開，而是被迫開卡車。該怎麼說呢，因爲公司追求效率吧。我覺得，一味追求效率的世界有待商榷。」

彩子曾是小學老師。她說，她年逾五十歲之後不久，因故退休了。她的年紀應該是五十出頭。走出美式餐廳時，源一趁著喝啤酒的醉意，畏畏縮縮地問「我們可以再見面嗎？」，彩子語氣開朗地應道「當然可以」，源一差點忍不住高舉雙手，大喊「萬歲」。他總覺得突然問手機號碼不禮貌，就說「該怎麼跟妳聯絡呢？」，彩子遞給他一張寫著E-mail的便條紙。不是手機號碼，而是電腦的E-mail。源一沒有電話，但是因爲工作關係，會使用手機的E-mail。

源一老實地說：我不太使用電腦。彩子說「哎呀，我也是」，傾斜陽傘，嘛嘴「呵呵呵」地笑了。源一心想：她爲什麼告訴我不太使用的電腦的E-mail呢？

「哎呀，你不覺得這個年紀不太使用電腦，有點丟臉嗎？」

不過，源一覺得她眞常說「哎呀（ara）」，告訴她這件事，彩子說「那是我的口頭禪」，又「呵呵呵」地笑了。源一想起從前一個零食廣告的玩笑話，說「那麼，我叫妳阿拉好了」，彩子又發出愉快的笑聲，差點笑彎了腰。

源一決定今後以E-mail和彩子通訊，決定見面日期之後，約在島田書店碰面。因爲彩子說，她家在二手書店附近。

「我現在沒辦法硬撐，也不跑長程了，但幹勁十足地活躍於長程貨運業時，欸，譬如下午三點離開公司，去老客戶那裡把貨堆上車，然後依運送地點、貨物、工作人數而定，大約會花兩、三小時。從前，司機是不用堆貨的，上游業者一般會遵守這種不成文的規定。或許該說是講義氣，當時還有那種公司。如今，司機根本被當狗使喚。大部分的貨運業者都是大型貨運業者的外包公司，要是上游業者要求堆貨或卸貨，根本無法拒絕。如果拒絕的話，貨物就不會再外包給你，所以只好對上游業者唯命是從。

「因此，三點出貨的情況下，大多要等到五點半或六點左右，才能出發前往目的地。假設目的地是神戶。這也是從前美好時代的事，目的地是關西的話，當然是走高速公路。但是如今，只有夜間車才會支付高速公路的通行費，所以如果六點出發，就要走一般道路。一般道路唷。半路上，要花一小時到一小時半吃飯、小睡片刻，所以抵達交貨地點，大概是隔天早上七點左右，一大清早還沒有半個人上班，所以要就地等候，八點開始卸貨，這又要花快兩小時。然後為了將回程運送的貨物堆上車，欸，譬如載貨地點是京都或大阪，又要開車過去。卡車運送是以堆貨運送計價，所以要是空車回來，就會賠錢。

「分派回程貨物的也是上游業者，所以卡車司機在他們面前抬不起頭來，必須唯命是從。下午一點左右，抵達堆貨地點，就地等候到輪到你為止。這個時候，我會補眠。堆貨完畢大多是傍晚六點左右。因此，又要走一般道路，譬如前往神奈川。半路上，用餐、小睡片刻，有時候會去洗澡，休息三到四小時，隔天早上抵達目的地。然後回到車庫，又從下午出發前往堆貨地點，傍晚堆貨完畢，晚上七點左右先回車庫，回家睡幾小時，然後深夜十二點，譬如出發前往東北。反覆這種日子。」

彩子完全沒有露出厭煩的表情，仔細聽著他說。

源一和彩子以E-mail通訊，在島田書店碰面，一樣前往青梅大道旁的美式餐廳，依時間而定，有時候喝茶，有時候吃午餐。彩子沒有告訴他手機號碼和簡訊信箱，所以採取先寄一封E-mail到她的電腦，內容是「明後天有空嗎？」，等待她的回應，再確認日期和時間這種做法。源一心想：如果知道手機號碼的話，就能打電話給她，迅速確實地約她，但是彼此都有一定年紀了，或許這種慢步調的應答比較適合。每天講電話，或者打電話之後馬上見面，感覺有些粗糙、猴急，說不定彩子不喜歡那樣。

彩子大多當個聽眾，佩服地點點頭，毫不厭煩地附和，然後眞是很常笑。兩人大致上會以兩週一次的頻率見面。源一其實每天都想見她，但是忍耐住了這股慾望。相對地，他懇求從前熟識的車輛調度員分派工作給他，這一個月積極地跑了四趟。雖然是開八噸卡車，往返名古屋或關東圈的輕鬆運送，但是作爲零用錢不無小補，第三次約會時，源一第一次請她吃午餐，從此之後，源一開始自然地支付餐費和飲料費。

「最近，工作如何？」

「你有嗜好嗎？」

「你家在附近嗎？」

進入美式餐廳，點完餐點或飲料之後，彩子會笑咪咪地詢問這類的問題。她大多身穿以白色或米白色爲基調，有花紋的淡色連身裙或裙子。源一覺得她總是秀麗高雅。她似乎喜歡陽傘，每次都會拿著不同樣式的傘出現。七月下旬，陽光變得更強烈之後，彩子還會替他撐傘。源一作夢也沒想過，到了這把年紀，還能和貌美如花的女性一起撐傘步行。他心想，這或許是人生的轉機。

「我已經這把年紀了，工作大多是開中型卡車。距離也大多是比較近的地方。」

實際上，除了已經退休之外，關於工作，源一沒有撒謊。

「至於嗜好嘛，我喜歡看書和喝茶。」

第四次約會時，彩子問到嗜好，源一如此回答，彩子露出了意外的表情。那是一個大熱天，最高氣溫三十六度，兩人共撐一把傘，走到常去的美式餐廳，點了常點的飲料。

「哎呀，喝茶？喝哪種茶呢？」

彩子問他喝哪種茶，源一起先不太懂她的意思。他除了日本茶之外，幾乎不喝其他茶，所以沒有想到茶除了日本茶之外，還有紅茶和中國茶等。

「妳問我喝哪種茶，就是一般的粗茶。手頭寬裕的時候，哎呀，我很少手頭寬裕就是了，會喝新茶或玉露。」

源一如此回答，彩子一副「原來如此」的樣子，一面高雅地微笑，一面將頭傾斜至微妙的角度，頻頻點頭。源一心想「我又不是在說什麼了不起的話」，不敢相信有女人會如此絕妙地讓說話者心情愉悅。

「堀切小姐，妳眞是令人吃驚。妳是個令人無法置信的好聽眾。」

源一不是在拍馬屁，而是發自內心地如此誇讚道，彩子說「因爲我和孩子們在一起將近三十年」，露出了懷念從前的表情。但是，除了曾是老師之外，彩子隻字不提私人的事。即使約過幾次會，源一仍舊不曉得她是否結婚了。而源一在不知不覺間，開始擅自認定她單身。雖然不是頻繁地見面，但是男女單獨面對面約會，源一覺得已婚的女人不適合做這種事，而且應該沒辦法這麼做。

「你從以前就喜歡日本茶嗎？」

源一想提起外婆的事，「海女」這兩個字來到了喉嚨，但是作罷。他在和具的海女小屋度過童年的過程中，從內向寡言變成開朗多話，進而愛上了日本茶；不知道爲什麼，這件事他說不出口。倒不是因爲「海女」這個職業見不得人。彩子一定會懂海女的好。儘管如此，不知爲何，源一還是不想聊到外婆。

「是啊。我從小就喜歡茶。但小時候，我不是老成的小鬼唷。我很頑皮，但是喜歡茶。是個喜歡茶的皮蛋。」

源一沒有提及外婆，只是如此回答，把話題換成了三川內燒的茶碗。

「我對陶瓷器不太了解，但是比起有名的有田燒，我更喜歡佐世保市的三川內這個地方製作的瓷器。不過，有田燒的確很棒。柿右衛門、源右衛門等，個個都是國寶級的。還有唐津、伊萬里，那一帶似乎是日本瓷器的發源地。三川內燒雖然不比有田燒有名，但該怎麼說呢，或許應該說是沒有了不起之處，感覺低調，而且白瓷清麗，上頭有眞的很淡的青色美麗圖案或花樣。那應該說是青色，還是藍色呢？顏料似乎是一種叫做吳須的氧化鈷，釉藥會和它產生化學反應，變成妙不可言的高雅青色玻璃般的東西。我從前開長程卡車，去九州西邊的時候，大多會順道前往三川內。當然，我買不起太貴的。我只有幾個茶碗，兩、三個茶壺，但是一將新茶或玉露倒進三川內燒的茶碗，淡綠色的半透明液體在茶碗內側的純白白瓷裡像這樣搖晃，感覺很好。我這麼說很奇怪，但是三川內燒的藍色和妳給我的感覺有點像。我不太會說，可是眞的很像。感覺淡淡的，但是很強烈。外表低調，但是外表背後好像隱藏著什麼重要的事物一樣。」

源一說得起勁，發表長篇大論，彩子驚呼「哎呀，這樣啊」，露出了靦腆的笑容，但是源一覺得她的笑容有點不對勁；心想「現在的情緒是什麼呢？」，感到詫異。她的笑容並非不自然，感覺也不是硬擠出笑容，而是跟平常一樣清爽的微笑，但總覺得她的微笑背後有一種像是陰影般的東西。源一心想：她是對我的哪一句有反應，露出了陰鬱的一面呢？

祕密敗露

秋老虎也終於結束，開始吹起徐徐秋風，和彩子約會，對於源一而言，漸漸從人生的轉機變成希望。約會地點總是常去的美式餐廳，也一起共進晚餐了兩次。晚餐時，彩子稍微喝了一點紅酒，說「好久沒喝了」，臉頰染上一抹紅暈。

除了她端正的五官、楚楚可憐的身影，以及像是從前日本電影女星般的高雅說話方式之外，還有許多吸引他之處。當然，還有愛看松本清張的小說這個共同的嗜好，而且源一覺得，老是在同一家店約會，她卻不會抱怨這一點也很難得。確實，附近沒有其他雅致的店家也是原因之一。車站後方的二手書店周圍，只有居酒屋、拉麵店、烤雞肉串店或酒館，車站周邊的咖啡店或餐廳有許多年輕人或帶著孩子的家庭主婦，令人心情無法平靜。

源一記得至今的約會次數、對話內容，以及彩子每次穿的衣服等，所有約會相關的細節。他倒是不曾穿過一百零一件西裝外套，第二次約會開始，他會身穿有衣領的襯衫、一般的棉質西裝褲，而不是牛仔褲或工作褲，腳穿唯二的皮鞋，而不是涼鞋。源一自有一套對衣服表示敬意的方法。

一共約過九次會，其中兩次是共進晚餐，餐點是漢堡排、薑燒豬肉，而且附上湯品和沙拉，可以說是套餐。午餐大多是吃三明治、披薩或咖哩飯等簡餐，飲料幾乎固定是天堂熱帶冰茶和啤酒。

總之，彩子絕對不會要求要吃壽司，或者說「今天想吃中菜」、「想去東京都中心，吃義式餐廳的精緻料理」。九次約會都在同一間美式餐廳，實在沒有情趣，但源一認爲：更重要的是兩人見面，以及交談。場所、菜餚和飲料是其次。彩子一定也這麼想。因此，即使每次都是同一間店，她也總是露出一樣的笑容。

但是，第十次約會時，發生了異常情況。

到了十月下旬，乾爽的秋風吹在身上，感覺遍體舒暢的季節。兩人一如往常地以E-mail互相聯絡，約在島田書店碰面，但是彩子遲到了四十分鐘左右，還是不見身影。至今的約會，她不曾遲到過。源一不知道她的手機號碼，即使想以E-mail確認，也是寄信到她的電腦，無法緊急聯絡上。

「怎麼了？被放鴿子了嗎？」

老闆一面用掃帚把店頭的落葉掃在一堆，一面竊笑地挖苦道。源一最近不太買二手書，一面翻閱八百年前的雜誌，一面等待彩子現身，一見面馬上前往美式餐廳，所以老闆心裡頭應該不是滋味。而且，源一頗久之前說要開卡車替他運送二手書，但是之後什麼也沒做。老闆一開始會死纏爛打地問他「什麼時候替我運送？」，但知道源一沒有眞的要運送的意思之後，再也不說什麼了，即使源一對他說話，他也經常裝作沒聽到。

「我告訴你，我不想多嘴，但是你最好別陷入太深。那麼漂亮的女人單身，一定有隱情。你的錢遲早會被掏空。」

源一心想「這老頭講話眞不中聽」，感到火大，但令人不甘心的是，老闆的話具有說服力。源一本身見多了特種行業的女人純粹的部分，以及狡猾的一面。女人覺得他是個意外有趣的男人，也會說他很體貼。正職是卡車司機的時期，他會喝酒喝到早上，在賓館和女人大戰一場之後，睡三小時左右，然後跑長程。他覺得，自己算是玩夠本了；所以知道，身爲遊戲人間的人，他有一定的市場，但其實並不怎麼受歡迎。當時，他沒有基本的素養，所以女人馬上就對他感到厭倦，立刻就看穿了他是個輕浮、愛玩的男人。

而且，儘管多少增添了素養，但已經六十三歲了；這是原本應該有孫子的年紀。雖然只是單純地在美式餐廳見面，但源一自己心裡其實一直覺得，像彩子這種美女，怎麼可能會跟自己這種糟老頭交往。

「抱歉，我遲到了。」

源一在思考這種事時，彩子正好遲到一小時，身穿米白色的針織衫現身了。

源一看到彩子後，鬆了一口氣，但是馬上被一股不祥的預感包圍。彩子之前都會準時現身，令人懷疑她搞不好是在附近一帶等候。源一之前爲了目擊她準時現身那一刻，起碼提早了二十分鐘，在二手書店等候。這種固定的程序一被打亂，人就會變得不安，心生不祥的預感，而棘手的是，這種預感大多會成眞。

「呃，可以借一步說話嗎？」

彩子皺起眉頭，促請源一稍微離開二手書店。她大概是不想被老闆聽到他們的對話。

「因爲發生了一點狀況，我想停止見面了。或許用E-mail告訴你就好了，但我覺得那樣未免太過失禮，所以決定像這樣當面告訴你。」

源一心想「果然是這樣啊」，莫名地接受了。不過，源一莫名地欽佩，心想：相較於之前特種行業的女人，彩子親自跑來傳達心意，所以至少她是誠實的。但是因爲事出突然，源一還是感到沮喪，眼前變得一片漆黑，有些重心不穩；心想：究竟發生了什麼事呢？難道不能告訴我不能再見的原因嗎？

「如果說明原因，會給你添麻煩，所以如果可以的話，我希望你體諒我的苦衷，可以嗎？」

瞭解原因，爲什麼會造成我的困擾呢？源一心想「這段感情已經走不下去了」，但若就此道別，永不相見，或許會因爲寂寞攻心而振作不起來。源一說「我不太清楚會造成我的什麼困擾，但如果可以的話，我希望妳告訴我原因」，彩子一動也不動地低著頭，閉眼良久，露出了像是在忍耐什麼的表情。她那痛苦的表情十分迷人，包覆在膚色絲襪底下的小腿微妙的曲線令人心蕩神馳，剛才抱持的戒心消失得無影無蹤。

「是嘛。我知道了。雖說是原因，其實只是丟人的小事，那麼，我們走吧。」

彩子如此說道，邁步走向看得見變黃的銀杏行道樹的青梅大道。

兩人一如往常地進入美式餐廳，一如往常地點了天堂熱帶冰茶和啤酒。女服務生記得兩人，討好地笑道「天氣終於變涼了耶」。源一心情緊張，感覺自己的臉頰泛紅了。

「我希望你答應我。」

即使飲料來了，彩子也沒有拆開吸管的封套，依舊一臉嚴肅的表情。源一心想：答應什麼？

「我接下來要說的事，其實不可告人。所以，我希望你只聽我說，別多問。」

源一一頭霧水；心想：我到底該作何反應才好？

「其實，我在幾年前離過婚，前夫欠了一筆債，而我是他的保人。不是全額，而是一部分，但也是一筆不小的金額。前夫也是老師。他是個老實人，但人越老實，越脆弱。他在高中同學的勸誘之下，一頭栽進了期貨，才半年就陷入了無法自拔的狀態。我之前怕丟臉，說不出口，但我之所以辭去教職，也是因爲那件事傳開了，我也在學校裡待不下去。如今，我在池袋一個實在不可告人的地方，當女公關。我實在沒資格跟你見面。不過，你說話風趣，讓我忘了現實，所以接受了你的好意。這才是我的眞實模樣。你的心意令人感到愉悅，我越想必須告訴你實話，越是無法老實說。所以我想，我們見面就到今天爲止。眞的很抱歉。」

彩子深深地低頭致歉之後，想要從座位起身。源一心想「搞什麼鬼，到頭來，這個女人也在從事特種行業嗎?!而不可告人的店是怎樣的店?!色情的店嗎？她在賣身嗎？」，心情變得鬱悶，總覺得從某處傳來「就這樣跟她道別！否則會惹禍上身！」這種聲音。但是，源一以連自己也感到驚訝的溫柔語調，說「欸，請稍微冷靜下來」，制止了彩子站起來。

彩子剛才說的話，爲什麼會造成我的困擾呢？源一只想到了一個原因。

「呃，這樣或許很失禮，但我可以問一個問題嗎？」

彩子依舊低著頭，點了個頭，但是不知道爲什麼，眼眶泛淚。

「什麼問題？我希望你讓我儘早告辭。」

彩子以粉紅色的手帕拭淚。

「堀切小姐，妳不用客氣。我也已經快退休了，所以拿不出大筆金額，但二十萬，不，三十萬的話，我可以設法籌出來借妳。」

源一從至今的對話研判，彩子顯然是爲錢所苦。她坦白說出自己在不可告人的店當女公關，肯定像遭受千刀萬剮一樣痛苦，源一心想「進一步跟她扯上關係，恐怕不妙」，心中掠過一抹不安，但擔心再也無法遇見這種美女的心情，更勝於擔憂。因爲跑了幾趟中程的打工，所以存款勉強維持在五十萬圓。如果三十萬的話，應該能夠設法借她。聽到錢的話題的瞬間，彩子吊起眼梢，瞪大眼睛地看著他。

「妳眞見外啊。我以爲我們是無話不說的交情。」

源一覺察到對方的心情，故作輕鬆地擠出笑容，如此說道，於是彩子的表情變了。她以可怕的目光瞪視源一，然後面露冷笑，低頭道謝，就此一聲招呼也不打地離開了餐廳。源一心想「原來她不是要討錢啊？」，對於自己的愚蠢感到氣憤，但是事情已經無法挽回了。他茫然地拿起啤酒杯，喝了一口，但是食不知味。

在那之後，源一就聯絡不上彩子了。他不知道寄了幾百封道歉的E-mail。然而，彩子毫無回應。源一試圖安慰自己：這樣也好。他告訴自己「她眞是個可怕的女人，我差點被騙了，她露出本性，所以跟我斷絕關係，我得救了」。但是不管怎麼想都不合理。假如彩子打算騙他的話，源一提起錢的話題那一瞬間，她會氣憤地從座位起身嗎？如果拿得到錢，目的就達成了，但是彩子卻動怒了。

源一越想越覺得莫名其妙；心想：彩子爲什麼突然坦白那種事呢？會給我造成困擾是怎麼一回事呢？在池袋一家不正派的店工作是眞的嗎？對她而言，我到底算什麼呢？而令人無法置信的是，自從和彩子聯絡不上之後，源一失去了食慾。身體產生不了吃的動力。從前無論任何情況下，他都不曾喪失食慾。離婚之後、母親過世之後，寂寞和悲傷都打垮了他，但是不久之後感到飢腸轆轆，赫然回神，自己已經吃了什麼。但是如今，雖然將熱水倒進杯麵，蓋上蓋子，但是之後恍神地杵在原地，過了一段時間之後，突然回過神來，把泡爛的泡麵丟掉，一再地反覆這種情形。

源一心想「得吃點什麼才行」，去便利商店買了低卡路里營養膳食餅乾「Calorie Mate」回來，咬了一口，但是簡直像是將破布塞進喉嚨。他也不想泡茶，久而久之，也不想外出了。晚上，稍微吃一點花生或魷魚絲等下酒菜，喝啤酒或廉價威士忌，爛醉如泥地鑽進被窩，兩、三小時之後，感覺非常不舒服地醒來，然後無法入睡。既沒洗澡，也沒更換衣服，身上開始散發出異臭。

源一感到恐懼。他害怕自己會不會就這樣孤獨死去。除了啤酒、威士忌、下酒菜和Calorie Mate之外，沒吃任何東西，身體毫無力氣，總是搖搖晃晃。有一次，他心想「這樣下去的話，腦袋會有問題」，想去淋浴而試圖起身時，一陣暈眩倒下，眼角被桌角撞出了一道傷口，感覺溫熱的鮮血滴在臉上。於是，當他用手按住傷口，忍耐疼痛的過程中，意識到自己完全誤會了；心想「我一直在自欺欺人」，於是情緒紛亂，淚水湧現，號啕大哭了起來。源一心想「我想再見她一面，我想聽到她的聲音、看到她的臉，即使因爲她，把我的人生搞得一團亂也無所謂，總之，我想見到她」，像幼童般不停哭泣。

源一之前一直告訴自己「幸好跟她分手了，要是跟那種女人進一步交往的話，事情一定會變得很嚴重」，但終於察覺到自己在自欺欺人。一旦承認「我現在也想見到她，如果沒有看到她的臉、聽到她的聲音，我一定會活不下去」，便痛不欲生，彷彿胸口快要破裂，但不可思議的是，他感覺自己一點一滴地恢復了力氣。

源一一面照鏡子，一面清洗傷口，輕輕地以面紙擦拭傷口之後，貼上了OK繃。鏡子裡，映出自己明顯的白鬍子亂長，臉頰瘦削。源一心想：什麼德性。雖然因爲傷痛而終於拾回了自我，但是自己尋求離去的女人時，簡直像小鬼般哭泣，如今仍胸口悶得慌。滿臉白鬍子亂長的六十多歲男人，宛如失戀的高中生一樣，源一終於意識到女人的分量有多大，因而茫然自失，杵在原地。心想「因爲太過痛苦，所以我不想承認事實」，告訴自己分手是正確的，試圖自欺欺人；但是和自己眞正的心情互相矛盾，於是內心失衡，連飯也吃不下。

我得想辦法再和那個女人見一面才行。我不曉得她坦白的內容是否一切都是真的，但可以確定的一點是，她並不想向我討錢。二手書店的老闆說彩子「有隱情」，那大概是對的。老闆還說「你的錢遲早會被掏空」，但這是錯的。我說要準備錢的當下，她憤然起身，而且從此斷絕聯絡。即使退一百步，她的憤怒是演出來的，假如她想要錢的話，應該會想再跟我見面。

源一一面吃杯麵，一面思考如何和彩子見面、交談的方法。需要的是住址。只要知道住址，他有一個至今試過兩次，每次都見效的點子。那是長程卡車司機才辦得到的示愛方式。關於住址，只有那間二手書店的老闆有可能知道。但是就算知道住址，那個老頭也不可能告訴他。源一低喃道：沒辦法，只好替他從倉庫運送二手書了。

源一懇求車輛調度員的十天後，車輛調度員分派一趟到群馬的近程工作給他。源一沒有休息地開四噸卡車，賺取時間，回程前往高田馬場的出租倉庫一趟，裝載一疊疊的二手書。八個瓦楞紙箱，以及十幾疊只以繩索捆綁的二手書，意外地少，而且出租倉庫準備了手推車，所以堆貨比想像中更輕鬆。把四噸卡車還回花小金井的公司車庫之前，前往小平的二手書店一趟，代替腰不好的老闆，卸下所有的貨，搬進店內。

「我依約替你運送了，拜託你告訴我她的住址。」
開始颳起了初冬的寒風，但是源一因爲卸貨而渾身濕透，而且剛運送完畢，處於亢奮狀態，所以氣勢十足的說話方式，連他自己都嚇一跳。老闆面向收銀檯，拿著一張紙回來。彩子之前曾來賣藏書，老闆似乎留著當時的收據。
「我想再問一次，你不會想要闖進她家，做出什麼違法的事吧？」
老闆緊握著抄寫住址的便條紙，一臉擔憂的表情。源一心想「這傢伙到底以爲我是個怎樣的人？」，面露苦笑。
「我只是要帶禮物去見她。我都這把年紀了，不可能當跟蹤狂吧？」
老闆終於把紙條遞給了他。
「還有，你保證你不會說，你是從我口中打聽出她的住址吧？」
源一說「不會，謝啦」，正欲離去時，老闆又從背後對他說：你最好適可而止。
「你別怪我囉嗦，但你最好不要跟那種女人扯上關係。當成她讓你作了一場美夢，這樣就好了吧？」
源一沒有回頭望向老闆，敷衍地應道「好啦，我知道了」，點了點頭，沒有發出聲地嘀咕「我跟你不一樣，我還老當益壯」，坐上了停在道路旁的四噸卡車駕駛座。

源一說「如果可以的話，最好是星期天晚上，借我十噸卡車幾小時」，塞了一張萬圓紙鈔給車輛調度員，拜託他。十月也結束了，源一終於借到了卡車，但不湊巧的是，十噸卡車似乎都出車了，所以變成八噸卡車。源一心想「哎，湊合著用吧」，決定妥協。看在外行人眼裡，應該差不了多少。重要的是外觀拉風的大卡車這種感覺。

源一數度從地圖確認了彩子住的公寓所在地點；從新青梅大道稍微轉進通往小平靈園的道路旁。公寓叫做「楠木莊」，簡直像是出現在描繪昭和三〇年代漫畫中的公寓名稱，源一心想「她住在寒酸的地方啊」，莫名地心安。假如是高層公寓，計畫的效果就會降低。八成是木造灰泥的兩層樓建築，頂多是三層樓的公寓，而且房間是一〇三號室。源一心想：不管怎麼想都是一樓，太棒了！

拿著蛋糕和花束，晚上開卡車造訪女人，這是源一的必殺計畫。源一之所以選擇星期天晚上，是因爲他不知道彩子從事特種行業或色情行業，但無論她從事哪一種行業，晚上應該都不用上班。

「阿源，我教你一個妙招。假如有中意的馬子，就開大型卡車，晚上帶著花束和蛋糕去見她。如果可以的話，要穿西裝。我曾經打蝴蝶領結去見女友，失敗機率百分之一百。」

資深員工如此說道，源一執行了兩次，第一次成功地直接上賓館，第二次時，女人也感動地抱緊他。近距離看到的卡車氣勢十足，女人一定會驚訝。而且瀟灑健壯的男人打開車門，帶著花束和蛋糕盒下車。這可不是所有男人都做得到的事。唯獨卡車司機才做得到，又man又浪漫的示愛方式。

確定借得到卡車那一天，源一將唯一留下的一套西裝和白襯衫拿去乾洗。咖啡色的西裝外套和西裝褲超過二十年了，設計上多少感覺老舊，而且因爲變胖了，所以白襯衫的第一個釦子扣不起來，但是一穿上，立刻精神抖擻。

於是，那一晚來臨。源一仔細地洗澡、刮鬍子，繫上唯一留下的一條花紋領帶，翻出十年前買的、瓶底只剩下一點的古龍水，大量噴在脖子上，用髮雕整理頭髮，捧著白天準備的一束玫瑰花和巧克力蛋糕的盒子，出門去借八噸卡車。

「你今天怎麼了？」

新人時，請他去吃烤肉或帶他去喝酒、熟識的車輛調度員，看到出現在公司用地內的源一，瞠目結舌。因爲源一穿西裝、打領帶，頭髮set過，而且胸前抱著一束玫瑰花，手上提著蛋糕盒。

「嗯，有點事。」

源一心想「這身打扮果然很奇怪嗎？」，心情不安了起來。陳年古龍水有點混濁變色，變得像是廁所芳香劑般的怪味。髮雕也是頗久之前買的，也發出奇怪的味道。源一心想「時尚或香味不是什麼大問題，重要的是男人的心意」，不以爲意，但是看到車輛調度員的表情，亢奮的心情動搖了。

「呃，或許是我多管閒事，源哥，你該不會是要去馬子家吧？」

髮量變得稀疏的車輛調度員一面遞出卡車鑰匙，一面對他豎起右手的小指。源一接過鑰匙，走向停在車庫右邊的八噸卡車，難爲情地應道：欸，是啊。

「呃，我不好意思說，但是你的那條領帶有點……」

領帶怎麼了嗎？藍底的布料上頭畫著白色的百合和橘色的扶桑花。雖然不是名牌，但是源一很中意。花樣很怪嗎？

「現在沒有人打那種寬版的領帶了。請等一下。」

車輛調度員當場卸下自己的領帶。

源一說「喂，不用了，我打這條就可以了」，但是車輛調度員說「拿去」，將卸下的領帶遞給他。那確實是細版的，一比之下，源一的領帶比它寬了一倍有餘。他不知道領帶的寬窄會依時代而有所不同。因爲包含婚喪喜慶在內，繫領帶的機會數得出來。

「謝啦。」

源一卸下花紋領帶，繫上車輛調度員的灰色和粉紅色相間的條紋領帶。確實有現代感。車輛調度員笑著說：帥唷，這樣一定能夠虜獲美人芳心，加油！源一心想：這傢伙眞是好人。

「那我走了。我三小時，不，兩小時後就回來。」

源一按下鑰匙上的按鈕，解除門鎖，先將花束和蛋糕放在副駕駛座，然後上車。那是鈴木的最新車款，外觀也很氣派。電鍍水箱罩、電鍍擾流板和保險桿一體成型、後照鏡和輪圈中心蓋也電鍍成銀色，閃閃發光，而且感覺沉穩。車頭燈是超強光鹵素車燈，配備能夠確認後方的倒車監視系統，而且安裝了告知障礙物的聲音警示器。源一心想「他替我準備了超讚的卡車，而且還借我領帶」，不禁紅了眼眶。

「楠木莊」近在咫尺；位於小平靈園正東南方的住宅區裡。順著小金井大道北上，在新青梅大道左轉的話，八成幾分鐘就會抵達，不需要汽車導航。如果只是把花束和蛋糕交給她，然後說「改天再見吧」，應該用不著兩小時，只要半小時就夠了。但是，在新青梅大道左轉時，「搞不好事情不會進展得那麼順利」這種不安成眞了。道路太窄，八噸卡車開不進去。而且是連續的L形彎，若不數度反轉方向盤，就會無法過彎。而且還是宅配卡車行駛的時段，這一帶又是住宅密集地區，所以頻繁地會車。當然，要直接會車是不可能的事，所以必須尋找會車的地點。源一焦躁不安，頻頻咂嘴，口出惡言。

已經過了將近四十分鐘，但盡是L形彎，不能刮傷鈴木的新車，所以煞是費神。而且一有車停在路邊，就必須繞道，遲遲抵達不了「楠木莊」。源一擅長一面忍耐睡意，一面行駛在高速公路或國道上，但是八噸卡車完全不適合在住宅區開。越來越煩躁時，一輛沒開燈的自行車突然從電線桿後面衝了出來，險些將它捲入車底，源一急踩剎車。於是，放在副駕駛座上的花束和蛋糕盒向前彈飛。花束沒事，但是蛋糕盒力道相當強地撞上儀表板之後，盒底朝上地掉在地上。

源一停下卡車，想要輕輕地撿起蛋糕盒時，轎車從後方逼近，囂張地按喇叭，令他快發飆了。源一打開車窗，探出頭來，正要扯開嗓門怒吼時，勉強保持了形象。但是，蛋糕摔爛了。源一拿起盒子，知道蛋糕全擠在一個角落，爛成了一團。他漸漸感到一股不祥的預感，數度告訴自己要冷靜。

「楠木莊」就在眼前時，已經是出發的一小時後，晚上九點了。果不其然，那是一棟木造灰泥的兩層樓舊公寓，源一悄悄地接近確認，但是一〇三號室的燈光依舊沒開。不在家啊？源一感覺全身乏力。連星期天也上班嗎？假如從事特種行業或色情行業，回來的時間很晚。源一跟車輛調度員說好了兩小時後歸還卡車。超過三小時就糟了。開夜間卡車的司機要出車，而且那個車輛調度員信任源一，爽快地調了最新的八噸卡車，還借他領帶。源一不能讓他難做人。然而，假如今晚見不到彩子，接下來不曉得何時才能借到卡車。源一將卡車停在能夠看見「楠木莊」的鐵工廠用地內，決定等三十分鐘。

源一嘆了一口氣，正打算放棄，想要發動引擎時，一個眼熟的背影映入眼簾。對方雖然背對他，但是有花紋的裙子浮現在街燈下，緩緩地朝前方步行。

彩子身穿有花紋的裙子、羽絨夾克，從左前方的轉角現身，一開始只有她的背影浮現在街燈放射狀的光線中。蛋糕摔爛了不能用，所以源一只拿著花束，想從卡車下車時，察覺到彩子不是一個人。因爲街燈昏暗，而且源一死盯著裙子的花紋，所以剛才沒有看到彩子正前方的東西。

那是一張輪椅。它穿越道路時，源一清楚地看見車輪，知道上頭坐著一名頭向前癱軟的男子。彩子沒有進入公寓，而是在面向公寓的道路上，不停地看著手錶，另一隻手撫摸坐在輪椅上的男子。

男子身上蓋著覆蓋全身的毛毯，一動也不動。頭髮垂落在臉上，所以看不清楚年紀，但是既非孩子，也不是老人；應該和彩子同一輩。大概是有人打電話來，彩子從口袋掏出手機，一面說什麼，一面望向道路的另一側。

不久之後，出現車頭燈，一輛白色廂型車靠了過來，停在兩人前面。機械聲響徹附近一帶，後門敞開。然後身穿白袍的男人從駕駛座下車；和彩子互打招呼，源一隱隱聽見「那麼」、「麻煩你了」的聲音，男人將輪椅推上廂型車的後車廂，又傳來機械聲。大概是輪椅專用的升降裝置。後門關上之後，男人又和彩子對話，坐上了駕駛座。廂型車發車，正好從源一開的卡車旁邊經過、離去。彩子眺望廂型車離去的方向好一陣子，然後朝公寓邁開腳步。

坐在輪椅上的男子一定是她前夫。源一總覺得像是看到了不該看的東西，對於自己輕率地帶著花束和蛋糕來見她，感到羞恥；不知道該怎麼辦才好，姑且發動卡車的引擎，離開了鐵工廠的用地。

經過「楠木莊」前面時，看見一〇三號室的窗戶亮了。源一心想「該就這樣不發一語地離去嗎？」，無法抑制想要看她一眼的衝動。他想要向她道歉；於是將花束放在副駕駛座上，前往公寓，但要從門口進去終究令人遲疑，所以以指尖輕輕地敲了敲一〇三號室的窗玻璃。耳邊傳來「來了，哪位？」，源一緊張得心臟快要炸開，鼓起勇氣出聲說：堀切小姐，我是下總。他的聲音在顫抖。

毫無回應地過了半晌，源一心想「還是就這樣回去吧」，想要從建築物離開時，窗戶忽然打開，彩子探出頭來。一開始，她一臉像是無法置信的驚訝表情，然後低聲問「有什麼事？怎麼了嗎？」，露出了夾雜悲傷和憤怒的駭人神色。

「抱歉，呃，我想向妳道歉。然後，碰巧知道了妳的住址，明知晚上拜訪很失禮，但真的只想跟妳說一句對不起。」

彩子打斷他的話，靜靜地說：我要報警囉。源一聲音顫抖地繼續說「哎呀，我真的只想向妳道歉」，但是窗戶以玻璃快裂掉的氣勢關上。源一心想「完全結束了」，後悔今晚的所有行動。假如不是跟車輛調度員借的，他恐怕會扯下領帶撕碎。他沒有力氣開卡車，有生以來第一次想死。

「我嚇了一跳。你看到我丈夫了吧？他罹患了肌痛性腦脊髓炎，又叫做慢性疲勞症候群的難治之症。那不同於一般的慢性疲勞。他於二十年前發病，當初不知道病名，身體只是越來越虛弱，從十年前開始，幾乎臥床不起，我一個人無法看護他，所以讓他住進了療養院。這種疾病在國際上被分類為神經類疾病，但是在日本卻備受歧視，連殘障手冊都領不到。我對你撒了謊。請你原諒我。不過，請你別再做那種事了。夏天的那些日子，是美好的回憶，我不能再跟你見面了。永別了。」

死亡崖邊的救命菩薩

源一不知道看了那封E-mail幾百次。他寫了好幾次回信，但是無法按下傳送鍵。他恨透了自己；心想：希望一點也不剩了。彩子並沒有當前夫的借款保人。她丈夫罹患了難治之症，住進了療養院。大概是星期天能夠外出，兩人在「楠木莊」共度一段時光，回療養院之前，出門散步，回來時被源一看見了。多麼巧的時間點。他之所以挑星期天，會不會是神明的旨意呢？神明安排好了，要告訴他現實。

源一像是想起來似地，吃杯麵和便利商店的便當，過著無所事事的日子。他覺得自己簡直像是行屍走肉。試圖調查彩子在E-mail中提到的難治之症，出門前往島田書店，但是沒有關於「肌痛性腦脊髓炎」或「慢性疲勞症候群」的書。年邁的老闆說「我沒聽過那種病名」，然後說「對了，你去那個女人家見她了嗎？」，想要知道彩子的事，所以源一早早閃人。

他來到新宿，逛了兩間大書店，告訴店員病名，請店員找書。只有一本類似抗病過程的書，源一站著看，書中寫到那是一種連原因也不清楚的難治之症，治療法頂多只有服用維他命和中藥。目前仍備受歧視，媒體報導這可能只是單純的怠惰病，有的人將它和憂鬱症混為一談，有人誤以為它是慢性疲勞惡化之後會罹患的疾病。症狀包含無法生活的強烈疲勞、喉嚨痛、肌肉和關節痛、肌力低下、頭痛、睡眠障礙等，如同彩子在E-mail中寫的一樣，因為在日本尚不承認它是一種疾病，所以也不會發給殘障手冊。

關於三川內燒的藍色，源一說「感覺很強烈，外表低調，但是外表背後好像隱藏著什麼重要的事物」時，彩子的臉色一沉，如今，他知道爲什麼了。但是，對於源一而言，還有更令他震驚的事。

明明說了那麼多話，但是爲何不想提起和具的海女小屋的事。我們都不對彼此訴說最重要的事。眞正重要的事，只能對眞正重要的人說。源一自以爲彩子是希望，但兩人之間的關係，其實根本可有可無。而源一自覺到：自己的人生就是在反覆這種事。這一點才是最大的打擊。

源一在和具的那間海女小屋，有一次像是被海女們的活力煽動似地，爆炸性地說起話來，但是本質性的東西是否什麼也沒有改變呢？一面等待外婆回來，一面獨自恍惚地對著海女小屋的篝火烤手的幼童，眞的是自己嗎？婚姻破裂也是理所當然的，小酒館的女人們選我作爲玩伴也是理所當然的。我不是訴說重要的事，而是用來消磨時間的絕佳對象。因爲我是個純粹用來殺時間、打發無聊，像玩具般的人。

彩子的人生一定很痛苦。爲了罹患難治之症的丈夫，八成瞞著丈夫，在池袋非法的小酒館或色情的店工作。雖然可憐，但是她活在痛苦不堪的現實之中。偶爾去療養院見丈夫，丈夫星期天外出時，替他推輪椅，一起散步，輕撫他的頭髮。源一一想起彩子，總覺得自己變回了小時候在和具的海女小屋，等待外婆回來的自己。他開始覺得至今的人生是由一連串徒勞無功的事所組成，心情低落，連哭都哭不出來。他想了幾千次，要再去「楠木莊」道歉一次，但是如今眞相攤在大太陽底下，那種行爲也變得毫無意義。

腦海中浮現和具的海。外婆過去住的房子似乎已經拆毀了。從外婆家走山路往山上爬半小時左右，有一個斷崖，能夠將伊勢志摩的大海盡收眼底。開卡車造訪公寓那一晚，彩子以玻璃快裂掉的氣勢，用力地關上窗戶。當時，源一好想死。從此之後，那種情緒不曾消失過。

源一恍惚地開始準備旅行。他不是靠自己的意志那麼做，簡直像是被誰操控似地，感到渾身不舒服，將襯衫、內衣褲、牙刷等塞進塑膠製的包包裡。源一一面心想「我到底想做什麼呢？」，一面準備防寒的圍巾和手套，然後出聲低喃道「泡最後的茶吧」，自己也嚇了一跳。爲何剛才用了「最後」這兩個字呢？

他一面煮熱水，一面站在瓦斯爐旁，緩緩地環顧室內；心想：我在這間屋子住了幾年呢？換工作進入花小金井的公司之後，搬了兩、三次家。在這裡住了將近二十年。但是，源一對它卻沒有一絲感情和眷戀的感覺。在這間屋子裡，沒有發生過任何好事。

「眞好喝啊。」

源一以三川內燒的茶碗喝狹山的茶，不知道爲什麼，臉上自然地流露微笑。雖然沒有發生任何好事，但是像這樣一面喝茶，一面看小說或散文，令他感到懷念。不過，一旦遇見松本清張的作品，開始往返二手書店後，發生的事掠過腦海，彷彿墜入無底黑洞似地，各種情緒消失，心情降至冰點，現實感淡去，囿於一種自己不再是自己、奇妙且非常無助的心情。

源一提領二十萬存款，檢查內袋的駕照，在新宿轉乘ＪＲ，前往東京車站。他之前最討厭人群，但是不可思議的是，置身於新宿或東京車站的人山人海之中，令他感到舒適。熙來攘往的人們與自己毫無關係，對他視而不見，源一總覺得自己變成了透明人，覺得這樣很好。

他搭乘新幹線前往名古屋，轉乘在來線南下，在松阪下車，在車站前面租了車。過了伊勢、鳥羽，經過海岸線，穿越志摩半島，從大王崎走外環道，進入前島半島；馬上看見了英虞灣，眼底浮現外婆的臉。源一心想：我回來了；也覺得回到和具，變回了年幼時的自己。

日暮前，源一抵達了和具的港口。海女小屋位在和從前一樣的地方，模樣沒有改變。屋頂不再是鐵皮，變成石棉瓦，窗口變成了鋁窗，但是煙囪沒少。因爲是休漁期，所以進出的門上了鎖，沒有人的動靜，但是源一非常懷念，總覺得耳邊彷彿傳來海女們的說話聲。他想從窗戶窺看屋內，但是作罷。因爲心情變得奇妙，好像年幼時的自己一個人孤伶伶地坐在地爐前面，和他對上了眼。

像是穿越時空般，沒有現實感。但他心想：能夠看到海女小屋眞好。他並非早就決定要去和具，而是在對外婆的回憶引導之下，前往東京車站，買了到名古屋的新幹線車票，開著出租車。源一心想：我接下來應該會前往外婆家曾在的地方，走山路上山，站在斷崖上。他並不想去那裡，也沒有告訴自己：我必須去那裡。他已經沒有了意志這種東西。

松本清張的小說中，經常出現變成貪汙事件的犧牲者而自殺的中級主管。每次出現這種角色，源一都會覺得好蠢，但是如今，他清楚地明白了。沒有人決定要死而死。而是像被某種東西吸引、簡直像是從好久之前就如此決定了一樣。源一像是漫不經心地開著卡車，前往早已決定的目的地似地，只是試圖前往某個地方避難罷了。他心想：但是，我的人生也沒那麼差，我唯一清楚的一件事是，我以卡車運送各種貨物，這具有一定的意義。想要回到停在碼頭旁的出租車時，三輛白色廂型車駛進了港口。

接著，有人從廂型車下車，打開後門，源一想起了那一晚的事。他感覺自己心跳加速，腋下冷汗直流。因爲坐在輪椅上的人，陸續地從三輛廂型車裡現身。輪椅一共有六張，看似陪同人的人分別隨侍在側，他們的夾克背後寫著「旅行照護員」幾個字。

源一心想「這些人是做什麼的？」，一開始感到不對勁，彷彿被扔進了噩夢中。坐在輪椅上的人當中，也有人看起來相當愉快，面露燦爛的笑容。推輪椅的隨行者開始說明：這裡是和具的港口。

「啊，不好意思，你是漁業工會的人吧？我是看護旅行公司的人；也就是旅行照護員。請多指教。」

源一啞然眺望著，看似領導者的中年男子靠了過來，對他打招呼，遞出名片。源一身穿運動夾克和工作褲，中年男子看他的裝扮和長相，誤以為他是漁業工會的人。源一口吃道「不，其實我是……」，領導者大聲地對其他人說「我們繞港口一圈之後，回去飯店用餐吧」，朝碼頭凸出的一端離去了。

源一前往外婆家的遺址，爬上雜草叢生的山路；來到開闊的地方，不禁苦笑。記憶中應該是斷崖，但那裡只是幾公尺高的山崖。一定是因為對於幼童而言，那是斷崖絕壁。源一心想「即使從這裡跳下去，也只會受傷而已」，全身變得乏力。然後，「旅行照護員」這幾個字在腦海中縈繞不去；心想：他們是在幫助需要看護的人旅行吧？總之，他們是在幫忙別人移動，運送人。一面幫忙，一面運送人。一而再、再而三地如此反覆。

源一的腦海中浮現一幕景象，怎麼也甩不開那個畫面。自己用廂型車載著彩子和她丈夫去旅行。彩子拾回了微笑。自己一直眺望著她的微笑。源一數度告訴自己：不可以想那種蠢事；但是彷彿漆黑海裡的一道光線似地，那個畫面不曾消失。他低喃道「我能夠擔任旅行照護員吧？」，總覺得聽見外婆叫自己「源一」的聲音。外婆說：要做自己想做的事情唷。

抬頭仰望，星光熠熠。源一心想「外婆，謝謝妳」，確認拿到的名片，開始步下山路。

Life Guidance

for the 55-year-olds

and all triers

by Ryu Murakami

後記

寫五篇在報紙連載的中篇小說，比我想像的更辛苦。問題不是每天截稿，而是連續寫五篇八十至一百二十張四百字稿紙的「中篇」，實際做過之後，才知道這有多麼辛苦。

長篇小說只要設定主角，建立作品的架構，故事就會產生像是大浪般的東西，它會扮演嚮導的角色。相反地，短篇只要像是快拍一樣，截取一瞬間即可。但是，中篇小說必須重疊幾個不可或缺的情節，呈現出一個小世界。而且，本作是「連作中篇」，所以就整體而言，各個作品必須互相呼應。

此外，主角們都過了人生的中點，是設法「重新出發」的中高齡者，而且必須是「一般的人們」。體力漸漸衰弱，經濟上也不是全無後顧之憂，而且有時候必須意識到年老。這種人該怎麼存活於這個難以生活的時代才好呢？這個問題即是本作的核心。

但是，我也確實從五個故事的主角身上，感覺到了至今沒有的共鳴，而貼近他們的生活書寫。因為我和主角們幾乎是同一輩，即使立場不同，但也抱持著類似的問題。

每個人在退休後、老後面臨的困難並不相同。隨著經濟條件的差異而有百百種。因此，我將五位主角設定爲代表「富裕階層」、「中產階層」、「貧窮階層」的人物。但是，所有階層也有共通之處。那就是這些人物在至今的人生當中，和誰建立了何種信賴關係。這也是我在寫小說的過程中，第一次如此意識到「信賴」這兩個字和概念。

我要向裝幀師——鈴木成一、替我準備發表這部作品舞台的幻冬舍的石原，以及刊載這部作品的日本全國各地方報的負責人，致上深深的謝意。

二〇一二年秋天　村上龍

日文系 058

55歲開始的Hello Life（東京晴空版）

作者｜村上龍
譯者｜張智淵
出版者｜大田出版有限公司
台北市一〇四四五 中山北路二段二十六巷二號二樓
E-mail｜titan@morningstar.com.tw http://www.titan3.com.tw
編輯部專線｜（02）2562-1383 傳真：（02）2581-8761

總編輯｜莊培園
副總編輯｜蔡鳳儀
行銷編輯｜鄭鈺澐
校對｜金文蕙／張智淵

初刷｜二〇一五年三月十日
二版二刷｜二〇二二年三月二日 定價：三八〇元

網路書店｜http://www.morningstar.com.tw 晨星網路書店
TEL：04-2359-5819 FAX：04-2359-5493
購書E-mail｜service@morningstar.com.tw
郵政劃撥｜15060393（知己圖書股份有限公司）
印刷｜上好印刷股份有限公司
國際書碼｜978-986-179-704-5 CIP：861.57/110017854

填回函雙重禮
① 立即送購書優惠券
② 抽獎小禮物

國家圖書館出版品預行編目資料

55歲開始的Hello Life（東京晴空版）／村上龍著．張智淵譯．——二版——臺北市：大田，民111.01

面；公分．——（日文系；058）

ISBN 978-986-179-704-5（平裝）

861.57　　110017854

55-SAI KARA NO HARO RAIFU
by MURAKAMI Ryu
Copyright © 2013 MURAKAMI Ryu
All rights reserved.
Originally published in Japan by GENTOSHA.
Chinese (in complex character only) translation rights arranged with MURAKAMI Ryu, Japan through THE SAKAI AGENCY and BARDON-CHINESE MEDIA AGENCY

版權所有　翻印必究
如有破損或裝訂錯誤，請寄回本公司更換
法律顧問：陳思成